UNA BALA CON MI NOMBRE

SUSANA RODRÍGUEZ LEZAUN

UNA BALA CON MI NOMBRE

Editado por HarperCollins Ibérica, S.A.
Núñez de Balboa, 56
28001 Madrid

Una bala con mi nombre
© Susana Rodríguez Lezaun, 2019
© 2019, para esta edición HarperCollins Ibérica, S.A.

Diseño de cubierta: Lookatcia
Imágenes de cubierta: AlinaStock

ISBN: 978-84-9139-389-4
Depósito legal: M-21767-2019

«Nadie conoce la muerte, ni siquiera si es el mayor de todos los bienes para el hombre, pero la temen como si supieran con certeza que es el mayor de los males».
Platón. *Apología de Sócrates*

«Uno no quiere creer que detrás de una sonrisa bondadosa se esconde lo inconcebible».
Víctor del Árbol. *La víspera de casi todo*

«Y ahora sé lo que debo hacer: seguir respirando, porque mañana volverá a amanecer y quién sabe lo que traerá la marea».
Tom Hanks en *Náufrago* (Robert Zemeckis, 2000)

Para Ander, Egoitz, Mikel, Ibai, Julen, Asier, Carlos, Nacho, Patricia, Graciela y Abraham. Siempre sonrío cuando os veo, y eso es impagable

Para Eva e Iker, ahora y siempre

Para Santos, una vez más, y las que haga falta

PRÓLOGO

Hace frío.

Hace frío y tengo miedo.

Noah flota a mi lado, no sé si muerto o inconsciente, y yo concentro las pocas fuerzas que me quedan en la punta de mis dedos, con las que me agarro a una rama medio podrida mientras intento que la corriente del río no nos arrastre a ninguno de los dos.

Vigilo que la cabeza de Noah permanezca fuera del agua, pero es difícil. Apenas puedo mantenerme a flote yo misma. Y a pesar de todo, tengo que reconocer que hemos tenido suerte. El coche en el que huíamos voló como una flecha en dirección al río, pero afortunadamente cayó sobre un arenal poco profundo y pude salir. Antes de alejarme del vehículo con Noah a rastras me aseguré de romper todas las bombillas de los faros, que parpadeaban como furiosas luciérnagas en mitad de la noche. Teníamos que ser invisibles si queríamos sobrevivir. Era posible que, a pesar de todo, haber caído al río nos acabara de salvar la vida.

No tengo ni idea de dónde estamos. Noah conducía como un loco, con los ojos desorbitados y una mueca aterrorizada en la cara. No me atrevía a preguntar adónde íbamos. Estaban a punto de darnos caza, así que era más que probable que muy pronto nos convirtiéramos en dos fríos cadáveres. La curva era muy cerrada y Noah iba demasiado rápido como para trazarla correctamente, así que el coche siguió recto, voló durante unos segundos eternos y aterrizó sobre el agua.

Lo más curioso de todo es que ninguno de los dos gritó mientras nos dirigíamos hacia lo que ambos suponíamos que sería nuestro fin. Recuerdo que miré a Noah, que seguía aferrando el volante como si todavía tuviera algún tipo de control sobre él. Tenía los labios separados, pero no decía nada. Los ojos fijos en el espacio abierto ante nosotros. No me miró ni habló, ni siquiera la breve oración que murmuran los condenados.

Por instinto, clavé los pies en el suelo y me agarré con fuerza a ambos lados de mi asiento. Una eternidad después nos rodeó el estruendo del agua al chocar con la chapa del coche. Me golpeé la cabeza contra la ventanilla, pero no llegué a perder el conocimiento. Noah, sin embargo, recibió un fuerte impacto contra el volante y yacía inmóvil sobre su asiento, en un incómodo escorzo sustentado por el cinturón de seguridad.

Esperé. Había oído que hay que esperar hasta que el coche se llene de agua antes de intentar abrir las puertas. Llamé a Noah, le grité, pero no se movió. El agua helada nos empezó a cubrir las piernas, pero se detuvo antes de llegar a las rodillas. Seguía viendo el cielo a través de los cristales. No nos estábamos hundiendo.

Esa podía ser una situación pasajera, así que me liberé del cinturón de seguridad y solté también el de Noah, que cayó aparatosamente hacia un lado. Lo apoyé contra la puerta y abrí la mía. Tuve que empujar con fuerza, pero conseguí separarla lo suficiente para salir. Con el agua hasta la cintura, rodeé el coche y saqué a Noah, que se desplomó como un fardo. Era una noche cerrada y no conseguía distinguir la orilla; la lógica me decía que, si habíamos volado en línea recta, debía seguir la trayectoria del coche.

Arrastré a Noah hasta que topé con unos matorrales y una diminuta lengua de arena y guijarros. No sabía si nuestro perseguidor habría pasado ya por allí y si el coche sería visible desde la carretera. Con los faros enmudecidos, la oscuridad volvía a ser la reina del lugar.

Desde entonces estoy aquí, esperando.

Espero a la muerte, y suplico para que sea rápida. Son ya demasiadas las heridas que jalonan mi cuerpo. Sólo quiero acabar. De hecho, estoy tentada de soltar las ramas y dejarme arrastrar por la corriente, pero morir ahogada se me antoja una forma espeluznante de abandonar este mundo.

Espero la paz. Pensé que podría, que por una vez sería más lista que ellos, más rápida que mis competidores y que el trofeo sería sólo mío. Mis ridículas ansias de aventura, de sentirme viva por primera vez desde que puedo recordar, es lo que me ha traído hasta aquí. Sólo quería unos dedos acariciándome la piel, una boca besándome con deleite, un hombre joven y atractivo bebiendo los vientos por mí. Quería una fortuna que me hiciera sonreír cada mañana, que me permitiera cruzar y descruzar las piernas despacio sobre la tumbona de una playa. Me siento imbécil. Voy a morir sintiéndome una estúpida. Creo que no hay nada peor que eso. Morir por una estupidez.

Pero también espero sobrevivir, salir de aquí, partirle la cara a Noah y correr hasta la primera comisaría que encuentre para entregarme y explicar lo que ha ocurrido desde el principio.

1

Me gusta mirarme en el espejo cuando todavía está cubierto de vaho. Difumina las facciones y me permite creer durante unos minutos que el tiempo no ha pasado, que detrás del vapor se esconde una Zoe Bennett de veinte años, treinta como mucho, en lugar de la cuarentona que acaba de salir de la ducha. Suelo cepillarme el pelo y extenderme la crema corporal antes de desempañar el espejo. Cuando lo hago, descubro una piel que empieza a marchitarse, unos ojos hastiados y una boca que apenas recuerda cómo se dibuja una sonrisa. Sé que no estoy mal para mi edad; me esfuerzo por conservarme en buena forma, pero distingo perfectamente las muescas que el tiempo va grabando en mí.

Me divorcié hace casi quince años, después de un breve y aburrido matrimonio con mi novio del instituto. Recuerdo estar de pie junto a él, frente al altar, y rogar a voz en grito en mi alma para que John tuviera el valor de responder «no» a la pregunta del pastor. Pero dijo «sí», y yo hice lo mismo, y nos embarcamos en una convivencia confusa en la que, en realidad, ninguno de los dos queríamos estar. No hubo niños y vivíamos de alquiler, así que la separación fue rápida y aséptica. No nos hemos vuelto a ver desde entonces, y lo cierto es que John acude a mi memoria en contadísimas ocasiones. Ni siquiera conservo su apellido. Es como un libro que has leído, que sabes que lo has leído, pero que no recuerdas exactamente de qué va.

Soy restauradora en el Museo de Bellas Artes de Boston, especializada en pintura renacentista. Me encanta mi trabajo. Me considero una humanista convencida, educada desde pequeña para buscar la belleza en todo aquello que me rodea. Por eso elegí esta carrera. Y para borrar la fealdad y el vacío con el que conviví durante los primeros años de mi vida, un periodo breve, más incluso que mi matrimonio fallido, pero que me temo que ha dejado una huella en mí más profunda de lo que yo misma imaginaba.

Me gusta pensar que soy algo así como la neurocirujana de algunas de las obras de arte más valiosas del mundo. Vigilo su estado con ojo de halcón, las cuido con esmero y, cuando enferman, las traslado hasta mi clínica privada, donde pongo toda mi sabiduría y experiencia al servicio de las tablas y los lienzos lastimados por los elementos o los seres humanos. Mi trabajo me hace feliz, y convierte en aún más miserable el resto de mi vida.

Era viernes por la noche, y el museo había organizado una fiesta en honor a los benefactores que sustentan la institución. Como responsable del área de restauración mi presencia era obligada, como bien me recordó el director esa misma mañana.

—Puedes traer un acompañante —me dijo de pasada.

Sabe perfectamente que no tengo pareja, así que no sé si lo había olvidado o si disfruta humillándome.

—Lo tendré en cuenta, muy amable —respondí con toda la dignidad que fui capaz de reunir en tan poco tiempo—. De todos modos, no me quedaré mucho rato, tengo planes para el sábado y no quiero estar demasiado cansada.

Era mentira, por supuesto, y creo que él lo supo al instante.

—Ya sabes cómo van estas cosas, Zoe. Tienes que estar disponible para que nuestros benefactores charlen contigo de manera

15

distendida y tú les hables del fantástico trabajo que hacemos aquí. No puedes marcharte a la media hora de llegar, no eres una simple invitada. Eres una anfitriona.

Tenía sus ojos clavados en mi cara mientras hablaba, buscando quizá un resquicio por el que ahondar en su crítica, o simplemente observando de cerca las arruguitas de mis párpados. En cualquier caso, me limité a contestar con un escueto «por supuesto, Gideon, no te preocupes» antes de dar media vuelta y dirigirme de nuevo hacia mi taller.

Desempañé el espejo del baño y comencé el lento ritual de maquillarme y peinarme. No es algo que hiciera con frecuencia, ya que mi vida social era bastante limitada, pero en este caso habría preferido quedarme en casa. Me maquillé con cuidado, perfilé con sombra oscura mis ojos azules y marqué los pómulos con un generoso brochazo de colorete. Me recogí el pelo en un moño informal, con algunos rizos sueltos aquí y allá, y observé el resultado en el espejo. Decidí que no estaba mal del todo.

Me había comprado un sugerente vestido de noche plateado, con un generoso escote delantero y otro aún más atrevido en la espalda. Completé el conjunto con unos zapatos de tacón altísimo, un echarpe negro y un diminuto bolso del mismo color en el que tuve que embutir el móvil, las llaves y unos cuantos billetes.

Vaporicé frente a mí el carísimo perfume que nunca tenía ocasión de ponerme y atravesé la fragante nube muy despacio, permitiendo que las gotitas se depositaran sobre mi cuerpo.

La planta noble del museo bullía de gente cuando me bajé del taxi y me dirigí hacia la entrada principal. Llegaba con treinta minutos de retraso sobre la hora oficial de inicio de la fiesta. Por nada del mundo quería ser la primera en entrar y verme obligada a deambular sola por un salón vacío.

La empresa contratada para organizar la fiesta se había esmerado en los detalles. Habían dispuesto varias mesas alargadas cubiertas de gruesos manteles rojos en diversos puntos del enorme espacio, de modo que no entorpecieran el paso de las personas y aquellos que lo desearan pudieran acercarse a las obras de arte que allí se exponían. Gideon había ordenado que algunas de las obras más destacadas de nuestra colección de Claude Monet se instalaran sobre caballetes de madera alrededor del salón. El impresionismo no es mi etapa favorita del arte, pero tengo que reconocer que esos óleos tienen la capacidad de atraer y atrapar mi mirada, que se suele quedar perdida en las pinceladas cortas, rápidas y furiosas del francés. En mi opinión, Monet fue demasiado prolífico y se acomodó en unos pocos temas. Me aburre tanto nenúfar, pero sus cielos, sobre todo los de invierno, me apaciguan el corazón, normalmente tan rápido y furioso como su pincel. En cualquier caso, la elección de la decoración había sido muy acertada. El común de los mortales se sentía muy dichoso al ver tan de cerca la obra de un artista de renombre, con independencia de su valor, y los invitados lanzaban indisimuladas exclamaciones aprobatorias al descubrir los Monet repartidos por todo el salón y se hacían fotos junto a los cuadros. Sin embargo, mi alma de conservadora no podía evitar estremecerse cuando toda esa gente acercaba sus manos al lienzo para palpar la pintura con la yema de los dedos o para rozar la madera del marco. ¡Por Dios! Respiraban tan cerca que podrían derretir el óleo con el calor de su aliento. ¿Por qué no guardaban las distancias? ¿Por qué Gideon, maldita sea, no había colocado un cordón de seguridad? Todo fuera por los ceros de sus chequeras…

Los vestidos de las señoras centelleaban bajo los focos, mientras que los caballeros estiraban la espalda y metían barriga para lucir sus esmóquines con elegancia. Distinguí a Gideon en cuanto entré. Pendiente de todos los detalles, esperaba junto a su mujer cerca de la puerta, listo para saludar a cada benefactor en cuanto cruzara el umbral. Por supuesto, no movió ni un músculo cuando me vio;

me acerqué a él con una sonrisa en la cara y saludé afectuosamente a Rachel, su esposa.

—Estás radiante —le dije con sinceridad—. El rojo te sienta de maravilla.

—Gracias. —Su azoramiento era evidente, al igual que su placer ante el piropo—. Pero nunca me quedará como a ti. Mis caderas son las de una matrona que ha pasado tres veces por el paritorio, mientras que las tuyas siguen lisas y firmes. Me das una envidia…

Decidí tomarme aquello como un cumplido y no como un recordatorio de mi situación vital y saludé a su marido.

—Al final has venido sola —me dijo.

Eso ya no era un halago, ni siquiera un recordatorio. Era una puñalada en toda regla. Incluso Rachel se dio cuenta de lo inapropiado del comentario.

—Ya sabes lo que dicen: más vale sola…

No terminé la frase. Sonreí cortésmente y me dirigí hacia el rincón más alejado, en el que habían instalado la mesa de las bebidas. Los camareros deambulaban por la sala con bandejas llenas de copas de champán, pero en esos momentos necesitaba algo más fuerte.

Saludé a varias personas por el camino, casi todos caballeros que admiraron mi escote sin pudor, antes de alcanzar la improvisada barra de bar.

—Vodka con zumo de limón —pedí mientras oteaba la sala.

Un minuto después apareció junto a mi mano un vaso alargado con la bebida. Lo cogí y decidí dar una vuelta por la sala. Si algún benefactor tenía interés en hablar conmigo, tendría que ser ahora.

Deambulé despacio entre la gente, los Monet y las blanquísimas esculturas de corte clásico que adornaban la entrada, dando cortos sorbos a mi vaso. Charlé con cuatro o cinco personas y sonreí a diestro y siniestro. Incluso acepté bailar con un industrial bostoniano, un hombre cuyo apellido, al igual que la fortuna de su familia, se remontaba hasta la época colonial. Sentí cómo sus dedos acariciaban distraídos mi espalda desnuda. Hice como que no me daba cuenta, o que no me importaba, mientras el sonriente magnate me hablaba de sus últimas adquisiciones en las subastas de arte de medio mundo.

—Sé que muchos coleccionistas confían en marchantes y galeristas —comentó ufano, con cuatro de los cinco dedos de su mano derecha acercándose peligrosamente al borde del escote de la espalda—, pero yo prefiero ver la obra en persona. Me resisto a comprar a ciegas, por mucho que los catálogos la describan e incluyan fotos detalladas. Quizá algún día le gustaría acompañarme a una de esas subastas. Su consejo de experta me sería de gran utilidad. Pagaría por sus servicios, por supuesto...

Sonreí y di gracias a Dios en silencio porque la música terminó justo en ese momento. Le agradecí el baile y me despedí con una coqueta inclinación de cabeza. Estoy segura de que lamentó abandonar el refugio de mi espalda.

Cuando me volví, a punto estuve de darme de bruces con uno de los camareros. El joven alargó la mano y me ofreció un vaso similar al que acababa de terminarme.

—Creo que lo necesita —dijo simplemente.

Sorprendida, acepté la bebida sin decir una palabra. Él dio media vuelta y desapareció entre las parejas que acababan de iniciar un nuevo baile.

La fiesta estaba en pleno apogeo. La gente se divertía, las risas resonaban entre las columnas y había un desfile constante de bandejas con canapés y copas de champán. Enganché una sonrisa a mi cara hasta que me dolieron las mejillas y me deslicé con discreción hacia uno de los ventanales abiertos, cerca de la zona del bar y detrás de un impresionante Monet que me servía de parapeto. Bendito fuera el francés, sus grandes óleos y los enormes marcos dorados que los rodeaban. Ya me preocuparía mañana por el estado en el que quedaban después de la fiesta, con tanto calor, semejante grado de humedad y todas esas personas rozándolos, lanzándoles los *flashes* de sus móviles y hablando tan cerca de ellos que casi podía ver las gotitas de saliva volando hacia el lienzo.

Dejé el vaso vacío sobre una esquina de la larga mesa y caminé hacia la balconada. Hacía una noche magnífica, ideal para celebrar una fiesta. ¿Por qué, entonces, no era capaz de divertirme? Si lo pienso ahora, la respuesta es muy sencilla: porque estaba sola, y porque seguramente seguiría así durante el resto de mi vida. No es que me asustara la soledad. Al contrario, disfrutaba de mi independencia y agradecía el hecho de no tener que dar explicaciones a nadie. Pero la soledad es una compañera ingrata, exigente, que te roba las palabras hasta dejarte muda, que te cubre el alma de polvo y moho, y que suele invitar a fantasmas indeseados cuando menos te lo esperas. Un plato, una taza, un cepillo de dientes. Un solo lado de la cama caliente.

¿A quién le cuentas el maravilloso reto al que te enfrentas en el trabajo? ¿Quién se sienta a tu lado para ver una película y comer palomitas? ¿Con quién compartes la alegría, el dolor, el miedo, la ilusión… la vida?

La sonrisa se me había congelado en la cara, que notaba insensible, dormida. Sonreía al vacío, a la noche cálida que se abría ante mí al otro lado del ventanal. Ensimismada en mis pensamientos, no oí llegar al camarero hasta que su mano me rozó el hombro con suavidad. Sobre la bandeja que portaba con elegancia, un nuevo combinado de vodka y un platillo con dos canapés de caviar. Esta vez sí le miré a la cara. Era un hombre muy guapo. El pelo ondulado, del color del trigo maduro (creo que Monet tuvo algo que ver en mis apreciaciones), había sido disciplinado hacia atrás por el látigo del gel fijador. Me observaban dos ojos azules risueños y divertidos, a juego con la fabulosa sonrisa que cruzaba un rostro casi perfecto. Vestido de negro de los pies a la cabeza, como el resto de los camareros, era al menos un palmo más alto que yo, a pesar de los tacones. El arco del brazo con el que sostenía la bandeja marcaba un definido bíceps bajo la camisa, y apostaría a que el abdomen estaría igual de trabajado.

—Le traigo otra copa, pero me he permitido añadir algo de picar. Con el vodka, lo que mejor marida es el caviar, sin duda.

Titubeé un instante, pero sólo uno. Al momento, alargué la mano y cogí uno de los canapés. Estaba delicioso. Acompañé las huevas con un generoso trago de la refrescante bebida, todo ello sin apartar la mirada de sus ojos.

—¿Quieres uno? —le pregunté en voz baja.

—Estoy trabajando. De no ser así, nada me gustaría más que cenar con usted.

—¿Te gusta el caviar? —seguí preguntando, uniéndome a su descarado flirteo.

—Claro, ¿y a quién no?

—Podría nombrarte a más de veinte personas en esta sala que detestan las huevas de esturión y que sólo las comen porque son caras y se supone que eso es lo que hacen los ricos.

—¿Aparentar?

—Comer caviar y bañarse en champán.

Él amplió su sonrisa sin dejar de mirarme a los ojos.

—¿Es usted una de ellas?

—¿Una de quiénes?

—Una esnob.

Estuve a punto de atragantarme con el canapé.

—¿Esa impresión te he dado? —le pregunté. Él no contestó, continuó mirándome como si intentara leer la respuesta en mi cabeza—. No, en absoluto, no soy una esnob. Ni siquiera soy rica. Estoy aquí porque trabajo en el museo. Soy restauradora de arte.

—Debe de ser una profesión apasionante.

—Lo es, aunque a veces implique tener que asistir a aburridos eventos como este y ver cómo los invitados maltratan todas estas obras de arte. ¡Todo sea por el presupuesto del próximo año!

Alcé mi copa teatralmente y le di un trago. El vodka estaba delicioso.

—Mi turno termina a las once —me dijo en voz baja, con sus pupilas cobalto clavadas en mis ojos. Por un momento creí que intentaba hipnotizarme. Y quizá lo consiguió—. Si le parezco un descarado, es libre de abofetearme, pero estoy invitado a una fiesta y me encantaría que me acompañara. Una fiesta de verdad. Música, baile, bebida, diversión…

No pude evitarlo. Quizá fuera por efecto del alcohol, o porque su proposición en realidad parecía un chiste, pero el caso es que se me escapó una carcajada que hizo que los invitados más cercanos volvieran la cabeza para mirarme. El joven camarero me observó desconcertado. Era muy guapo, así que imagino que no estaría acostumbrado a que le dieran calabazas, pero yo tampoco lo estaba a que se rieran de mí.

—No quería ofenderla, lo siento —murmuró visiblemente avergonzado.

Le vi ruborizarse y me sentí malvada. El joven sólo intentaba ser atento. Y ligar conmigo, es cierto, pero yo había participado con mucho gusto en el juego del cortejo.

—No —dije por fin—, soy yo la que lo siente. No quería ser grosera, ni herir tus sentimientos. Has sido muy amable conmigo durante toda la velada, pero no estás obligado a entretenerme fuera de tus horas de trabajo. Te lo agradezco, pero no es necesario.

—Se equivoca —me cortó cuando ya había comenzado a alejarme de él—. No es ninguna obligación. Al contrario, para mí sería un honor que me acompañara a esa fiesta. No suelo invitar a desconocidas, y menos a mujeres con tanta clase como usted, pero estoy convencido de que es usted fascinante y que podríamos divertirnos mucho juntos.

Como en una novela barata, sentí la intensidad de su mirada, la tensión de su boca mientras esperaba mi respuesta, y sin poder evitarlo imaginé sus labios sobre mi piel.

—¿Por qué no? —respondí, sin poder dar crédito a mis palabras. El joven relajó la expresión y lució una sonrisa de galán.

—Gracias, intentaré que se divierta y se olvide de todo esto —añadió, señalando la sala con un movimiento de la cabeza.

Sonreí y me dejé llevar por la emoción del momento.

—Para empezar, tendrás que dejar de tratarme con tanta ceremonia. Me llamo Zoe. Zoe Bennett.

—Yo soy Noah Roberts, y acabas de hacerme el hombre más feliz del mundo.

No sé si exageraba o si de verdad se alegraba de que le acompañara. En ese momento no me paré a pensar en nada más que en mi ego, que brillaba como una supernova por efecto de los halagos. Era altamente improbable que hubiera un hombre más atractivo en esos momentos en el museo, y acababa de invitarme a acompañarle a una fiesta. No sólo me había invitado, sino que había insistido.

Faltaba casi una hora para las once de la noche, así que me hice con un nuevo vodka con limón (¿el tercero?, ¿el cuarto?) y di varias vueltas por el salón, sonriendo generosa, besando alguna mejilla y charlando animadamente con todos los benefactores que me crucé en el camino. Cada vez que me volvía, encontraba a Noah mirándome con una sonrisa en los labios. Era lo más parecido a estar en el paraíso. Me sentía atractiva, hermosa, grácil, deseada, sexi… Era el mayor subidón de autoestima que había experimentado en toda mi vida, y pensaba disfrutarlo hasta las últimas consecuencias.

Dejé que pasaran unos minutos de las once antes de abandonar el museo. Me entretuve en despedirme de Gideon y de su esposa, que sin duda había bebido más champán de la cuenta y me miraba desde detrás de la cortina alcohólica que le nublaba los ojos, y salí a la cálida noche contoneando sutilmente las caderas.

No tenía ni idea de dónde estaría Noah, pero confiaba en que pudiera verme emerger como una diosa desde donde quisiera que me estuviera esperando. Un segundo después, el joven se materializó a los pies de la escalinata y me dedicó una de sus sonrisas perfectas. Alargó una mano hacia mí y, como un impecable caballero, me ayudó a llegar hasta el suelo. Me besó en los nudillos y me condujo hacia la verja de entrada, donde nos esperaba un taxi. Abrió la puerta, esperó a que me acomodara y la cerró antes de rodear rápidamente el vehículo y sentarse a mi lado.

Se había librado de su uniforme de camarero y se había vestido con unos tejanos, una americana oscura y una camisa blanca. Un corbatín vaquero completaba el atuendo y le otorgaba un aire sofisticado que cortaba la respiración.

Le dio al conductor una dirección en una calle cercana al puerto. En esa zona había varios locales de moda de los que había oído hablar más de una vez, pero que nunca había visitado. Mis escasas amistades se limitan a personas relacionadas con mi profesión; apenas conozco gente de fuera de ese mundillo. Nunca he intimado con quienes sudan a mi lado en el gimnasio, ni mantengo contacto con mis amigas del instituto o la universidad. Esa fue una época de mi vida bastante anodina, que pasó sin pena ni gloria, sin eventos destacables y que está bien donde está: olvidada.

—Gracias por invitarme —dije para romper el hielo.

—Soy yo quien debe darte las gracias a ti por aceptar. Todo el tiempo he estado temiendo que te arrepintieras y decidieras no venir.

—¿Por eso me mirabas tanto? ¿Para evitar que me escabullera sin ser vista?

Noah se rio con ganas.

—¡No! —exclamó entre risas—. Lo que ocurre es que se me iban los ojos. Eras la mujer más guapa de la fiesta.

Me sentía halagada, pero no podía permitir que mi superego arruinara la velada.

—Sé que no es cierto, pero gracias de todos modos —respondí con una tímida sonrisa. A Audrey Hepburn le quedaba de maravilla; confiaba en que surtiera el mismo efecto en mi cara—. ¿Adónde vamos?

—Al Rock Club. Antes era un antro, pero mi amigo Deke Carter lo ha remodelado por completo y lo ha convertido en el centro de la noche de Boston. Lo inauguró hace tres meses y desde entonces se llena todas las noches. Hoy da una fiesta privada, hace varios días que me invitó. No pensaba asistir, pero me pareció la excusa perfecta para pasar más tiempo contigo.

—No creo que mi vestido sea el más adecuado para un local roquero...

—Estás preciosa, y muy adecuada.

Sonreí de nuevo y fijé mi atención en la calle. Necesitaba reflexionar unos instantes, pensar con calma en lo que estaba sucediendo. Me encontraba en un taxi con un desconocido mucho más joven que yo, que me llevaba a una fiesta privada en un garito del puerto de Boston. Aquello podía quedarse en una anécdota, una noche distinta y divertida, o convertirse en una auténtica pesadilla. La tentación de pedirle al conductor que me llevara a casa se materializó en mi mente, pero la mano de Noah rozando distraído mis dedos sobre el tapizado del asiento hizo que se evaporaran todas mis dudas.

«Una noche, —pensé—, no pasa nada por divertirse una noche, por ser otra persona durante unas horas. Mañana volveré a ser yo. Mañana».

Así que giré el cuello hacia mi joven y guapo acompañante y sonreí.

2

El local estaba a rebosar de gente que charlaba a voz en grito, se movía al ritmo de la música y sonreía con un vaso en la mano. Sobre el escenario, cinco músicos vestidos de cuero y tejanos lanzaban al aire sus canciones, coreadas con entusiasmo por la mayoría de los presentes.

—Son los Officers, ¿te suenan? —me gritó Noah, acercando su boca a mi oído y provocándome un inmediato escalofrío—. Son buenísimos, hace poco llenaron el Fenway Park y Walter ha conseguido que toquen esta noche en su local.

Lo cierto es que los temas no me eran del todo desconocidos, aunque era incapaz de seguir la letra de ninguno de ellos. En cualquier caso, sonaban muy bien, el ambiente era estupendo y la gente parecía estar pasándoselo en grande. Noah me cogió de la mano y nos zambullimos de cabeza en la pista de baile. Bebimos, reímos y saltamos al son de la música hasta caer rendidos. Sus brazos fuertes me alejaban y me acercaban cada pocos segundos, en un vaivén mareante y embriagador. Cada vez que mi cara se acercaba a su pecho percibía el aroma de su perfume y mi estómago se retorcía en un nada recatado pellizco. Hacía mucho tiempo que las piernas no me temblaban por nada ni por nadie. Estaba disfrutando de lo lindo, ya lo creo. Me sentía joven y atractiva, llevaba un vestido de ensueño, unos tacones de vértigo y a mi lado se contoneaba un hombre extraordinariamente guapo que me sonreía con aspecto feliz y no me soltaba la mano ni un segundo.

Eran más de las tres de la madrugada cuando otro taxi nos llevó hasta mi casa. Ni siquiera me lo pensé. Le cogí de la mano y, sin decir una palabra, le invité a salir del coche y acompañarme dentro. Como esperaba, Noah no se hizo de rogar. Pagó el taxi, bajó y me rodeó la cintura con un brazo.

Lo siguiente que recuerdo son mis manos empujando hacia atrás la americana, desabrochando los botones de la camisa, bajando el tirador de la cremallera de sus pantalones. Audaz, atrevida, muerta de deseo por ese hombre que me miraba con los ojos brillantes por la lujuria.

Lo conduje hasta mi dormitorio y sin pensármelo dos veces le convertí en el primer hombre que se metía en mi cama desde hacía más de cinco años. El vodka se tragó el miedo y me ofreció el arrojo necesario para no parecer una mojigata ignorante. Suplí la falta de experiencia con grandes dosis de desinhibida imaginación, una faceta de mí misma que estaba descubriendo a la vez que un experto y complaciente Noah.

Fue una noche realmente fantástica, placentera y gratificante, sorprendente en tantos aspectos que sería imposible enumerarlos todos. Disfruté de mi cuerpo y del sexo como nunca lo había hecho, y creo que participé activamente en que él también alcanzara altas cotas de placer.

Exhausta y feliz, me acurruqué junto a su cálido cuerpo y me dormí.

El sol nos despertó varias horas después. Me dolía la cabeza, tenía la boca pastosa y las piernas me pesaban una tonelada cada una. A mi lado, Noah seguía profundamente dormido. Me separé con cuidado de él, busqué mi bata y me dirigí al baño.

Mirarme en el espejo fue como recibir una bofetada en plena cara. Por supuesto, me había acostado sin desmaquillarme, y la pintura que con tanto cuidado apliqué la tarde anterior se había extendido alrededor de los ojos, dándome el mismo aspecto que un oso panda espectral. Estaba pálida, sucia y despeinada.

Eché el pestillo a la puerta, me libré de la bata y me metí en la ducha, donde me froté a conciencia cada centímetro de piel para eliminar los restos de sudor alcohólico. Salí de la ducha limpia, pero mi aspecto no había mejorado demasiado. Tenía en la cama a un joven imponente que estaba a punto de descubrir a la vieja con la que se había acostado. Apostaba a que no tardaría más de diez minutos en marcharse.

Me sequé el pelo y me dejé la melena suelta. Luego apliqué una generosa capa de crema hidratante en las bolsas bajo mis ojos y repartí una discreta pero reparadora ración de maquillaje sobre mi cara. Un poco de rímel y un suave brochazo de polvos de sol completaron el trabajo de restauración. No estaba perfecta, pero al menos sí presentable para pasar el trago de la despedida sin abochornarme demasiado.

En la habitación, Noah continuaba dormido. Lo miré un instante. Estaba viendo al hombre más atractivo que había conocido en toda mi vida. Estuve tentada de volver a tumbarme a su lado, pero en su lugar decidí ir a la cocina y preparar el desayuno. No es que tuviera hambre, pero necesitaba ocuparme de algo.

Hice café, tosté pan, freí un par de huevos y dispuse fruta en un plato. Saqué mantequilla, leche y mermelada de la nevera y lo coloqué todo sobre la mesa de la cocina. Estaba a punto de servirme una taza de café cuando Noah apareció en el umbral de la puerta. Se había puesto los *boxers*. Y nada más. Se me cortó la respiración, y cuando me dedicó una sonrisa, creo que me hirvió la sangre en las venas. Vino hacia mí y me besó en el pelo con delicadeza.

—Hueles de maravilla —murmuró—. Yo, en cambio, apesto. Lo siento mucho.

Le acaricié la mano que había depositado sobre mi hombro.

—No apestas —le aseguré, porque era verdad—. Desayuna, luego podrás ducharte antes de...

Dejé la frase en suspenso. No quise decir antes de que se marchara, aunque eso era lo que pensaba. Mi corazón y mi cerebro se debatían en una feroz lucha interna. Por un lado, entendía que esto era una aventura y que, como tal, lo mejor era terminarla cuando todavía perduraba el buen sabor de boca. Pero, por otro lado, había sido tan corta que no me importaría alargarla un poco más. Sólo un poco más.

Testigo mudo de mi debate interior, Noah se sentó en silencio en la silla más próxima a la mía y sirvió café en las dos tazas. Me acercó una y bebió de la suya. La intensidad de su mirada comenzaba a incomodarme.

—Me iré en cuanto me lo pidas —dijo.

Sacudí la cabeza y me insulté mentalmente.

—No me malinterpretes —respondí—. No es que quiera que te vayas, o que te quedes. Quiero que hagas lo que quieras. No estás obligado a quedarte para hacerme sentir bien. Ya estoy bien. De hecho, mejor de lo que he estado en muchos años. Pero entenderé que quieras irte cuanto antes. La luz del sol desvela las verdades que oculta la noche.

—La única verdad aquí —me cortó—, es que me gustas mucho. Ayer me deslumbraste. Hoy me estás fascinando.

Me levanté y puse un poco de distancia entre los dos. Me temblaban las manos y creía que, si me quedaba allí sentada, el tamborileo de mi corazón sería evidente también para él.

—¿Cuántos años tienes? —le pregunté a bocajarro.

—Veintiséis.

—Yo tengo cuarenta.

—¿Y eso es importante por algún motivo?

Noah bebía despacio de su taza de café, sin dejar de mirarme. Respiré hondo y decidí soltar lo que me llevaba carcomiendo las entrañas desde hacía un rato.

—Podemos pasarlo bien, pero no vamos a ir más allá. Nuestras vidas son diferentes, seguramente igual que nuestros intereses y nuestras aspiraciones en la vida. Me gustas mucho —reconocí con un suspiro—, pero…

—¿Crees que soy un muerto de hambre? ¿Un ignorante que se gana unos pavos trabajando de camarero y redondea la faena camelándose a señoras ricas? Pues estás muy equivocada. No quiero nada de ti. Nada material, al menos.

Dejó la taza sobre la mesa y se levantó. Yo no sabía qué decir. Había malinterpretado mis palabras, no era eso en absoluto lo que quería decir.

—No me has entendido —balbuceé—. Por favor, siéntate y hablemos. No puedes irte así.

Noah me miró unos segundos y por fin accedió. Volvió a sentarse y clavó en mí sus ojos azules.

—Verás —empecé—, soy consciente de quién soy. De hecho, más consciente de lo que me gustaría. Y no me refiero a mi cargo en el museo, o al hecho de tener una vida más o menos desahogada. Me refiero a mí. Tengo cuarenta años, estoy sola por decisión propia, y no entiendo los motivos que puede tener un hombre como tú para querer estar conmigo. Y no hablo de tu trabajo, tu dinero o tu formación. De hecho, no sé nada de ti. Hablo de tu edad y la mía, de mi aspecto y el tuyo. Quiero pasarlo bien. Hay tantos espacios en blanco en mi vida que a veces yo misma me asusto. Soy una persona solitaria que habla con las plantas de las macetas, que les murmura a las pinturas con las que trabaja y a la que nunca le sucede nada extraordinario. Tú eres extraordinario, y por eso estoy a la defensiva, porque me preparo para cuando desaparezcas. Lo de ayer estuvo genial. Viviré con ese recuerdo mucho tiempo. Pero no tiene sentido fingir que puede repetirse, ¿no crees? Sé sincero tú también.

—¿Sabes? Creo que no puede haber nada peor que darte cuenta en tu lecho de muerte de todas las cosas que no has hecho, de que tu vida ha sido una mierda. Debería haber un infierno para esa gente, que se pasaran la eternidad lamentándose por las oportunidades perdidas. Yo no quiero ser uno de ellos. No pretendo dejar mi huella en la historia, prefiero que la vida me marque a mí. Por eso, cuando algo me llama la atención, cuando descubro algo que creo que puede enriquecer mi vida, voy a por ello. Ayer te vi a ti. Vi una mujer muy atractiva, con mucha clase, que estaba sola, aburrida, y quise conocerla. Lo que descubrí me gustó y punto. Y aquí estoy, dejando que la oportunidad me lleve donde quiera. Tengo veintiséis años. Tú, cuarenta. No veo el problema. Pero si prefieres que me vaya, no tienes más que decirlo.

Lo miré de hito en hito.

—Acábate el desayuno y dúchate —conseguí decir—. En realidad, sí que apestas.

Noah se marchó tres horas más tarde, después de un nuevo revolcón, un opíparo almuerzo y el compromiso por mi parte de que cenaría con él. No volvimos a separarnos hasta la tarde del domingo.

Las semanas siguientes transcurrieron en una plácida nube. Trabajaba con una sonrisa en los labios y me lanzaba escaleras abajo en cuanto terminaba mi jornada laboral para correr al encuentro de Noah, que me esperaba en el aparcamiento del museo junto a su moto. Paseamos por la playa, comimos, bebimos e hicimos el amor como si aquellos fueran nuestros últimos días sobre la tierra. Yo seguía teniendo mis dudas sobre la conveniencia de esa relación, pero era más fácil dejarse llevar por la marea de sensaciones placenteras. La otra opción era regresar a la soledad, el silencio y el ostracismo. Quería vivir. Por una vez, quería disfrutar de aquello que los demás parecían tener por derecho propio y que a mí se me había negado desde que podía recordar. O me lo había negado yo misma, no lo sé.

Me compré ropa, estrené zapatos de tacón y me maquillaba a diario. Practicaba frente al espejo poses, miradas y morritos, me reía a solas como una tonta, buscando la forma de sonreír sin que se me marcaran las patas de gallo alrededor de los ojos. Me informé en Internet sobre los grupos de música que estaban de moda e incluso vi un par de películas porno, en busca de algo con lo que pudiera sorprenderle en la cama. Tomé nota mental de varias posturas e intenté ponerlas en práctica, pero la realidad y mis limitaciones físicas se impusieron y terminé por conformarme con lo que ya sabía hacer, que tampoco estaba tan mal.

La desinhibición natural de Noah, que se paseaba desnudo por el piso sin ningún pudor, me miraba con descaro y toqueteaba en lugares en los que ningún ser humano había puesto nunca la mano acabaron por contagiárseme, y me atreví a probar, a pedir y a dar. Me dejé llevar por el instinto y disfruté como jamás lo había hecho, aunque al terminar me cubría pudorosamente el cuerpo con la sábana hasta encima del pecho.

Fuimos un par de veces a su piso, un apartamento con un diminuto dormitorio, una cocina sin puerta y un estrecho salón, pero la mayoría de las citas terminaban en mi casa, mucho más amplia, práctica, discreta y acogedora.

Me contó que se había graduado en Periodismo, pero que se ganaba la vida como camarero en fiestas privadas mientras seguía buscando un trabajo acorde con sus aspiraciones. Confesó que le encantaría ser un gran reportero, pero que entretanto había trabajado como monitor en un gimnasio, auxiliar de dentista y mozo de carga en el puerto.

Le gustaban las películas de gánsteres y el *rock*, leía novelas policíacas, libros de historia y ensayos sobre economía y globalización, además de los cientos de cómics que se apilaban en precario equilibrio en el interior del armario del pasillo de su apartamento.

Sus padres y su único hermano vivían en algún lugar de Pensilvania al que no pensaba regresar excepto en Acción de Gracias y Navidad. Gente normal en un pueblo normal, demasiado aburrido para un joven con unas mínimas inquietudes. Se marchó de casa en cuanto terminó el instituto y consiguió una beca para estudiar en la Universidad de Massachusetts, que no era su primera opción, pero fue la única que lo aceptó con sus calificaciones.

Me relató sus viajes a lo largo y ancho de Estados Unidos, unas veces en moto y otras en tren, autobús o autostop. Había vivido más intensamente en los últimos cinco años que yo en toda mi vida. Mis viajes, que no habían sido pocos y que me habían llevado a recorrer buena parte de Europa, fueron siempre tan académicos y profesionales que apenas me habían proporcionado anécdotas que contar. Recuerdo la recompensa del estudio, el asombro ante obras que hasta entonces sólo había conocido en los libros, la admiración que suscitaban en mí las palabras de aquellos profesores tan eruditos, tan extraordinarios… Pero nada más. Nada de diversión, nada de turismo, nada de flirteos en el bar del hotel. Nada de nada.

A cambio, yo le hablé de mi trabajo, de las piezas que pasaban por mi mesa, de las dificultades a las que me enfrentaba, de las dudas que me asaltaban en ocasiones, cuando vacilaba sobre la mejor técnica a aplicar en cada caso… No era tan emocionante como sus andanzas, pero era mi vida.

—Me encantaría ver dónde trabajas —me dijo una noche, mientras me acariciaba la espalda desnuda con la yema de los dedos—, conocer el espacio en el que te mueves, en el que eres la reina.

—Mi trabajo no es nada del otro mundo —respondí—. Me paso horas enteras inclinada sobre una pieza, sin apenas moverme, revolviendo entre pinturas y pigmentos hasta encontrar el tono adecuado. O peor, en mi despacho, organizando el reparto de tareas, los días festivos, rellenando solicitudes de material, escuchando quejas… Es muy aburrido.

—No te creo. Por cómo te brillan los ojos cuando me cuentas lo que haces, tiene que ser apasionante.

—Lo es para mí, desde luego, pero para quien no esté en mi piel, ver a una persona sola y en silencio mover milimétricamente una herramienta tiene que ser un auténtico tostón.

—Me gustaría conocer tus dominios, de verdad.

—Es complicado, está prohibido el paso a cualquier persona que no trabaje en el museo —le expliqué. Su mohín desilusionado me conmovió y me ablandó el corazón hasta el punto de ceder en menos de un minuto—. Quizá pueda llevarte algún día, a última hora de la tarde.

—¡Sería estupendo! —replicó al instante—. Siempre que no te metas en un lío, por supuesto.

—No habrá problemas. Cuando cierra el museo sólo quedan dos vigilantes, y están acostumbrados a verme deambular fuera de las horas laborales. No se sorprenderán si los aviso de que voy a acceder por una de las puertas laterales. Les diré que va a acompañarme un técnico que necesita comprobar cierto material.

—Estoy deseando ir.

—De acuerdo, iremos mañana.

—¡Oh, no! —exclamó—. Mañana tengo trabajo, creía que te lo había dicho…

—No pasa nada, podemos ir el lunes.

Por toda respuesta, se inclinó hacia mí y me regaló una deliciosa sarta de besos que acabó, como casi siempre, con nuestros cuerpos unidos contoneándose a un ritmo suave y cadencioso, en medio de susurros y gemidos.

Me estaba acostumbrando a esta situación demasiado deprisa. Noah era un hombre atento y un fantástico amante. Era guapo y divertido, y parecía estar a gusto a mi lado. Mis sentimientos, tan claros y contundentes el día que nos conocimos, estaban virando poco a poco hacia una zona de aguas profundas, peligrosas y desconocidas, y yo ni siquiera era consciente del barrizal en el que estaba hundiendo los pies.

Como esperaba, el lunes por la tarde el vigilante del museo no se extrañó cuando me vio aparecer bajo el foco de la cámara de seguridad. Abrió la puerta y salió a mi encuentro. Se detuvo al descubrir a Noah a mi lado, pero nos franqueó el paso cuando le recordé que ya había avisado de que vendría acompañada de un técnico.

—No estaremos mucho rato —le aseguré.

—Tómese el tiempo que necesite, señora Bennett, yo voy a estar aquí toda la noche.

El guardia, un rollizo cincuentón de sonrisa fácil, regresó al mostrador desde el que controlaba el edificio. No vi ni rastro del segundo vigilante, por lo que supuse que estaría haciendo su ronda habitual por las salas y las distintas plantas del museo.

Noah lo miraba todo con curiosidad. Se detuvo ante varias de las obras y se interesó por una colección de figurillas precolombinas que lucían sus orondas barrigas y enormes pechos desde detrás de una vitrina apenas iluminada a esas horas de la noche, lejos de la hora de visitas.

—El museo posee obras de arte procedentes de los cinco continentes —le expliqué—. Tenemos la segunda colección permanente más importante del país, sólo el Metropolitano de Nueva York nos supera. Y luego están las exposiciones temporales. Ahora mismo hay una muestra de joyas realmente espectacular.

—¿Joyas en un museo?

—¡También son arte! La muestra expone una selección de joyas antiquísimas, como unos pendientes egipcios de ochocientos años antes de Cristo, y además piezas espectaculares de joyería moderna inspiradas en el Mundo Antiguo: de Cartier, de Bulgari, de Castellani… Mis favoritas son un conjunto de collar y pendientes renacentistas hecho de platino, oro, diamantes, rubís, zafiros, perlas y unas piedras de crisolita verde que brillan como los ojos de un gato.

—Estarías preciosa con esos pendientes —murmuró sobre mi cuello.

—No podría pagar ni una sola de las gemas que lo forman.

—¿Tanto cuestan?

—Si estuvieran en venta, su valor superaría el millón de dólares.

Calló durante un breve instante. Su cara de pasmo fue suficiente respuesta a la información que acababa de darle.

—¿Y no hay nada más… asequible?

—Bueno —respondí tras repasar en mi mente las maravillas expuestas—, partiendo de la base de que ninguna está en el mercado… hay un collar de oro y ámbar que está asegurado en unos trescientos mil dólares. Lo fabricó un orfebre italiano hacia 1880, es bastante sobrio para la época y el lugar, pero sigue siendo una pieza importante. Además, no me imagino luciendo joyas de semejante tamaño. Sus dueñas originales eran cualquier cosa menos discretas.

Sonreí y seguí avanzando. Quizá pudiéramos venir un día y realizar una visita completa al museo. Nada me gusta más que hablar de arte, y viendo lo receptivo que Noah se mostraba ante los cuatro datos que le había dado, pensé que sería una buena forma de acercarnos, de que conociera el mundo en el que me gusta perderme, siempre lleno de belleza, incluso cuando describe a la muerte.

Pasé mi tarjeta por el lector, tecleé el código y empujé la puerta del taller de restauración. Entré con Noah pegado a mi cuerpo. En el acto, se me formó un nudo en el estómago y se me erizó el vello de todo el cuerpo. Ese hombre me excitaba con sólo susurrarme cuatro palabras.

Encendí las luces y me hice a un lado para mostrarle mi santuario. La enorme sala, de más de treinta metros de largo y unos quince de ancho, contaba con un altísimo techo del que colgaban focos extensibles, grúas y cables de todo tipo. A la derecha, varios de los caballetes acogían diversas obras en distinto estado de restauración. Junto a los lienzos, grandes lámparas led se encargaban de iluminar el trabajo del restaurador sin producir un calor que podría ser peligroso para los pigmentos. A la izquierda de la sala se habían dispuesto mesas de diferentes tamaños, alturas e inclinaciones, para poder trabajar sobre ellas con obras muy diversas, como pergaminos, tablillas o esculturas. Sobre estas mesas colgaban las inmensas campanas extractoras que depuraban el ambiente del taller, muchas veces cargado de emanaciones de barnices y pinturas, además de polvillo de mármol, arcilla o piedra.

—Esto es impresionante —susurró Noah, como si su voz pudiera molestar a los personajes que nos miraban desde los cuadros—. Mucho más de lo que esperaba.

Avancé despacio hacia el interior de la estancia, explicándole la utilidad de cada elemento que encontrábamos, y le conté pequeñas historias de las obras que dormían en el taller, a la espera de regresar a las salas como las grandes estrellas que eran.

Le mostré una preciosa talla de madera del siglo XII, una escultura china de la dinastía Jin que representaba a Guayin, el maestro de la compasión para los budistas. Su pose tranquila, la mirada baja y la marca del tercer ojo en la frente emanaban tranquilidad, sosiego y confianza. Llevaba varios días en el taller, donde intentábamos devolver todo su esplendor a la policromía original, muy desgastada por el paso de los siglos.

Sentí la mano de Noah en mi cintura. No hizo nada más, pero fue suficiente para que se me escapara un gemido involuntario. Él se acercó a mí aún más y se agachó para besarme en el hombro.

—Me siento insignificante entre tanta belleza —dijo.

—Tú eres mucho más atractivo que esos dos —respondí, señalando un lienzo de Piero di Cosimo que también estaba siendo restaurado—, y eso que son ángeles.

—No me gustan los ángeles —añadió, deteniéndose frente a mí—, no tienen sexo.

Me cogió la barbilla con los dedos para obligarme a levantar la cara y me encontré con sus labios a dos centímetros de los míos y sus ojos de fuego taladrándome sin piedad. Me besó mientras deslizaba sus manos por mi espalda hasta llegar a las nalgas, que apretó y masajeó al tiempo que me empujaba hacia sus caderas, donde me esperaba una enorme erección. Mi cerebro debió colapsarse en ese mismo momento, porque le empujé hacia la pared que tenía más cerca y bajé mis manos hasta su trasero para imitar sus provocativos movimientos.

Con una rapidez asombrosa, Noah me dio la vuelta y de pronto me encontré con la espalda contra la pared y su cuerpo cortándome la respiración. Metió la mano por debajo de mi vestido y me acarició procazmente en mis zonas más sensibles. Me temblaban las piernas y apenas podía respirar. Su boca me devoró sin compasión mientras sus manos parecían decididas a encontrar un tesoro bajo mi ropa, explorando ávidas cada centímetro de piel.

Sin previo aviso, mis pies perdieron el contacto con el suelo. Me agarré al cuello de Noah con los brazos y crucé las piernas alrededor de sus caderas. Podía sentir sus fuertes manos sujetándome por el trasero.

—Te deseo tanto —me dijo con la voz ronca—. No puedo pensar en nada más que en ti. Todo el día. Cada minuto.

Me besó con fuerza y pasión, profundamente, sin dejarme apenas respirar. Yo respondí al instante, sin dudar, y dejé que mi beso le explicara cuánto miedo tenía, que a veces la inseguridad me apretaba la garganta hasta casi asfixiarme, que llevaba tantos años muerta, vacía y sola que temblaba ante la sola idea de perder lo que acababa de empezar a saborear, y que no podía evitar pensar en que quizá fuera mejor que me apartara del festín y siguiera mirando desde el otro lado de la ventana antes que verme expulsada del banquete y ser lanzada de nuevo al infierno. Porque ahora sabía que hasta entonces no había vivido, sino que me había limitado a mantenerme con vida, a sobrevivir. Ahora estaba viva. Noah había activado cada una de mis terminaciones nerviosas y se había convertido en el oxígeno que necesitaba para subsistir.

Sin dejar de besarme, alargó una mano hasta alcanzar el borde de mis braguitas. De un solo movimiento, las arrancó y las dejó caer al suelo. Gemí y me pegué más a él. No pensé ni por un momento en que alguien pudiera entrar en el taller y sorprendernos. No había nadie más allí, sólo nosotros y la dulce y loca voz de mi cabeza que me animaba a seguir.

Tardó un poco más en abrirse los pantalones y bajarlos lo suficiente. Durante un instante, Noah se detuvo, se separó un poco de mí y me miró a los ojos, buscando mi aprobación. A modo de respuesta, adelanté la cadera, arqueé la espalda y apreté las piernas para acercarme aún más a su cuerpo.

De un solo embate Noah entró en mí y se hundió al mismo tiempo en mi boca, marcando el ritmo con las caderas y atrayéndome hacia él, haciéndome subir y bajar cada vez más deprisa.

Mi mente se vació de miedos y de dudas. Sólo había espacio para las sensaciones.

El clímax me alcanzó casi sin previo aviso, hormigueó entre mis piernas, explotó en el centro de mi organismo y se extendió después a través de las extremidades hasta llegar a mi cerebro. Cuando dejé de temblar, abracé a Noah con fuerza y recibí su orgasmo como propio, feliz y satisfecha.

Me acarició el trasero con suavidad y depositó un reguero de besos desde mi hombro hasta la boca. Esta vez me besó con ternura y cariño. Quizá fuera amor lo que estábamos compartiendo, quizá la pasión y la necesidad eran en realidad dos de los mimbres con los que el amor tejía sus intrincados puentes. Pero no era ese el momento de semejantes pensamientos tan profundos.

Noah me levantó con delicadeza, salió de mi interior y me dejó con cuidado en el suelo. Sentí cómo los fluidos de ambos se deslizaban entre mis piernas y busqué en el bolso un pañuelo con el que limpiarme. Él me ayudó con una pícara sonrisa en la cara después de abrocharse los pantalones.

Diez minutos más tarde salíamos de allí, con los jirones de mis bragas en el fondo de mi bolso. Cerré la puerta, volví a teclear el código de seguridad para activar la alarma y nos dirigimos hacia la salida.

El sonrojado y estupefacto semblante del vigilante me hizo ser consciente de un pequeño detalle que había obviado por completo: en el taller, al igual que en el resto de las salas, había cámaras de seguridad. La central de control, desde donde el guardia no dejaba de mirarnos, rojo hasta la raíz del pelo, contaba con varios monitores que reproducían en tiempo real lo que pasaba en el interior de las estancias.

Me detuve en seco, demasiado conmocionada por lo que acababa de descubrir. Noah, que caminaba detrás de mí, a punto estuvo de chocar con mi espalda.

—¿Qué ocurre? —me preguntó.

—Las cámaras —respondí en un susurro.

—¿Qué cámaras?

—Hay cámaras en el taller. Nos ha visto. Lo han grabado todo. Oh, Dios, mañana lo verá el director.

—Vaya…

Noah pareció meditar durante unos instantes. Después, me miró brevemente y me pidió que le esperara allí mismo mientras él intentaba arreglar las cosas. ¿Arreglar las cosas? El desastre que se cernía sobre mi cabeza no tenía solución posible.

Se acercó a la zona de recepción y se acodó sobre el mostrador. El guardia le miró sin pestañear. Hablaron durante un buen rato, mientras la piel del vigilante recuperaba poco a poco su tono normal. Le pillé en un par de ocasiones lanzándome miradas furtivas, así que me di media vuelta y me escondí detrás de una columna, fingiendo que contemplaba los cuadros que adornaban el vestíbulo.

Noah tardó unos quince minutos en volver a mi lado.

—Puedes estar tranquila —me dijo mientras me cogía del brazo y me dirigía hacia la puerta. Mi estupefacto cerebro se negaba a coordinar la acción de mis extremidades, por lo que Noah tuvo que empujarme en la dirección correcta. Levantó la mano para despedirse del guardia, que le devolvió el saludo como si fueran dos viejos amigos.

—¿Qué ha ocurrido?

—Está todo arreglado. Le he explicado que un incidente como este puede arruinar tu vida y tu carrera si llega a las manos equivocadas, por no hablar de lo que sucedería si lo viera tu jefe o tus compañeros. Un vídeo así se haría viral en las redes sociales en cuestión de minutos. Le he hablado de tu reputación, de tu profesionalidad y de lo estúpidos que hemos sido, y ha accedido a borrar esos quince minutos del registro digital de imágenes. Es un hombre bueno y honrado. Me ha asegurado que nadie se dará cuenta, porque todas las salas estaban vacías durante ese tiempo, su compañero todavía no ha regresado de la ronda y el corte temporal será imperceptible.

—¿Y ha accedido así, sin más?

—Bueno, sin más, no. Le he dado trescientos dólares, todo lo que llevaba en la cartera en ese momento. No lo quería coger, pero he insistido en que es lo mínimo que puedo hacer, dado el gran favor que nos está haciendo. Scott me cae bien.

—¿Quién es Scott?

—El vigilante, claro.

En ese momento no sabía si reír o llorar. Le abracé con fuerza y opté por la segunda alternativa. Mis lágrimas le estaban ensuciando la camisa, pero no dejó de abrazarme ni un segundo. Lloré de rabia por ser tan estúpida (una vez más), de miedo y de alivio. Tantas veces como había criticado con acritud a aquellos que se juegan su presente y su futuro por echar un polvo, ¡y yo acababa de hacer lo mismo! No salía de mi asombro. Me castigué mentalmente a mí misma, me insulté y me prometí no volver a ser tan idiota.

Conduje en silencio hasta su apartamento y rechacé su oferta de subir un rato.

—Necesito serenarme y pensar un poco —le expliqué sin apagar el motor.

No iba a dejarme convencer, estaba demasiado afectada.

—Como quieras —accedió—, pero no olvides que no tienes nada que lamentar. Las imágenes ya no existen, y aunque Scott comente con alguien que una restauradora se ha dado una alegría en el taller, no tiene nada para demostrarlo. Si lo cuenta y no hay imágenes, quedará en evidencia por haberlas borrado. No dirá nada, puedes estar tranquila.

Yo luchaba por convencerme de que tenía razón, de que no iba a ocurrir nada y que todo quedaría en una anécdota, un poco aterradora ahora, pero divertida en cuanto adquiriera la perspectiva del tiempo. Mientras ese momento llegaba, no podía evitar temblar de los pies a la cabeza.

Me besó y se bajó del coche. Ni siquiera miré atrás. Me incorporé al tráfico y aceleré hasta alejarme.

3

El teléfono me despertó del sueño profundo y placentero en el que me había sumido después de rendirme a la evidencia de que no conseguiría dormir sin ayuda química. Tenía la boca pastosa y la cabeza embotada. Me costó tanto encontrar el teléfono que la llamada se cortó, aunque volvió a sonar al instante. Quienquiera que fuese, no pensaba rendirse, así que encendí la luz de la lamparita de noche y comprobé la hora en el despertador mientras deslizaba el icono verde del móvil. Eran las once y media de la noche. A esas horas sólo se anuncian desgracias.

—¡Zoe! —gritó un hombre al otro lado de la línea—, ¿estás despierta?

—Ahora sí —farfullé—. ¿Quién eres?

No conseguía fijar la vista en el nombre de la pantalla del teléfono.

—Soy Gideon Petersen. Zoe, ha ocurrido…

—¿Quién? —insistí.

—¡Gideon! ¡Tu jefe! ¡El director del museo! Por Dios, Zoe, ¿estás borracha?

—No, Gideon, sólo estaba profundamente dormida. Lo siento. Estoy contigo. ¿Qué ocurre?

—Tienes que venir al museo ahora mismo. Ha habido un robo.

Esas palabras tuvieron el mismo efecto en mí que una ducha de agua helada. Abrí los ojos, me levanté de un salto y mi cerebro y mi cuerpo se pusieron en acción de inmediato.

—¿Un robo? ¿Qué se han llevado?

—Parece que han entrado en la exposición de las joyas. Pero eso no es lo peor.

Si eso no era lo peor, no imaginaba qué podía venir a continuación.

—Le han disparado a uno de los guardias. Ha muerto.

—Dios mío, Dios mío, Dios mío…

No era capaz de pensar en nada. Jamás en toda la historia del museo había ocurrido nada parecido. Por supuesto que se habían perpetrado pequeños atentados contra alguna obra en concreto, y en una ocasión se frustró un intento de robo antes incluso de que los ladrones accedieran al edificio. Los golpes del enorme martillo con el que intentaban abrir un agujero en la pared los delató. Pero nunca se había consumado el asalto, y mucho menos había muerto alguien intentando impedirlo.

—¿Quién es el muerto? —pregunté cuando recuperé mínimamente la compostura.

—No estoy seguro —reconoció Gideon—, el que estaba de turno. No sé su nombre.

Un silencio espeso se extendió a través de la línea. Durante unos segundos compartimos miedos y preocupaciones. Al final, Gideon rompió el mutismo.

—Zoe, ¿puedes venir? Aquí hay un follón tremendo y la policía querrá hablar con todos nosotros.

—Por supuesto. Dame unos minutos. Estaré allí lo antes posible.

Colgamos sin despedirnos. Con el teléfono todavía en la mano, de pie junto a la cama, me asaltó de nuevo el temor a que alguien descubriera el desliz que había cometido esa misma tarde en el taller de restauración. Temblando, llamé a Noah y le expliqué lo que había sucedido. Parecía sinceramente conmocionado, pero sin duda la falta de proximidad afectiva con el museo le hacía pensar con más claridad.

—No creo que haga falta que le digas a nadie que estuviste allí esta tarde. Recuerda que Scott borró las imágenes. Espero que no sea él la víctima —murmuró antes de proseguir con sus cavilaciones—. Es sólo mi opinión, por supuesto que tú puedes hacer lo que creas conveniente, pero pienso que si informas de tu visita, sólo vas a conseguir meterte en problemas.

—Tienes razón —reconocí mientras buscaba ropa limpia en el armario—. De momento voy a ir al museo y, si no es estrictamente necesario, no mencionaré mi paseo por el taller.

—¿Quieres que vaya a buscarte y te lleve? Estás demasiado nerviosa para conducir.

—Gracias, estoy bien. No te preocupes. Te llamaré cuando vuelva a casa.

—Estaré esperando.

Me vestí a toda velocidad y corrí hasta el coche. Por el camino fantaseé con todo tipo de situaciones posibles, a cual más sangrienta y terrible. No sabía qué iba a encontrarme, y mi imaginación voló libre y fecunda durante los siguientes quince minutos.

El cordón policial me impidió acceder al interior del aparcamiento del museo, a pesar de que me identifiqué ante el impertérrito agente que custodiaba la entrada, así que tuve que aparcar en la calle de atrás y regresar andando hasta la puerta, donde volví a identificarme.

El aparcamiento y el pequeño paseo que conduce hasta el edificio central brillaban como una feria de pueblo. Luces azules, blancas y rojas lanzaban sus destellos estroboscópicos contra los muros de piedra y hacia el cielo. Un nutrido grupo de personas se apiñaba en uno de los rincones de la zona ajardinada, muy cerca de los setos que delimitan el paseo de la zona asfaltada. Distinguí a varios agentes uniformados, dos o tres personas de paisano y otras tantas cubiertas por el característico mono blanco que tantas veces había visto en los capítulos de *CSI*.

En cuanto me franquearon el paso corrí hacia el zaguán del museo en busca de Gideon. Lo encontré sentado en una de las sillas tapizadas que suelen estar junto a la pared, pero que en ese momento habían colocado muy cerca del puesto de vigilancia, que permanecía vacío. A su lado, dos de los mandamases de la fundación cuchicheaban en voz baja. Gideon tenía mala cara. Movía las piernas convulsivamente y escondía las manos en los bolsillos de su gabán, que llevaba abrochado a pesar de la bondad de la temperatura nocturna.

Gideon era un hombre de una determinación inquebrantable, un fantástico gestor y un hábil negociador que manejaba el museo con mano de hierro cubierta con guante de terciopelo. Absolutamente todo lo que ocurría pasaba antes por su despacho, desde una compra, un préstamo o la simple reubicación de una pieza, hasta la contratación de todo el personal, y cuando digo todo, es todo, desde los expertos hasta los encargados de la limpieza, pasando por celadores, administrativos o los responsables de la comunicación y las relaciones con los medios.

Hoy, sin embargo, el pelo negro peinado hacia atrás, de normal pulcro y brillante, pendía desmadejado sobre su frente sudorosa. Unas profundas arrugas le atravesaban la frente de lado a lado, y el rictus descendente de su boca parecía el de un anciano desorientado que no recordaba quién era ni dónde estaba.

—Hola —saludé cuando llegué a su lado.

Peter y Brenda se callaron al instante y me dedicaron una sonrisa forzada, mientras que el director del museo apenas fue capaz de mirarme a los ojos.

—Esto es una tragedia —murmuró como si hablara para sí mismo—, una tragedia.

—Tú no has tenido la culpa.

Me agaché frente a él para que pudiera oírme bien. Le temblaba un párpado y parecía a punto de echarse a llorar.

—Esto va a tener consecuencias, Zoe. Consecuencias muy desagradables. ¡Nos han robado! Se han llevado tres piezas muy valiosas. Necesito que venga Sanders. Lleva semanas de baja. Le he llamado, pero su mujer me ha dicho que está muy enfermo y que no puede salir de casa de momento. Su ayudante tiene que estar a punto de llegar. Ella nos contará los detalles.

Robert Sanders era el comisario de la muestra de joyas y, en efecto, llevaba casi un mes sin aparecer por el museo. A nadie le sorprendió su baja por enfermedad, ya que antes de comunicarla ya llevaba varios días deambulando por el edificio como alma en pena.

Gideon levantó la vista y se puso en pie con aire cansino. Yo le imité y seguí la dirección de su mirada. Descubrí a un hombre corpulento que se acercaba hacia nosotros a grandes zancadas. Pelo rojizo desordenado sobre una cabeza de buen tamaño, hombros anchos, pecho poderoso y una barriga que comenzaba a sobresalir por encima de la línea del cinturón. A primera vista aparentaba unos cuarenta y cinco años, aunque cuando estuvo cerca le eché al menos tres más. Una sombra oscura le desdibujaba la parte inferior de la cara. Mantenía el ceño fruncido y las cejas juntas, como si estuviese concentrado en unos pensamientos complicados y trascendentales.

—¿Y usted es...? —preguntó, dirigiéndose a mí.

—Zoe Bennett, responsable del área de restauración del museo.

—Inspector Max Ferguson.

Cazó al vuelo la mano que le tendía y me la estrujó entre sus enormes dedos. La recuperé lo más rápido que pude, so riesgo de no poder coger un pincel en los próximos días.

—¿Han hablado ya con la familia del guardia? —preguntó Gideon a mi lado.

—Dos de mis agentes se dirigen hacia su casa en estos momentos —respondió con parquedad.

—¿Qué es lo que ha ocurrido? —quise saber.

—Por los datos con los que contamos, el señor Scott Miller salió al exterior poco después de las diez de la noche, no sabemos si para hacer su ronda o atraído por alguna circunstancia, y se dirigió hacia los setos del fondo, donde fue abatido de dos disparos.

Sentí que se me erizaba todo el pelo del cuerpo. El rostro sonrojado y atónito de Scott se dibujó en mi mente durante unos segundos; sacudí la cabeza para ahuyentar la imagen.

—Entonces, toda la gente que hay ahí fuera, está alrededor…

—Del cadáver.

El inspector no tuvo reparos en terminar mi frase y observar mi reacción a sus palabras.

—¿Quién ha podido hacer esto?

Hablaba para mí misma, pero Ferguson se dio por aludido.

—Suponemos que la misma persona que se ha llevado las joyas, pero de momento no tenemos ni una sola imagen que nos muestre a un intruso, ni dentro ni fuera del recinto. Quienquiera que atrajese al vigilante hasta la calle tuvo cuidado de permanecer fuera del alcance de las cámaras. Vemos al señor Miller contestar una llamada telefónica justo antes de salir, pero en su móvil sólo consta un número privado. Difícil de rastrear, pero lo estamos intentando.

—¿Y qué puede decirme del robo? —pregunté.

—Poco o nada de momento. Mis hombres están revisando la grabación de las cámaras de seguridad, pero hasta ahora no hemos visto a nadie entrar o salir de la sala de la exposición. Es posible que hackearan el sistema antes de entrar, o que colocaran una falsa pantalla delante del objetivo. No es difícil engañar a un sistema de vigilancia tan obsoleto como el de este museo. De hecho, la alarma de la sala en la que se ha cometido el robo es tan fácil de desactivar que incluso un aprendiz de ratero podría hacerlo. Una enorme caja, una lucecita parpadeante y dos cables. ¡Por favor! En mi casa tengo una más sofisticada. ¡El sistema de vigilancia de este museo debería estar en un museo! —exclamó entre grotescas carcajadas que nadie a su alrededor secundó.

Gideon se revolvió y gruñó por lo bajo. Las palabras del inspector eran una ofensa hacia él. Como director del museo, era el máximo responsable de la seguridad del edificio y de su contenido. Las decisiones relativas a la invulnerabilidad de todas y cada una de las salas necesitaban de su firma. Es decir, que si algo estaba mal, la culpa era enteramente suya.

—El museo cuenta con los últimos avances en seguridad —rugió, encarándose con el policía.

Ese hombre ya se parecía más al Gideon Petersen que yo conocía. La plañidera que había encontrado a mi llegada no tenía nada que ver con la persona resuelta y activa con la que estaba acostumbrada a tratar.

—Unas cámaras de vídeo y apertura de puertas mediante tarjetas magnéticas no son unas grandes medidas de seguridad. Cualquier ladrón de medio pelo podría sortearlas sin demasiado esfuerzo. Y si ha tenido ayuda desde el interior, más fácil todavía.

—¡Nadie del museo está involucrado en este robo infame y en ese monstruoso asesinato! —bramó Gideon—. ¿Con quién se cree que está tratando? ¿Con una pandilla de delincuentes sin escrúpulos? Todo mi personal lleva años trabajando conmigo, ha sido cuidadosamente seleccionado por el comité de la fundación designado al efecto y no han llegado hasta aquí si no tienen detrás un currículum amplio e impecable.

Le puse una mano en el brazo, intentando calmarle. Temblaba con violencia. Era evidente que se estaba conteniendo. El policía le sostuvo la mirada, como si pretendiera retarle a dar un paso adelante y continuar con la disputa. La providencial aparición de un agente uniformado puso fin a la pelea de gallos.

—¡Inspector! —llamó cuando estuvo a su lado—. Tenemos algo en las imágenes.

Ferguson dio media vuelta y siguió al policía. Gideon se pegó a sus talones y yo le imité. No quería que la situación se calentara más de lo necesario.

Otro oficial tuvo que hacerse a un lado para permitir el paso de su superior al interior del pequeño hueco que albergaba el centro de control de seguridad. La última vez que estuve tan cerca, Scott estaba al otro lado del mostrador. Ahora estaba muerto. No pude evitar sentir un estremecimiento. Quizá debería contarles que estuve allí... o quizá no. Seguía dándole vueltas al asunto y, para ser sincera, no encontraba ningún motivo de peso para confesar mi... llamémosla travesura, una estupidez que, por otro lado, no volvería a repetirse jamás. Contarlo me costaría el puesto, además de colocarme en una situación muy comprometida con respecto a la investigación. Así que los seguí en silencio y busqué un hueco tras sus espaldas para ver lo que fuera que el agente había descubierto.

Ferguson olía a tabaco y a sudor, una mezcla desagradable que se completaba con el vaho mentolado que exhalaba cada vez que hablaba. Me dio la impresión de que intentaba contener su necesidad de nicotina chupando un caramelo, pero el resultado olfativo era un mejunje inaceptable para mi pituitaria. Me esforcé por mantener las distancias, algo imposible en el interior del cubículo de seguridad, así que inhalé profundamente por la boca y aguanté la respiración, exhalando lo más despacio que pude para no verme obligada a volver a olerlo demasiado pronto.

El técnico que controlaba los mandos del vídeo esperó una indicación del inspector para accionar el botón.

—He unido las imágenes de los últimos minutos de vida del señor Miller. He revisado las dos horas anteriores al suceso y no he visto nada reseñable. Como ve —explicó con voz monótona, ignorando al resto de las personas que nos apelotonábamos a su alrededor—, Miller recibe una llamada en su teléfono móvil particular. Escucha, sonríe, dice algo muy breve y cuelga. Al momento, se guarda el móvil en el bolsillo del pantalón y sale del mostrador. En las siguientes imágenes le vemos abandonar el edificio por la puerta lateral. No parece que en ningún momento utilice la radio o el teléfono para informar a su compañero.

—Pensaba volver pronto —murmuró Ferguson—. ¿Dónde estaba el otro guardia, el señor García?

El agente manipuló varias teclas y señaló una de las pequeñas pantallas. Vimos al segundo vigilante recorriendo muy despacio uno de los pasillos de la tercera planta del edificio. Casi parecía un visitante más, paseando con las manos en la espalda, disfrutando de los cuadros que adornaban la pared.

—Ha declarado que Miller no le dijo que pensaba salir, que él hizo su ronda con normalidad y que cuando oyó los disparos y corrió hasta donde estaba su compañero, ya era demasiado tarde.

Ferguson asintió e indicó con un gesto que continuara con la emisión de las imágenes grabadas. Las cámaras siguieron el recorrido de Scott hasta la puerta y lo mostraron avanzando con paso resuelto a través del jardín, en dirección a los setos del fondo. Contuvimos la respiración cuando se acercó al lugar en el que todos sabíamos que había muerto. Scott se detuvo y una sombra negra y difusa apareció en la pantalla. Estaban demasiado lejos del foco de la cámara como para obtener una imagen nítida, pero parecía que el asesino estaba al otro lado de los setos, en la acera de la calle. Dos repentinos fogonazos blanquearon la pantalla. Gideon y yo dimos un respingo. A pesar de carecer de sonido, las imágenes eran espeluznantes. Para cuando la cámara volvió a hacer balance de blancos y pudo ofrecer una grabación nítida, el pistolero había desaparecido y Scott sólo era un cadáver sobre la hierba.

No podía apartar los ojos del cuerpo que yacía en el suelo. De hecho, todavía estaba allí, a unos pocos metros de distancia de nosotros. Ver los hechos a través de una pequeña pantalla les daba un toque de irrealidad al que mi mente intentaba aferrarse con todas sus fuerzas, pero mi lado consciente y responsable no dejaba de repetirme que el hombre que me miraba avergonzado hacía unas pocas horas era ahora un guiñapo ensangrentado y sin vida, y que si giraba a mi izquierda y cruzaba la puerta, podría verlo con mis propios ojos.

—El fogonazo nos impide ver hacia dónde huyó el asesino, si se subió a un coche o salió corriendo, aunque a estas alturas de poco nos serviría.

—Cierto —coincidió Ferguson—. ¿Qué hay de las cámaras de tráfico?

—Las están analizando. Además, una patrulla está recorriendo los comercios cercanos por si alguno cuenta con un sistema de videovigilancia. No dejamos piedra sin remover, inspector.

El aludido le palmeó la espalda y esbozó una mueca que quiso ser una sonrisa, pero que se asemejó más a una hendidura alargada, recta y algo curvada hacia arriba en uno de los extremos. Como una navaja. Mostró unos dientes grandes y blancos y una paleta partida en diagonal por la mitad que le daba un aire gamberro que concordaba a la perfección con su aspecto general, burdo y descuidado.

En ese momento apareció Judy Barton, la ayudante de Sanders, el comisario de la exposición de joyas. Gideon hizo las presentaciones formales y fui testigo de cómo el inspector repasaba a Judy de arriba abajo, sin dejar ni un centímetro sin evaluar. Debió de gustarle lo que vio, porque cuando volví a mirarle a la cara sonreía sin disimulo, mostrando la totalidad de su diente mellado.

—Necesito que me diga con exactitud qué joyas se han llevado —exigió Ferguson—, su valor, su procedencia, a quién pertenecen, y cómo cojones es posible que se las hayan llevado sin que haya saltado ni una sola alarma.

Judy estaba muy nerviosa. Se frotaba las manos y sus ojos bailaban frenéticos del policía a Gideon, quizá en busca de apoyo y consejo. El director del museo, ya recuperado de la impresión inicial, tomó por fin las riendas de la situación y se plantó junto a la temblorosa ayudante.

—Iremos a la sala. No tienes de qué preocuparte, Judy, nadie te culpa de lo que ha pasado.

—Robert… —balbuceó.

—Robert sigue enfermo. Su mujer me ha dicho que estaba bastante mal, pero hablaré con él en cuanto sea posible.

—No antes que yo —le cortó Ferguson—. ¿Vamos?

—Gideon —dije, cogiéndole del brazo con suavidad. Ya no temblaba—. Si no me necesitas, me gustaría irme a casa.

—Claro, Zoe. Muchas gracias por venir tan rápido. Me has ayudado mucho.

—Por favor, llámame si me necesitas. No creo que pueda dormir demasiado esta noche.

—Esté disponible también para mí, Zoe.

La media sonrisa que dibujó en su cara me provocó un nuevo escalofrío.

—Señora Bennett —le corregí.

Él se llevó la mano a la cabeza y simuló quitarse un sombrero imaginario. Al instante, dio media vuelta y se encaminó con Judy y Gideon hacia la sala que albergaba la exposición de joyas.

Salí del museo con paso rápido y firme y me dirigí hacia mi coche. Según me alejaba del edificio, de las luces, de las sirenas y del ruido me invadía una sensación de irrealidad y lejanía que no había experimentado nunca, como si lo sucedido sólo fuera una broma de mi cerebro, o como si en realidad saliera de ver una mala película y se acabaran de encender las luces.

Me senté al volante y me esforcé por respirar profundamente y recuperar la calma. No quería llamar a Noah, no habíamos llegado al punto en el que compartíamos vivencias y confidencias, pero se lo había prometido. Además, si era sincera conmigo misma, tampoco tenía a nadie más con quien hablar. Y necesitaba desahogarme. Así que saqué el teléfono del bolso y marqué su número. Como prometió, debía de estar esperando mi llamada, porque respondió al primer tono.

—¿Cómo estás? —preguntó.

—No lo sé. Es extraño. Mi cabeza se niega a aceptar lo que ha ocurrido, pero he visto el cuerpo de Scott sobre la hierba. Bueno, no lo he visto en realidad, sólo a la gente que lo rodeaba. Y he visto las imágenes de su muerte. Ha sido horrible…

—¿Lo han grabado las cámaras?

—No exactamente. Se ve a un hombre entre las sombras, pero es poco más que una figura difusa, no se distinguen los rasgos ni ninguna característica que ayude a identificarlo.

—Quizá la policía pueda hacer algo en su laboratorio para mejorar la imagen —aventuró Noah.

—Es posible, pero no lo creo. La grabación tiene una calidad muy mediocre, y si amplían la imagen para acercar al individuo sólo van a conseguir una colección infinita de píxeles sin forma.

—Es una pena.

—Sí, lo es. —Guardé silencio unos segundos—. Todo es muy extraño —repetí.

—¿En qué sentido? —me preguntó.

—Scott recibió una llamada de teléfono y salió a la calle sin avisar a su compañero. Es como si esperara una visita, o como si conociera a la persona con la que iba a verse. Luego le disparan dos veces. Él ni siquiera intentó defenderse o huir. Nada de nada. Se quedó ahí y murió. Y luego está el tema de las joyas.

—¿Qué pasa con las joyas?

—Si el asesino y el ladrón son la misma persona, no tiene sentido que hiciera salir al guardia y le disparase de inmediato. Si pretendía robar, lo lógico hubiera sido reducir al vigilante en el interior. Tras los disparos le sería imposible entrar. El segundo guardia corrió, alertado por el estruendo, y activó la alarma de inmediato.

—Bueno, quizá lo hicieron entonces. Con los dos guardias fuera del edificio, pudo colarse, robar las joyas y escabullirse en muy pocos segundos.

—Imposible —negué—. No aparece nadie en las grabaciones. Se ve al segundo guardia cruzar el museo como una exhalación, pero a nadie más.

—Pues alguien ha conseguido burlar las medidas de seguridad del edificio.

—Sí —reconocí—, y no ha debido de costarle mucho. El inspector a cargo de la investigación ha dicho que son poco menos que una mierda. Prácticamente ha acusado al director de invitar a los ladrones a entrar. De hecho, ha llegado a insinuar que han podido contar con ayuda desde dentro.

Noah guardó silencio unos segundos eternos.

—Si lo piensas bien —dijo por fin—, eso no es tan descabellado, y explicaría muchas cosas.

—No puedo creer que nadie del museo esté implicado en la muerte de Scott. Dios mío… No puedo quitarme de la cabeza su cara de asombro cuando nos vio salir del taller esta tarde.

—Y hablando de eso… ¿Se lo has contado a alguien? Me refiero a lo de nuestra pequeña incursión.

—No, a nadie, pero imagino que tendré que dar explicaciones cuando descubran que alguien ha borrado varios minutos de la cinta de vídeo. Y entonces todo habrá acabado para mí.

—No te pongas tan dramática. En el hipotético caso de que descubran la manipulación de las grabaciones, cosa que dudo, bastará con que te mantengas callada. Tú no has hecho nada, ni siquiera le pediste a Scott que las borrara. Fui yo, ¿recuerdas? Y él demostró ser todo un caballero y accedió, porque comprendió que no tenía ningún sentido comprometerte por una tontería.

—No lo sé…

—¿Dónde estás? —me preguntó, cambiando de tema.

—Detrás del museo, en el coche. Me voy a casa, aunque no creo que pueda dormir.

—Puedo encargar algo de comida y acompañarte, ¿te parece bien?

Sopesé las dos opciones que se abrían ante mí: pasarme la noche sola, en vela, mordiéndome las uñas, o pasarla junto a Noah, comer algo, charlar y desahogarme.

—Me parece estupendo.

No llevaba ni diez minutos en casa cuando me sobresaltó el sonido del timbre de la puerta. Estaba tan ensimismada en mis propios pensamientos que había olvidado que esperaba visita.

Abrí la puerta para dejar paso a un Noah con cara de circunstancias cargado con dos bolsas que desprendían un cálido aroma a especias, pollo y verduras asadas.

—Hay un asiático a dos calles de aquí que abre las veinticuatro horas y tiene verdaderas delicias en el menú para llevar.

—Lo sé —reconocí.

La soledad empuja a las personas a rehuir la cocina. Recuerdo a mi madre, canturreando entre fogones mientras preparaba un banquete para su extensa familia. Yo soy hija única, pero ella tenía una buena colección de hermanos, sobrinos, sobrinos nietos, cuñados y primos a los que les gustaba reunirse de vez en cuando. A mi madre le encantaba cocinar para los demás y en ocasiones yo participaba de esa alegría, ayudándola con los quehaceres más ingratos de la elaboración del festín, como pelar patatas, desplumar un pato o saltear las verduras. Me gustaba formar parte de ese regocijo, de la algarabía de sonidos, olores y sabores que inundaba nuestra casa cuando la familia se reunía y mi madre cocinaba. Hace siglos que no tengo contacto con ninguno de ellos.

Quizá por eso huyo de los fogones como de la peste. ¿Qué hay más deplorable que sentarse sola a la mesa, frente a un triste filete y una ensalada? Cocinarlo. Seguro que muchos *singles* creen que no tiene nada de malo guisar para uno sólo, que es cuestión de acostumbrarse. Pues yo no me acostumbro, me deprime cocinar, así que entre semana suelo comer en la pequeña cafetería del museo y los fines de semana me aprovisiono de comida para llevar en cualquiera de los variados restaurantes que abundan por la zona.

Comimos sin hablar demasiado. Eran casi las dos de la madrugada, una hora muy extraña para cenar, pero no dije nada. Supongo que pensé que Noah hizo lo que le pareció más adecuado en esos momentos. Estaba nerviosa e impresionada, y un poco asustada también. La cercanía de la muerte, la certeza de que el fin de la vida nos puede alcanzar como un rayo en el momento menos pensado me había llenado la cabeza de ideas lúgubres y luctuosas. Veía una y otra vez en mi mente a todas aquellas personas rodeando el cadáver de Scott. Yo entonces no sabía que estaba allí, pero ahora casi podía ver sus pies laxos sobre la hierba, e incluso el abundante reguero de sangre que tuvieron que producirle los dos disparos a quemarropa.

Picoteé sin ganas la comida que Noah dispuso sobre la mesa de la cocina e intenté sonreír un par de veces, pero mis pensamientos iban a mil por hora y mi cabeza no dejaba de elucubrar sobre lo que ocurriría a partir de entonces.

Y luego estaba lo de mi comportamiento de esa tarde en el taller de restauración. Confiaba en que Scott hubiera eliminado las imágenes, Noah me garantizó que lo hizo ante sus ojos, pero no podía estar segura al cien por cien.

Un escalofrío de terror me sacudió de arriba abajo. Noah se acercó a mí y me abrazó, un gesto protector que no esperaba. No me gustaba mostrarme vulnerable. Estaba tan acostumbrada a valerme por mí misma que incluso me incomodaba que alguien vislumbrara la más mínima debilidad en mí.

—¿Te encuentras bien? —me preguntó.

—No —reconocí—, no demasiado. No dejo de pensar en Scott y en lo que ocurrirá a partir de ahora.

—¿A qué te refieres?

—No lo sé… Supongo que la investigación pondrá patas arriba nuestra rutina. De hecho, ni siquiera sé si debo ir mañana a trabajar.

—Pregúntaselo a tu jefe —propuso Noah con una lógica aplastante—. Él sabrá si la policía tiene intención de clausurar el museo durante unos días o si los empleados podéis acudir con normalidad, aunque esté cerrado al público. Al fin y al cabo, tu taller está alejado de donde ocurrieron los hechos.

Asentí despacio. Llamaría a Gideon a primera hora de la mañana. Él me diría qué hacer. O mejor, me presentaría en el museo y esperaría los acontecimientos. Cualquier cosa menos quedarme allí sentada viendo pasar el tiempo.

Temblé de nuevo. Estaba mareada y tenía el estómago revuelto.

—Creo que me voy a acostar —anuncié.

Noah me miró y se puso en pie. Me cogió la cara entre sus manos y me besó con delicadeza la punta de la nariz.

—¿Quieres que me quede?

—Te lo agradezco, pero no es necesario. Es muy tarde y mañana va a ser un día duro. Intentaré descansar un rato.

—De acuerdo —accedió con una sonrisa—. Tendré el móvil a mano por si me necesitas.

—Gracias —dije.

Nos besamos en la puerta y se marchó. No me molesté en recoger los restos de la cena tardía. Me dirigí a mi habitación, me desnudé a los pies de la cama y me metí entre las sábanas después de comprobar que la alarma del despertador estaba conectada. Di la espalda a la ventana para ignorar la luz de las farolas, me hice un ovillo e invoqué todas las imágenes placenteras que habitaban en mi cabeza para conjurar el horror que la muerte traía consigo. No lo conseguí.

No tardé demasiado en dormirme, pero soñé con arroyos sanguinolentos que descendían raudos desde una montaña de cadáveres, recorrían los intrincados vericuetos de un paisaje asolado, lleno de piedras y rocas oscuras hasta donde alcanzaba la vista, y corrían hasta a mis pies, donde la sangre se detenía sin llegar a tocarme, formando una plácida laguna carmesí. En mi sueño estaba sola, no había nada vivo a mi alrededor, ni humano, ni animal, ni vegetal. Completamente sola. Rodeada por toda aquella sangre aguada. ¿Qué ocurriría si daba un paso adelante? ¿Me hundiría y me ahogaría? ¿Se llenaría mi cuerpo de sangre ajena, por dentro y por fuera?

Por suerte, el despertador me arrancó del mal sueño antes de que fuera más allá. Me desperté empapada en sudor, con la sábana hecha un gurruño alrededor de mi cuerpo y un intenso dolor de cabeza. Una mala manera de comenzar el primer día del resto de mi vida.

4

Sabía que estaba despierta, pero lo que me rodeaba se parecía tanto a una pesadilla que en ocasiones llegué a dudar de mi cordura. El rincón donde había muerto Scott permanecía acordonado, al igual que el mostrador de seguridad y el vestuario en el que la víctima tenía su taquilla. La policía deambulaba por los pasillos del museo a toda velocidad, con la urgencia marcada en cada uno de sus pasos, como si sólo manteniendo una actitud apremiante se pudiera resolver el caso. Caras largas, ceños fruncidos, gestos circunspectos. Todo el mundo parecía haber adoptado la pose adecuada a las circunstancias, incluida yo misma, que me planté ante el cordón policial todavía impresionada por el vívido sueño de la pasada madrugada.

—Señora Bennett. —El agente uniformado me dedicó un saludo marcial—. El inspector Ferguson me ha pedido que le avise cuando llegue usted. La espera en el interior. ¿Necesita que la acompañen?

—No se moleste, conozco el edificio.

«Mejor que tú», estuve a punto de añadir, pero me mordí la lengua a tiempo. El inspector quería verme. Eso no podía significar nada bueno. El corazón me martilleaba el pecho y sentía el pulso azotándome las sienes. Calculé el tiempo que había transcurrido desde que me había tomado el último analgésico y decidí recetarme otro antes de ir a ver a Ferguson.

No tuve ocasión de hacerlo. Me di de bruces con el inspector en cuanto crucé el umbral de la puerta. A punto estuve de chocar contra su mole maloliente. Di un paso atrás y observé su aspecto desastrado. Llevaba el pelo revuelto, la ropa sucia y arrugada y la barba ya no era una coqueta perilla desenfadada, sino que tenía el mismo aspecto que un arbusto hirsuto mal podado. Apestaba a sudor y a tabaco hasta el punto de que ni siquiera el sempiterno caramelo de menta que solía llevar en la boca bastaba para disimular el tufo.

—¿Ha dormido aquí? —le pregunté sin pensarlo.

—Digamos que no he dormido —respondió él con voz ronca—. No es por nada, pero usted tampoco tiene muy buen aspecto.

Tenía razón. Iba sin maquillar y me había recogido el pelo en una espartana cola de caballo. Llevaba dibujadas en la cara las huellas de la impresión vivida y de una noche terrible.

Dio media vuelta y se encaminó hacia la cafetería, donde al parecer la policía había instalado su centro de operaciones temporal. Me ofreció asiento frente a una mesa atiborrada de vasos vacíos, botellines de agua y manchas de café.

—¿Le apetece algo?

—No, gracias —rehusé.

Estaba tan nerviosa que no me creía capaz de sostener un vaso entre las manos sin derramar su contenido, así que las escondí en el regazo y le dediqué una sonrisa de compromiso. No como Audrey Hepburn, sino más bien como Alicia Vikander en su papel de esposa de Eddie Redmayne en *La chica danesa*, cuando descubre a su marido vestido de mujer. Una mueca en los labios, un interrogante en los ojos.

—Estuvo aquí ayer —me lanzó a bocajarro.

—Trabajo aquí —conseguí responder.

61

Él sonrió, como si mis palabras tuvieran alguna gracia, y se recostó en su silla.

—Sabe a qué me refiero. Estuvo aquí fuera de las horas laborales. A última hora de la tarde, de hecho. El código de su tarjeta aparece en el listado.

—Suelo hacerlo, cualquiera puede decírselo. A veces aplico una capa de barniz o pintura a una pieza y me acerco más tarde para comprobar si se está secando correctamente. Es más fácil corregir un error en fresco que deshacerlo cuando ya está seco. Entonces tengo que rascar con cuidado, eliminar las capas superfluas...

El inspector levantó una mano para detener mi perorata. Me callé en medio de la frase y me quedé mirándole como una imbécil, con la boca abierta y los ojos como platos. ¿Dónde estaba mi buen juicio? ¿Cuántas veces me había repetido a mí misma que en boca cerrada no entran moscas? ¿En cuántas ocasiones había visto a la gente meter la pata hasta el fondo por no saber callarse a tiempo? Y ahí estaba yo, parloteando como una estúpida, tan nerviosa que Ferguson debería ser muy corto para no darse cuenta de que le ocultaba algo.

—Y exactamente ¿qué vino a hacer ayer?

La verdad me picaba en los labios. Sería muy sencillo explicar que vine a enseñarle a un amigo el lugar en el que trabajo. No tenía nada de malo, miles de personas llevaban a otros miles a sus oficinas cada día y nadie moría por eso. Salvo que aquí sí que había una persona muerta, y ser sincera podía complicarme mucho la vida. Muchísimo. Yo sabía la verdad: ni Noah ni yo habíamos disparado contra Scott. De hecho, ni siquiera estábamos ya en el museo cuando todo ocurrió, y seguro que Ferguson lo sabía, pero contarle mi escarceo vespertino diría muy poco en mi favor, y mucho en contra. Así que mentí.

—Por la mañana había aplicado un barniz a unas tablas del siglo XVI sumamente frágiles y necesitaba comprobar que no se había formado ni una sola burbuja. Habría sido un desastre.

Listo. Ya no había marcha atrás. Había consumado el engaño y ahora debía mantenerme firme en la mentira. Levanté la vista y le miré a los ojos en busca de alguna sombra de duda, pero lo único que encontré fue una miríada de venitas rojas recorriendo de lado a lado unas pupilas turbias. Puse las manos sobre la mesa y continué:

—Siempre aviso cuando voy a venir. Hablé con el señor Miller esa misma tarde, horas antes de presentarme en el museo. No quiero que salte ninguna alarma cuando cruzo la puerta. De hecho, él mismo me franqueó el paso cuando me vio llegar.

—Ya… Lo curioso es que hay constancia de su presencia gracias al lector magnético de tarjetas, pero no la hemos visto cuando hemos revisado las imágenes.

Tragué saliva y encogí los hombros brevemente.

—No puedo ayudarle en eso, lo siento. No tengo ni idea de cómo funciona la seguridad, más allá de la tarjeta para abrir las puertas, por supuesto.

—Ya… —repitió.

El corazón se me había atravesado en la garganta y notaba que el sudor me empapaba la espalda, pero conseguí no moverme, mantener la pose y volver a sonreír.

Pero aquello no era divertido, no lo era en absoluto. El inspector me escrutó en silencio antes de continuar:

—¿Cuánto rato permaneció en el museo?

—No sabría decirle con exactitud, puede que una hora, más o menos.

—Tampoco aparece en las cámaras cuando se marcha. ¿No le parece extraño?

—No sé qué decirle —respondí con el tono más inocente que fui capaz de entonar—. ¿No habría algún problema en el sistema de seguridad? Usted mismo dijo anoche que es viejo y obsoleto.

—Algo así tendrá que ser —concedió Ferguson—. O eso, o alguien apagó las cámaras para que usted pudiera moverse sin ser vista por el museo. —De pronto, sus ojos vidriosos y sus venitas rojas estaban fijas en mí—. ¿Se llevó usted las joyas, señora Bennett? ¿El pobre Scott era su cómplice? —Aprovechó mi aturdimiento para rebuscar entre las botellas de agua esparcidas por la mesa hasta encontrar una con un poco de líquido en su interior. Se la llevó a los labios resecos y la apuró de un trago—. No puedo tomar ni una gota más de café —confesó—, creo que esta noche me he bebido un par de litros.

Asentí, comprensiva, y volví a guardar las manos en mi regazo. Me sudaban las palmas y me hormigueaban los dedos, las miles de terminaciones nerviosas tensas y alerta en las yemas.

—Yo… —balbuceé—. No sé cómo se atreve siquiera a pensar que yo he podido tener algo que ver con lo que ocurrió aquí anoche. Me ofende usted, inspector.

—No suelo resultarle simpático a los sospechosos de un delito.

—¿Soy sospechosa de un delito?

—De dos, en realidad —un par de dedos regordetes se alzaron a escasos centímetros de mi cara—: robo y asesinato. Homicidio si tiene suerte, pero yo no contaría con eso.

Me levanté con brusquedad y a punto estuve de volcar la silla en la que estaba sentada.

—¿Cree que si pretendiera cometer un robo o un asesinato, o ambas cosas —añadí cuando alzó de nuevo los dedos—, me preocuparía por las cámaras y luego abriría las puertas con mi propia tarjeta magnética? ¿Tan estúpida cree que soy?

Sonrió de medio lado, mostrando su diente mellado.

—Siéntese —me ordenó. Le obedecí despacio, concentrando toda mi furia en las chispas que saltaban de mis ojos—. También he pensado en eso, y por ello esta conversación está teniendo lugar aquí y no en la comisaría. No creo que sea estúpida. He investigado sobre usted y he encontrado uno de los expedientes más limpios que he visto en mi vida. ¡No tiene ni una multa de tráfico, ni una queja de los vecinos! Es una ciudadana ejemplar.

—Déjese de tonterías, por favor. Ayer por la tarde entré en el taller, estuve un rato allí, no sé exactamente cuánto, y me marché cuando terminé. Las joyas seguían en su sitio y el señor Miller estaba vivo, eso puedo asegurárselo. Si quiere saber por qué no están las dichosas imágenes, hable con la empresa de seguridad, yo no sabría decirle.

Ferguson me miró divertido y se levantó para buscar otro botellín de agua. Regresó con el envase pegado a los labios, bebiendo con los ojos cerrados.

—¿Conocía usted al señor Miller? —continuó cuando se limpió el agua que le goteaba por la barbilla.

—Claro, le saludaba todos los días. Era un hombre muy amable. Lamento muchísimo su muerte, me parece algo… surrealista.

—¿Y fuera de aquí?

—¿Fuera del museo? No, nunca le había visto en otro lugar, ni nos habíamos cruzado por la calle.

Recordé avergonzada que ni siquiera sabía cómo se llamaba hasta que me lo dijo Noah. Scott Miller sólo era para mí una figura vestida de marrón a la que saludaba todas las mañanas y de la que me despedía algunas tardes, cuando estaba de humor para dedicarle una sonrisa o un gesto con la mano. No consideraba necesario hacerlo si no tenía ganas. Era una sombra, una extensión del mostrador tras el que trabajaba, parte del mobiliario. Y ahora era un cadáver. No pude evitar imaginármelo desnudo sobre la fría mesa metálica de la sala de autopsias. ¿Le habrían abierto ya? ¿Habrían mostrado su cuerpo a la familia? ¿Tenía familia?

Empecé a encontrarme mal. La tensión, los nervios y la falta de sueño me estaban pasando factura. Intenté mantener la compostura, pero me costaba un esfuerzo enorme aparentar sosiego y autocontrol.

Me recosté en el respaldo de la silla y esperé su siguiente pregunta. El inspector paseó de nuevo la vista por las botellas de la mesa, todas vacías, y dejó escapar un suspiro abatido.

—¿Necesita algo más de mí? —pregunté tras un largo silencio—. Me gustaría ir a ver al señor Petersen y, después, ocuparme del trabajo que tengo pendiente.

—Puede ir a ver al director —me dijo desde detrás de una sonrisa desdeñosa—, pero luego tendrá que marcharse a casa, o de compras, o donde quiera que le guste pasar el tiempo. No quiero a nadie merodeando por aquí en las próximas horas, al menos hasta que los de la científica hayan terminado su trabajo. Acaban de empezar con la sala de las joyas.

Me sequé con discreción la palma de la mano en la pernera del pantalón y se la ofrecí al inspector, que me la estrujó sin piedad durante unos segundos eternos. A pesar de nuestra desagradable conversación, creí que sería mejor despedirme con educación. «Al fin y al cabo —me dije—, sólo está haciendo su trabajo». Después me levanté y di media vuelta, lista para marcharme.

—Señora Bennett —me detuvo—. ¿Podría decirme qué otros días ha venido usted a trabajar fuera de horas? Me gustaría comprobar si en esas ocasiones la cámara tampoco la ha captado, o si se trata de algo puntual y excepcional.

—Vengo muy a menudo —respondí lo más tranquila que pude—, pero no sabría decirle con certeza qué días y a qué hora. ¿No pueden comprobarlo en el registro de acceso de las tarjetas magnéticas, que parece que sí funciona?

—Como dije anoche —añadió, negando con la cabeza— el sistema de seguridad de este lugar es un auténtico desastre. El registro se sobrescribe cada día, así que no tenemos nada anterior al día de ayer. Le agradeceré que haga memoria.

—Lo intentaré —prometí—. Deme un poco de tiempo y le llamaré.

—De acuerdo. Aquí tiene mi tarjeta.

Escribió un número de teléfono en un trozo de papel que arrancó del cuaderno y me lo entregó. Después, levantó un pulgar rechoncho y curvado en extremo y me mostró una vez más su diente mellado.

Encontré a Gideon en su despacho, rodeado de papeles, libros, planos a medio desplegar, documentos en carpetas de varios colores, dos ordenadores portátiles y otros tantos teléfonos móviles. Tampoco él parecía haber dormido demasiado, seguramente nada. Tenía la piel cenicienta, los ojos hinchados y enrojecidos y era evidente que había recaído en su viejo tic de retorcerse con dos dedos los pelos de las cejas.

Levantó la vista de lo que estaba leyendo cuando escuchó la puerta y volvió a centrarla en los papeles al comprobar que era yo.

—Esto es un puto desastre —masculló.

¿Había dicho una palabrota? Entonces, la cosa era mucho más grave de lo que pensaba. Jamás en todos los años que llevaba trabajando en el museo había escuchado al director soltar un taco o perder la compostura, y eso que se había enfrentado a situaciones realmente tensas y complicadas, pero su experiencia, sus dotes diplomáticas y su proverbial mano izquierda las habían soslayado siempre.

Me senté sin decir nada y le observé rebuscar entre los papeles y teclear después frenéticamente en uno de los portátiles. Un par de minutos más tarde se detuvo, miró la pantalla y se llevó las dos manos a la cabeza. Se mesó el pelo adelante y atrás, desesperado, y deslizó las palmas por su rostro agotado hasta dejarlas caer de nuevo sobre la mesa.

—No puedo más —reconoció—. Tengo a la junta al teléfono cada cinco minutos exigiéndome una explicación sobre cómo es posible que se hayan llevado las joyas y, para colmo, que haya muerto un hombre.

Yo hubiera dado a los hechos un orden de importancia diferente, pero no dije nada. Me limité a observarle en silencio, esperando a que se decidiera a continuar hablando.

—No sé qué ha pasado, de verdad que no lo sé. No saltó la alarma, los guardias no vieron nada extraño, pero faltan las joyas. Y después, ese hombre sale al jardín y lo abaten de dos disparos. No entiendo nada… No sé si aprovecharon el tumulto para efectuar el robo, o si lo hicieron para escapar. No sé cómo burlaron la alarma y las cámaras de vigilancia, cómo franquearon la entrada sin que nadie los viera y cómo lograron salir. Esto es un puto caos, Zoe —dijo, a punto de echarse a llorar—. No puedo más.

Alargué una mano y la puse sobre su antebrazo. Miró mis dedos y después me miró a mí, sorprendido. No recordaba la última vez que había habido contacto físico entre nosotros. Por supuesto que nos habíamos dado la mano, e incluso besado superficialmente en la mejilla en Navidad o en nuestros cumpleaños, pero esa era la primera vez que el contacto era realmente íntimo, un roce con el que pretendía transmitir algo: apoyo, comprensión, calor, calma…

—Tienes que descansar —le dije—. Que se vayan a la mierda los de la junta. No puedes seguir adelante si no duermes un poco y comes algo decente. —Señalé los envoltorios de sándwiches industriales de la papelera—. No pasará nada si faltas unas horas. La policía está aquí, lo que ha sucedido no tiene vuelta atrás; nada de lo que les digas podrá devolver la vida al vigilante de seguridad ni servirá para encontrar las joyas.

—Tienes razón —reconoció en voz baja—. Voy a enfermar si sigo así una hora más.

Se levantó y buscó su americana con la mirada. La encontró al otro lado del despacho, hecha un ovillo sobre una de las sillas. La estiró paciente y se la puso despacio. Guardó después los dos móviles en los bolsillos, apagó los portátiles y echó un vistazo a su alrededor.

—Cerraré la puerta con llave para que nadie vea este desastre.

—Es una buena idea —le animé—. Yo pensaba trabajar un

rato, pero el inspector me ha dicho que no quiere ver a nadie por aquí mientras estén los de la científica.

—¿Has hablado con Ferguson? —Me miró y yo asentí—. ¿Qué quería?

—Saber para qué vine ayer por la tarde al taller, después de las horas de trabajo y cuando el museo ya había cerrado al público.

—No sabía que habías venido…

—Vengo a menudo y no siempre te informo. A veces son cinco minutos, para ver cómo va una laca o un barniz, o si una tela está bien estirada. Otras veces me quedo un rato, incluso horas. Ya sabes que no me gusta estar sin nada que hacer. —Le miré directamente a los ojos—. La casa se me cae encima.

Él asintió en un gesto de comprensión y terminó de recoger sus cosas.

—Vámonos —dijo al fin.

Salimos aprisa del edificio y cruzamos el jardín sin desviar la vista ni una sola vez hacia el lugar en el que unas horas antes había muerto un hombre. Ralentizamos el paso cuando atravesamos las verjas de entrada y llegamos a la acera sombreada. Hacía una mañana maravillosa, sin una sola nube en el cielo y con una suave brisa salada que minimizaba los efectos del sol. Era un día perfecto para pasear por la playa.

—¿Te apetece tomar un café? —ofrecí.

Gideon se detuvo un momento, consulto su reloj, miró a derecha e izquierda y se encogió de hombros.

—Claro, por qué no. Necesito vaciar la cabeza de problemas antes de intentar siquiera dormir un poco. Podemos almorzar, hay un restaurante aquí cerca que sirve un *brunch* fantástico.

—Como quieras —accedí.

No tenía mucha hambre, pero me había ofrecido a acompañarle y no iba a echarme atrás ahora.

Caminamos en silencio hasta el restaurante y ocupamos la mesa que nos indicaron. Gideon pidió tres platos sin consultar la carta, como si conociera de memoria el menú. Yo lo leí por encima y elegí una tortilla de verduras y gambas y un café fuerte y aromático que Gideon se negó a encargar, solicitando en su lugar una botella de vino blanco *frizzante*.

—Te va a encantar —me aseguró—. Es fresco y vibrante, una fiesta para el paladar.

Me asombró descubrir esta faceta *gourmet* del director del museo, pero me cuidé mucho de demostrar mi sorpresa. Asentí con la cabeza y esperé paciente hasta que el camarero llenó nuestras copas. Luego no pude más que darle la razón.

Gideon almorzó en silencio, saboreando cada bocado como si hiciera mucho tiempo que no comía caliente. Las últimas horas se nos habían hecho muy largas a todos, sobre todo a él, que ni siquiera había tenido la oportunidad de marcharse a casa y descansar un rato.

—¿Qué va a pasar ahora? —pregunté cuando terminamos de comer y sorbí la última gota del café que finalmente me permitió pedir.

Gideon sacudió la cabeza, entristecido.

—Nada —respondió—, no va a pasar nada. Se montará un buen revuelo durante unos días, pondrán el museo patas arriba, y nuestras vidas también. Instalarán nuevas cámaras, sensores de movimiento, de calor, y de todo lo que se les ocurra. Renovarán las normas de acceso, nos volverán locos durante un par de semanas, un mes como mucho, y luego todo volverá a ser como antes.

—Pero ha habido un robo. Y ha muerto una persona.

—El robo es grave, pero las piezas estaban aseguradas. Eran joyas de un alto valor económico, estamos hablando de más de tres millones de dólares, pero no son irreemplazables. Habría sido peor si se hubieran llevado una pieza antigua. Eligieron bien, las que tienen mejor salida en el mercado. Imagino que estudiarían el catálogo en nuestra página web y seleccionaron las que podrían vender con mayor facilidad. Pero lo del señor Miller no tiene solución.

Es terrible, terrible. —Cabeceó con la vista fija en la mesa. Parecía sinceramente afectado por la muerte de Scott—. Me va a costar dejar de ver ese fogonazo en mi cabeza. Saber que detrás de esa luz hay un hombre desplomándose es algo difícil de digerir.

—Tampoco va a ser fácil para mí —reconocí—. Me despedí de él pocas horas antes de que lo mataran. Me sonrió, levantó una mano y me dijo adiós.

Lo que acababa de contarle era lo que mi cabeza había fabricado, la imagen de lo que había sucedido en otras ocasiones y que, como por arte de magia, había sustituido a la escena real hasta el punto de que, mientras hablaba, estaba convencida de estar relatando lo que de verdad había ocurrido. Al parecer, mi cerebro había activado una vez más el modo de autoprotección. Solté el aire que estaba reteniendo sin darme cuenta en un largo suspiro.

—Poco a poco —murmuró Gideon con la boca llena—, tendremos que ir poco a poco.

—¿Y qué pasa con las joyas?

—Han abierto las vitrinas que están al principio de la sala, imagino que por las prisas, aunque la verdad es que allí se exhibían las más comerciales, como reclamo para el público. Han dejado las piezas compactas y se han llevado los collares, pulseras, pendientes y diademas compuestos por piedras preciosas engarzadas en oro, plata o platino. ¡Ni siquiera se han llevado la gargantilla de Bulgari, y eso que ella sola vale más de medio millón de dólares! Han elegido bien, por desgracia… —Sacudió la cabeza, conmocionado—. Tendré que hablar con los Kaplan. Insistí mucho para que nos prestaran su colección, firmamos unas condiciones draconianas y un seguro astronómico, y se las han llevado casi todas. A Katherine le va a dar un infarto cuando se entere de que su collar de marfil y perlas ha desaparecido…

Gideon se refería a una de las familias más ilustres y poderosas de Massachusetts, poseedora de una fortuna incalculable y cuyos miembros, además de dirigir con mano firme y segura algunas de las empresas más prósperas del país, copaban una buena retahíla de altos cargos en el Congreso, el Senado, los palacios de justicia y varias alcaldías. No me extraña que le preocupara tener que dar la cara ante la matriarca de los Kaplan.

—Esto es algo que nadie podía prever —dije para animarle, aunque mis palabras no parecían estar surtiendo demasiado efecto, así que decidí cambiar de tema—. ¿Vas a salir a navegar este verano?

Gideon levantó la cabeza y sonrió. Le brillaban los ojos. La navegación, sobre todo en su magnífico yate de veinticinco metros de eslora, era la única pasión de la que alardeaba. Incluso tenía fotos de la embarcación en su despacho, y todas las imágenes en las que aparecían su mujer y sus hijos estaban tomadas a bordo.

—¡Por supuesto! Cuento los días que faltan para levar anclas. He pensado poner rumbo a las Bermudas, aunque mi mujer prefiere bordear la costa hasta llegar a Miami y pasar allí unos días.

La comida y la charla estaban teniendo un efecto relajante en él. Los músculos faciales perdieron su rigidez, distendió la mandíbula, dejó caer los hombros e incluso encorvó un poco la espalda.

—Creo que será mejor que te lleve a casa —le dije con una sonrisa—. Si permito que conduzcas es posible que te duermas en el primer semáforo.

—Te lo agradezco mucho, Zoe. Pensaba coger un taxi, pero mejor así.

Veinte minutos después me despedía de Gideon en la puerta de su casa y me encontré de nuevo sola y sin nada que hacer, salvo pensar en qué le iba a decir al inspector Ferguson cuando insistiera en el listado de fechas y horas que me había pedido. Con un poco de suerte encontrarían antes al culpable y se olvidaría de mí.

El zumbido del teléfono me arrancó de mis funestos pensamientos. Era Noah.

—Hola —saludó en cuanto descolgué—. ¿Conseguiste dormir algo anoche?

—No demasiado —reconocí.

—¿Estás trabajando?

—No, la policía nos ha mandado a todos a casa hasta nuevo aviso. Quizá mañana, pero no es seguro. Acabo de almorzar con Gideon, el director del museo, y lo he llevado a su casa.

—Así que estás libre esta mañana.

—Eso me temo.

—¿Te apetece hacer algo especial?

Me lo pensé durante unos segundos.

—Pensaba dar un paseo por la playa. La idea de las olas, el sol y la arena me parece de lo más atractiva. Me vendrá bien relajarme un poco.

—Suena fenomenal. ¿Puedo acompañarte?

—Claro —respondí sonriente—. Te recogeré, estoy en el coche.

Me dio una dirección en Telegraph Hill, aunque no me explicó qué hacía allí. La playa de Pleasure Bay quedaba muy cerca, e incluso podríamos dar un paseo hasta Castle Island si no hacía demasiado calor.

No nos costó encontrar un aparcamiento frente a la playa. El verano no había hecho más que empezar y todavía no había llegado la temporada alta del turismo. Me quité las sandalias y las metí en el bolso mientras veía a Noah remangarse los pantalones hasta las pantorrillas, quitarse las zapatillas, anudar los cordones entre sí y colgárselas del hombro.

No pude evitar cerrar los ojos y levantar la cara hacia el sol, que me saludó con una suave caricia amortiguada por la brisa fresca procedente del océano.

—Adoro el mar. Daría cualquier cosa por poder vivir cerca de la playa —murmuré más para mí que para él.

—Suena bien. Una casa no muy grande, apartada de la ciudad, pero bien comunicada, con acceso directo a la arena. Y unos riscos cerca, y un camino que los bordeara. Podrías pasear por allí con tu perro…

—¿Con mi perro? ¿Quién te ha dicho que quiero tener un perro? No soporto que me chupen la cara.

—¿Seguro?

Noah me cogió entre sus brazos y recorrió mis labios con su lengua. Intenté zafarme, pero él insistió en el juego, mordisqueándome la barbilla y besándome en la boca.

—Si no quieres perro, puedes adoptarme a mí. Prometo portarme bien.

Me lamió la cara de arriba abajo, estrujándome contra su cuerpo para evitar que escapara. Fingí una mueca de asco y me incliné hacia atrás hasta casi caerme de culo en la arena, pero no pude evitar el lametón.

—¡Por esto no quiero perro! Siempre lo llenan todo de babas.

—Mejor —concluyó Noah—, así sólo te lameré yo.

Me cogió de la mano y nos adentramos en la playa, acercándonos a la orilla hasta que el océano nos acarició los pies. A pesar de las bromas y las risas, podía ver que también Noah estaba preocupado por algo. Fruncía el ceño, sus silencios se prolongaban demasiado y le sorprendí en un par de ocasiones mirando nervioso por encima de su hombro. Supuse que estaba inquieto por mí, o por los dos. Al fin y al cabo, él estuvo conmigo en el museo la tarde anterior, y convenció (y pagó) a Scott para que borrara las imágenes comprometedoras.

Me detuve y me volví hacia el mar. Cerré los ojos e inspiré con fuerza, llenándome de oxígeno, de sal, de yodo y de vida.

Avanzamos en silencio a lo largo de la orilla, cogidos de la mano, hasta vislumbrar una hilera de adosados unifamiliares de fachada blanquísima y porche de madera. Todos los jardines estaban delimitados con pequeñas vallas pintadas de colores claros y tenían una cancela que se abría directamente a la playa.

—Cada vez que veo uno de esos cercados de madera —confesé

—, imagino a Tom Sawyer engañando a sus amigos para que la pintaran por él y, encima, le pagaran. Su tía pensó que le estaba castigando al hacerle trabajar en sábado, pero él supo darle la vuelta a la situación.

—Esa es la cuestión: saber darle la vuelta a la situación para ver el lado bueno de las cosas.

—No todo tiene un lado bueno —negué.

—Sólo hay que esforzarse en verlo —insistió Noah.

—¿Qué hay de bueno en la muerte? Y no me refiero a la muerte de un desconocido, sino a cuando pierdes a un ser querido. A tu madre, a tu padre, a un buen amigo... Sólo te queda echarlo de menos para el resto de tu vida, un agujero en el estómago que llenas con recuerdos y con reproches sobre las cosas que no dijiste o que no hiciste. Y ya no hay vuelta atrás, porque de la muerte no se regresa.

—No hay que pensar en la pérdida, sino en los años que has disfrutado junto a esa persona.

—Serías presa fácil para Tom Sawyer...

—Seguramente —reconoció, encogiéndose de hombros—, pero no conseguirás hacerme cambiar de opinión.

Espiamos con discreción la vida tras las ventanas abiertas a la brisa del mar. Una cortina bailaba en la planta baja de una de las casitas, bandeada por el aire caprichoso que había conseguido sacarla al exterior. Un poco más adelante, un hombre mayor, vestido con una camiseta desgastada y pantalones cortos, recorría parsimonioso el jardín empujando un pequeño cortacésped que lanzaba hacia los lados miles de diminutas briznas verdes y llenaba el ambiente de un agradable olor a hierba recién cortada.

—No me importaría nada vivir en una de esas casas —reconocí.

—¿Incluso los días de tormenta?

—Sobre todo los días de tormenta. Imagina los rayos iluminando las olas embravecidas, el sonido del mar furioso chocando contra la playa, el viento arrastrándolo todo a su paso… Y yo segura y caliente al otro lado de la ventana, contemplando el mayor espectáculo de la naturaleza con una taza de café entre las manos.

—Al día siguiente necesitarías horas para sacar toda la arena del porche y del jardín.

Lo miré, divertida.

—¿No eras tú el que siempre veía el lado bueno de las cosas?

—No me entusiasma la idea de vivir rodeado de arena. Se mete en todas partes y se esconde en los rincones. Prefiero una casa cerca del mar, pero rodeada de hierba. ¿Qué me dices de Cape Cod?

—Nunca he estado allí.

—¿En serio? Tenemos que ir un día. Quizá mañana, si todavía no puedes volver al museo. Te encantará, seguro que después de ver esas mansiones asomadas al mar ya no querrás vivir en otro sitio.

Sonreí. A punto estuve de confesarle uno de mis secretos mejor guardados, pero no tenía ganas de confidencias y explicaciones, así que dejé pasar el momento y la oportunidad. Eran muchas las cosas que no había compartido con él. Siempre he sido muy reservada, desde pequeña. Jamás compartí secretos con mis amigas, aunque escuchaba los suyos con fingido interés, y con los años la vida me enseñó que no puedes fiarte de nadie. Absolutamente de nadie. Ni de tu propio padre.

—¿No tienes trabajo estos días? —le pregunté.

Me arrepentí en el acto. Su rostro se ensombreció y le tembló el labio. No esperaba esa reacción. En realidad, no sé qué esperaba. Sólo era un tema de conversación.

—Tengo un asunto pendiente —dijo al cabo de unos segundos—, pero parece que no acaba de cuajar, así que tendré que tirar por otro lado. En cualquier caso —se animó—, este fin de semana trabajaré en dos fiestas que me supondrán unos buenos ingresos. Mi amigo Walter siempre se acuerda de mí cuando tiene algo.

Volvió a cogerme de la mano y seguimos caminando. La subida de la marea había reducido mucho la franja de playa disponible. Eran casi las tres de la tarde y el sol calentaba con fuerza. Nos dirigimos hacia el paseo y nos sentamos en un banco a la sombra para sacudirnos la arena de los pies y calzarnos.

Permanecimos en silencio, recostados en el banco de piedra, con la vista fija en el mar y en las pequeñas olas que batían la playa.

—¿Qué tal esta mañana en el museo? —preguntó Noah al rato—. ¿Te han interrogado?

—Algo así —reconocí—. El inspector Ferguson me estaba esperando. Sabía que había estado la tarde anterior en el edificio y me ha preguntado por qué no aparezco en las imágenes. Ha llegado a sugerir que podía estar implicada en el robo y el asesinato de Scott.

—¿Qué le has respondido?

Parecía ofendido y preocupado.

—Que no lo sé, que no sé nada de la seguridad del museo, que él mismo reconoció que es un desastre, y que no tengo ni idea de cómo funciona, que yo me limito a acercar mi tarjeta magnética al lector y a abrir la puerta. Y que, por supuesto, si hubiera querido entrar sin ser vista no habría utilizado mi propia tarjeta. No se lo dije, pero hay varias formas de sortear las medidas de seguridad del edificio. Sé de mucha gente que sale a fumar al exterior, o incluso a hacer algún recado, sin pasar por el control ni fichar, aunque imagino que eso también va a cambiar a partir de ahora…

Noah sonrió, como un padre orgulloso cuando su hija recita de un tirón la tabla del nueve, aunque habría jurado que tenía el ceño un poco fruncido.

—Han cotejado las horas en las que accioné la tarjeta magnética con las imágenes de la cámara de seguridad —añadí, y la sonrisa de Noah se congeló en sus labios—. No aparezco. Ni a la entrada, ni a la salida. Scott debió borrar una franja más amplia que el rato que estuvimos en el taller, eliminó la hora entera que pasamos en el museo.

—No fue eso lo que yo le pedí… —empezó.

Me encogí de hombros y seguí mirando las olas.

—Pero es lo que hizo —concluí—, y ahora tengo a un sabueso oliéndome el culo.

Yo misma me sorprendí por lo mal que habían sonado esas palabras en mi boca, pero mi agotado cerebro parecía haber dejado a un lado sus modales y su buena educación. Estaba cansada, preocupada y asustada. No quería perder mi trabajo, o que el inspector Ferguson me viera como una posible sospechosa. Sin embargo, estaba convencida de que no tardaría en ocurrir una de las dos cosas. O las dos.

Me alegraba de tener a Noah a mi lado. La diferencia de edad casi se había convertido en una anécdota, un chiste privado del que nos reíamos de vez en cuando, aunque me seguía resistiendo a la idea de hacer pública la relación que al parecer teníamos.

Noah se había instalado en mi vida con naturalidad, y yo había ido modificando mis rutinas poco a poco para incluirlo en mis planes. Comer con él, ir al cine, a tomar unas copas, dormir juntos de vez en cuando… Era muy agradable que toda la cama estuviera ocupada, que hubiera dos tazas para fregar o no poder entrar en el baño cuando iba a ducharme.

Nos habíamos conocido hacía poco más de un mes, pero nos tratábamos con la familiaridad que dan los años. Me seguía sorprendiendo que llamara a mi puerta, que me deseara y que se hiciera el remolón a la hora de marcharse. Me sorprendía y me halagaba, no puedo negarlo. Y en esos momentos de miedo e incertidumbre, sus anchos hombros eran un asidero perfecto.

En los instantes lúcidos era perfectamente consciente de que nuestra relación tenía fecha de caducidad, que llegaría el día en que una mujer más joven llamaría a su puerta y él la dejaría entrar.

Entonces me esforzaba por alejar de mí los sentimientos que me embargaban cada vez con más frecuencia, negaba la realidad de que me estaba enamorando de un hombre quince años más joven que yo y que estaba condenada a sufrir, y mucho, por culpa de su futuro abandono.

Pero cuando venía a mi casa, o me esperaba en el aparcamiento del museo, de pie junto a su moto, con un casco en la mano para mí, se me derretía el alma, la razón enmudecía y me dejaba arrastrar por los instintos más primarios, esos que empujan a los animales a buscar un ejemplar afín y aparearse. Noah era mi ejemplar afín. El resto era culpa de la naturaleza.

Pasamos la tarde en su casa. Comimos, charlamos e hicimos el amor. Me quedé dormida en sus brazos, como un bebé saciado, y no desperté hasta que el sol era una franja en el horizonte. Escuché a Noah hablar por teléfono en el salón. Parecía nervioso, alterado, y su interlocutor le interrumpía constantemente, porque daba la impresión de que no conseguía acabar las frases. Después oí un golpe sobre la mesa y una palabrota a duras penas controlada. Nunca le había visto enfadado, no habíamos tenido ocasión de discutir hasta entonces y apenas le había visto interactuar con otras personas, así que esa era una faceta nueva para mí.

Me levanté y busqué mi ropa. La confianza que tenía en mí misma y en mi relación con Noah no llegaba hasta el punto de sentirme cómoda deambulando desnuda por la casa, y menos por la suya.

Fui al baño, me arreglé el pelo, me lavé la cara y utilicé el váter. Debió de oírme, porque cuando salí lo encontré de pie junto a la puerta, sonriendo descarado y vestido únicamente con sus calzoncillos. Desde luego, su pudor no le llegaba al mío ni a la suela de los zapatos.

—Tengo un problema —me dijo con una sonrisa lasciva dibujada en los labios.

Pensé en la disputa telefónica que acababa de escuchar y deduje que se trataba de algo grave. Le miré, esperando una explicación a sus palabras.

—¡Estoy muerto de hambre! —exclamó.

Creo que abrí mucho los ojos y la boca, pero la sorpresa y el alivio me arrancaron una sonora carcajada.

—¿No tienes nada comestible en esta madriguera? —le pregunté.

—Nada que pueda ofrecer a una dama de tu categoría. ¿Salimos? Conozco un italiano fantástico en el barrio universitario.

—Me encanta la comida italiana —admití, y abrí los brazos para recibirle.

Tardamos otra hora en salir de casa y, cuando lo hicimos, los dos estábamos muertos de hambre.

Nos sentaron a una pequeña mesa junto a la pared del fondo. El comedor bullía de actividad, con los camareros yendo y viniendo de un lado a otro con las bandejas cargadas de comida, aunque todavía quedaban algunas mesas libres.

Pedimos la especialidad de la casa y un vino rosado para acompañar. Me he esforzado en recordar esa noche, pero por mucho que lo intento, los detalles han desaparecido de mi mente. Sólo recuerdo vagamente la cena, no sé si me gustó o no, ni qué pedimos de postre. Mi memoria sólo es capaz de reproducir con nitidez la surrealista escena que se produjo a continuación y que me cambió la vida para siempre.

5

Para ser justa, tengo que reconocer que recuerdo haber disfrutado con la *caponata siciliana* y con los *zuchini al pomodoro*. No llegué a probar el pollo *a le cacciatore* ni mucho menos el postre.

Vino fresco, buena comida y conversación animada. La velada lo tenía todo para ser un éxito. El camarero acababa de dejar sobre la mesa los segundos platos cuando un hombre sonriente se acercó a nosotros. Noah palideció al verlo. Yo respondí a su sonrisa con una educada inclinación de cabeza, convencida de que se trataba de un amigo de mi balbuceante compañero, que parecía no encontrar las palabras para responder al escueto «hola» de aquel individuo.

—Te veo bien, Noah, pero que muy bien dadas las circunstancias.

Él seguía sin contestar y yo comenzaba a inquietarme, aunque no sabía muy bien por qué. La voz, el tono de ese hombre me pareció falso, forzado, igual que la sonrisa que mantenía en los labios incluso cuando hablaba. Me recordó a Norman Bates en las escenas finales de *Psicosis*. O a Hannibal Lecter rememorando los últimos «platos» que había degustado. Había deleite y regocijo en el fondo de sus ojos maliciosos.

—¿Os molesta si me siento con vosotros? Será un momento, enseguida dejaré solos a los tortolitos de nuevo.

Sin esperar respuesta, cogió una silla vacía de la mesa de al lado y se sentó con nosotros. El camarero hizo ademán de acercarse para ver qué ocurría, pero retrocedió en cuanto el recién llegado le lanzó una severa mirada, ya sin sonreír.

—Llevo un buen rato buscándote —dijo mirando a Noah—. He estado en tu casa, en los bares que sueles frecuentar, en el local de tu amigo… Y nada. ¿Te escondes de mí?

—En absoluto, Jack. De hecho, pensaba llamarte esta misma noche.

—¡Pues mira qué casualidad! Así te ahorro la llamada.

La siguiente vez que habló no quedaba ni rastro de jovialidad en su voz. En su lugar apareció un tono amenazador, sibilante como el de una serpiente a punto de saltarle a la yugular a su víctima.

—Me debes algo. He dado la cara por ti y no estoy dispuesto a jugármela. Sabemos que la cosa salió bien, pero no hay nada sobre la mesa. ¿A qué esperas?

—Tom se ha esfumado —respondió Noah casi en un susurro—. Le he llamado mil veces, he ido a su casa, a la de su hermano, y nada. No está. El muy cabrón se ha largado con la mercancía.

Aunque mi mente se negaba a aceptarlo, la inflexión de sus voces y el contenido de la conversación me permitían hacerme una idea sobre lo que estaban hablando. Eché la silla hacia atrás y comencé a levantarme. No quería oír ni una palabra más.

No pude terminar el movimiento. El brazo de Jack se estiró como impulsado por un resorte y se aferró al mío, obligándome a volver a sentarme. No había discreción en sus acciones. Le daba exactamente igual que lo vieran y lo que pensaran de él, y eso lo hacía todavía más peligroso.

—No te muevas, preciosa. Esto también va contigo.

—Los negocios de Noah no van conmigo —conseguí decir, de nuevo sentada.

—Este sí, te guste o no.

Se volvió hacia Noah y lo miró sin pestañear durante unos interminables segundos.

—Esto es lo que vamos a hacer —dijo por fin—. Tienes dos días para conseguir las joyas o la pasta. Por mí, como si tienes que ir a la luna para buscar a esa comadreja que dices que es tu colega. Si no me llamas, volveré, y no será agradable. ¿Recuerdas a Sanders? Pues lo que le pasó será como una caricia comparado con lo que os ocurrirá a vosotros si intentas... ¡No! Si sueñas siquiera con engañarme.

¿Sanders? ¿Se refería a Robert Sanders, el comisario de la exposición de joyas? ¿Mi compañero? Llevaba un tiempo de baja; según su mujer, estaba muy enfermo. No entendía qué relación podía tener con todo esto.

El mafioso se levantó de la silla y me miró. Una nueva sonrisa bailaba en su boca, mostrando una hilera de dientes blancos y rectos, casi perfectos. No pude evitar recordar al gato de Cheshire.

—Permíteme decirte, Zoe, que eres mucho más guapa al natural. Las fotos no te hacen justicia.

Aprovechó mi estupefacción para cogerme la mano y acercársela a los labios. Depositó un breve beso en mis nudillos y volvió a dejarla sobre el mantel.

Mi mente se hundió en un torbellino de ideas confusas, de suposiciones y de realidades que se desmoronaban como un castillo de naipes. Miré a Noah, que tenía la vista fija en la silla vacía, y fui testigo muda de cómo las piezas del puzle caían a plomo, ocupando cada una su sitio en mi cabeza. Ahora todo tenía sentido. El flirteo descarado, la insistencia en visitar el museo... Cómo había podido ser tan imbécil. No me quería, seguramente ni siquiera le gustaba. Sólo me necesitaba. ¡Estúpida!

Me levanté despacio, casi a cámara lenta, y me dirigí hacia la puerta por la que acababa de desaparecer Jack. Esquivé al nervioso camarero, que intentaba averiguar qué había pasado, y crucé la salida. Imagino que Noah pagó la cuenta antes de seguirme, no lo sé, pero apareció a mi lado un par de minutos después, azorado y sudoroso, e intentó cogerme del brazo. El mismo en el que el matón había hundido sus dedos calientes.

Me detuve y me volví para poder mirarle a la cara. Tenía bastante clara la situación. Aun así, pregunté:

—¿De qué me conoce ese tipo? ¿Qué le habéis hecho a Sanders? ¿Dónde están las joyas? Y sobre todo, ¿qué le hicisteis tu socio y tú al guardia?

Noah intentó de nuevo cogerme las manos, pero una de ellas voló hasta estrellarse contra su mejilla. El bofetón resonó en la calle vacía. Noah dio un paso atrás, acariciándose el pómulo mientras me miraba con la boca abierta.

—Tom y yo teníamos un plan —empezó en voz baja—. Yo debía camelarte, duplicar tu tarjeta de seguridad del museo, conseguir que me llevaras y distraer al guardia mientras él se colaba en el edificio y se llevaba las joyas. Limpio y sencillo.

No daba crédito a lo que estaba oyendo.

—¿Camelarme? ¿Distraer al guardia? ¡Eres un hijo de puta! ¡Un grandísimo hijo de puta!

Intenté pegarle de nuevo, pero esta vez vio venir mi puño y esquivó el golpe.

—¡Cálmate! —me exigió—. Estamos juntos en esto.

—¡De eso nada! —negué, y eché a andar calle arriba, en dirección a la comisaría más cercana.

—Tom se ha largado con las joyas —insistió, corretcando detrás de mí.

—No es mi problema.

—Sí que lo es, ya has oído a Jack. Quiere el dinero o las joyas, o nos matará. Casi mata a Sanders…

Me detuve en seco. Noah estuvo a punto de chocar contra mi espalda.

—¿Qué le has hecho a Robert?

—Nada, yo no le hice nada. Fue Jack.

Me ardían las manos y la cabeza. Habría sido capaz de escupirle fuego. Esperé hasta que se decidió a continuar hablando.

—Sanders se comprometió a colaborar con nosotros —continuó—. Iba a llevarse una buena tajada. De hecho, fue él quien seleccionó las piezas más adecuadas, las que mejor se venderían en el mercado negro.

—Sanders… —susurré negando con la cabeza. El pulso me latía con fuerza en las sienes y tenía la boca seca y pastosa.

—Pero se echó atrás en el último momento. Se negó a franquearnos la entrada. Dijo que no podía hacerlo, que no era capaz, que no soportaría la cárcel si nos pillaban. —Hizo una pausa en su relato. Me miró a los ojos por primera vez desde que salimos del restaurante. Vi el miedo arder tras sus pupilas azules—. Jack le hizo una visita en su casa. Sanders volvió a negarse a colaborar, el muy idiota le dijo que no iba a cambiar de opinión, y a punto estuvo de matarlo. Le reventó el hígado y tiene lesiones y magulladuras por todo el cuerpo. Casi no lo cuenta…

—Dios mío… —murmuré.

—No tendrá tantos miramientos con nosotros. Nos meterá una bala en la cabeza y nos tirará al mar. Es un asesino sin escrúpulos.

—Yo sólo he sido tu peón, me has utilizado. No tengo nada que ver contigo ni con tus actos delictivos. Olvídame, no te ayudaré, ¡ni lo sueñes!

—¡No te queda más remedio si no quieres morir!

—Vete a tomar por el culo.

Di media vuelta y eché a correr calle arriba. Noah intentó seguirme, pero al final desistió y conseguí llegar a mi coche y salir de allí antes de que me alcanzara.

Mi primera intención era acudir a la policía, pero necesitaba poner en orden mis pensamientos antes de presentarme ante Ferguson, así que puse rumbo a mi casa.

Llegué veinte minutos después, igual de alterada pero mucho más asustada. Entré en casa y encendí la luz. Mi corazón perdió un latido.

Todo estaba revuelto. Los muebles, volcados; el contenido de los cajones, esparcido por el suelo; los adornos que descansaban sobre la mesita, destrozados contra la alfombra. Caminé despacio alrededor del desastre y me dirigí a mi dormitorio. Estiré la mano para encender la luz, pero no llegué a hacerlo. Unos dedos como garras me cogieron por el cuello mientras una palma sudorosa se me pegaba a la boca. Intenté gritar, pero sólo conseguí perder parte del poco oxígeno que tenía en el cuerpo.

Alguien encendió la luz. Frente a mí, cómodamente recostado en mi cama, estaba el mismo hombre que nos asaltó en el restaurante, el tal Jack. Sonreía grosero, disfrutando del espectáculo mientras yo me debatía bajo las zarpas que me atenazaban para conseguir un poco de aire.

—Suéltala —ordenó.

El orangután que casi me ahoga aflojó la presa sobre mi cuello y me dejó caer. Las piernas no me sostuvieron, y un segundo después estaba de rodillas en el suelo, con la cabeza inclinada hacia delante y las manos sobre la madera, intentando recuperar el aliento.

—Disculpa los modales de mi amigo —dijo Jack—, pero tenía que asegurarme de que no montaras un escándalo. Es muy tarde, y no queremos que los vecinos llamen a la policía. Si piensas gritar, deberías saber que te meteré un tiro en la frente antes de que puedas articular el primer sonido.

Supe al instante que lo decía en serio. Me rehíce y me puse de pie, no sin esfuerzo. Aunque estaba a más de un metro de distancia, todavía podía sentir los dedos de aquella bestia aferrándome la garganta. Respiré despacio e intenté que mis ojos no reflejaran el terror que sentía.

—¿Qué quieres? —pregunté con un hilo de voz.

—Quiero que ayudes a Noah a hacerse con otras joyas. Las que tú elijas, me da igual, pero que no valgan menos de tres millones de dólares.

Negué con la cabeza antes de ser capaz de articular palabra. No sé qué le habría contado Noah sobre mí, pero estaba claro que se había hecho una idea equivocada.

—No puedo hacer eso. No puedo, y no quiero.

—Respuesta equivocada, bonita.

Lanzó una rápida mirada a su gorila y de pronto mis pies dejaron de tocar el suelo. Me lanzó con todas sus fuerzas contra una silla que estaba junto a la pared. Mi cabeza golpeó el muro y la fuerza del impacto hizo que la silla se resquebrajara y se partiera con un desagradable sonido. Caí al suelo de culo, dolorida y desgarbada, pero aquello no duró mucho. Un instante después, dos enormes manos me agarraron por los hombros, me levantaron en volandas y volvieron a lanzarme contra el suelo, donde me hice rápidamente un ovillo para intentar esquivar las dos contundentes patadas que me lanzó y que acertaron de pleno en mi costado. Mis costillas crujieron como las ramas de un árbol al troncharse y un segundo después estaba invadida por el peor y más intenso dolor que había conocido en toda mi vida.

A una señal de Jack, el matón se detuvo, me recogió del suelo y me acomodó en la única silla que quedaba intacta en la habitación. Notaba la sangre, caliente y húmeda, deslizarse por mi cráneo desde la herida abierta en la parte de atrás de mi cabeza. Pero lo peor era el dolor punzante y violento que me recorría todo el cuerpo en constantes y rápidas sacudidas. Me dolía al respirar, y también si no lo hacía. Me rodeé el cuerpo con los brazos, en un intento inútil por repeler una nueva agresión, y esperé los golpes con los ojos cerrados y bañados en lágrimas.

—No tienes opción —escupió Jack desde la cama. Mi cama.

—Es imposible —conseguí decir—. Está todo lleno de policías, van a instalar un nuevo sistema de seguridad y, además, la sala de las joyas está cerrada.

Encontré una postura que me permitía respirar sin que el dolor me atravesase de lado a lado y así me quedé mientras intentaba fijar la vista en aquella sabandija que pretendía matarme.

Jack hizo un gesto desdeñoso con la mano y amplió su sonrisa felina.

—Minucias —dijo—. Cuando era un crío, mi padre siempre me decía que no hay nada imposible, que querer es poder. Tendrás que poder —añadió, mucho más serio—, así que ya puedes empezar a pensar en cómo conseguirlo. Tu amigo Noah es muy imaginativo, todo esto fue idea suya. —Hizo un gesto con las dos manos que me abarcaba a mí y al dormitorio—. Tú tienes una ventaja innegable —continuó—: trabajas allí. Encontrarás el momento, seguro. Noah te ayudará. Os ayudaréis el uno al otro si no queréis… Bueno, ya me entiendes.

Un temblor incontrolable se adueñó de mis músculos. Me abracé más fuerte, intentando aguantar el dolor sin dejar salir los gemidos que se me amontonaban en la garganta.

Jack se levantó de la cama, de mi cama, y se estiró la ropa con parsimonia, sin dejar de mirarme. Un segundo después metió una mano en el bolsillo interno de su chaqueta y sacó algo en el puño cerrado. No podía ver qué era y supuse que quizá quisiera darme el «toque final» antes de marcharse, por si me quedaba alguna duda sobre lo que debía hacer. Consciente del terror que cada uno de sus movimientos despertaba en mí, se rio sin hacer ruido y tiró un puñado de pastillas rosas y blancas sobre la cama.

—Si te duele mucho, tómate un par de estas. Son potentes, así que no abuses. Te permitirán hacer lo que tienes que hacer. No es buena idea que vayas al médico. Y, por supuesto, sería muy malo para ti que visitaras a la policía, ¿de acuerdo, pequeña?

Me miró sin pestañear, esperando una respuesta. Yo asentí despacio y le observé mientras se marchaba. El gorila se pegó a la pared para dejarle pasar y le siguió de inmediato, como un pitbull bien amaestrado.

Esperé un par de minutos, hasta estar segura de que se habían ido, y comencé la ardua tarea de incorporarme. El silencio volvía a ser dueño y señor de mi casa, como siempre, como nunca tuvo que dejar de serlo.

El dolor se había extendido hacia las piernas y los brazos, por no mencionar el terrible padecimiento que me suponía el simple hecho de tragar saliva o respirar. Caminé despacio hasta el baño y me miré en el espejo. Lo que vi me horrorizó aún más que la imagen de mí misma que se había formado en mi mente mientras arrastraba los pies hacia allí.

Los enormes dedos del matón de Jack habían dejado cinco huellas moradas alrededor de mi cuello. Tenía el pelo enmarañado y aplastado, sucio de sangre todavía fresca. Por suerte, el golpe sólo había abierto una pequeña brecha en el cuero cabelludo, nada grave, pero la hemorragia me había convertido en una especie de novia de la muerte. Estaba más pálida de lo normal y los labios, hinchados y amoratados, temblaban sin control.

Me desabroché con cuidado la blusa. Debajo no había heridas abiertas, pero sí un enorme hematoma que apenas había empezado a colorearse pero que ya se extendía por todo el costado derecho hacia la espalda. En la parte delantera, el moretón iba del ombligo al pecho sin interrupción. Lo palpé con cuidado. Me dolía muchísimo, pero no me dio la sensación de que tuviera ningún hueso roto.

En ese momento oí cómo crujía la madera del suelo. No estaba sola. Alguien había vuelto a colarse en mi casa. Me giré lo más rápido que pude e intenté cerrar la puerta del baño. Fue inútil.

Me faltaban al menos veinte centímetros para cerrar del todo cuando una mano masculina asió la manilla con fuerza y empujó la puerta hacia dentro, contra mí.

Noah apareció al otro lado del umbral. Abrió mucho los ojos y la boca al descubrir lo que me habían hecho y alargó una mano hacia mi mejilla. ¿Intentaba acariciarme? ¿Después de todo lo que había ocurrido en la última hora, él todavía se creía con derecho a acariciarme? Se me erizaba la piel de sólo pensar en el roce de sus dedos, y no era el anhelo por su cuerpo lo que lo provocaba ahora, sino un profundo, intenso y visceral asco.

—No te atrevas a tocarme —gruñí entre dientes.

Él congeló el gesto de su mano y la retrajo despacio, sin dejar de mirarme.

—¿Ha sido…? —preguntó él en un susurro.

—¿Acaso lo dudas? ¿No has sido tú quien le ha dado mi dirección? ¿No le has pedido tú que me animara a participar en tu mierda de plan?

—¡No! —exclamó—. Jamás permitiría que te hicieran daño. ¡Oh, Dios, Zoe! No pensé… yo no pensé…

—Está claro que no pensaste. Eres un cabrón hijo de puta. Quiero que salgas inmediatamente de mi casa y que no vuelvas a acercarte a mí jamás, ¿me has oído bien? ¡Lárgate!

El último exabrupto retumbó como un cañón en mi malogrado tórax, provocándome una oleada de dolor que me obligó a agarrarme al lavabo. De pronto, las baldosas del suelo se movieron hacia arriba y todo se tornó borroso a mi alrededor.

Cuando volví a abrir los ojos estaba tumbada sobre mi cama. Noah me observaba desde la única silla entera. Sus ojos denotaban cierta preocupación, pero mi inicial asomo de ternura se convirtió en odio cuando recordé que me necesitaba viva y sana para conseguir el botín.

Me había vendado la cabeza y extendido algún tipo de pomada o ungüento sobre los morados del costado y del cuello, que seguía doliéndome horrores. También había limpiado las heridas y las magulladuras que tenía por todo el cuerpo.

—Estaba empezando a preocuparme —dijo a modo de saludo—. Llevas casi media hora inconsciente.

—¿Y no se te ha ocurrido llevarme a un hospital? —susurré, intentando que las palabras no rebotaran con demasiada fuerza contra las paredes de mi maltrecho cerebro—. Es posible que tenga una conmoción, o lesiones internas.

Noah me miró en silencio. Por supuesto. Lo había olvidado. Jack había dicho que nada de médicos.

—Creo recordar que te pedí que te marcharas.

—No puedo irme, no puedo dejarte así.

—Poco te importó ponerme en peligro, arriesgar mi vida sin darme siquiera la oportunidad de defenderme.

—Lo siento —murmuró con la vista fija en el suelo—. Todo ha salido condenadamente mal. Si Tom no se hubiera largado, tú y yo podríamos haber sido felices por tiempo indefinido. Reconozco que empezó como un… «encargo», llamémoslo así, pero me importas. Y ahora… Quieras o no quieras, tenemos que terminar esto, o de lo contrario, estamos muertos.

Cerré los ojos y repasé mis heridas. Las del cuerpo y las del alma. En ese momento no sabía cuáles me dolían más. El más mínimo movimiento despertaba en mi interior furiosos latigazos que al instante se convertían en un tormento a duras penas tolerable, pero el alma… Me escocía tanto el corazón que con gusto me lo habría arrancado y lo habría tirado por el retrete.

—Déjame —supliqué una vez más—. Vete.

Noah se levantó despacio. Pensé que por fin iba a marcharse, pero mi efímera ilusión duró menos que un suspiro.

—Me quedaré en el salón, por si necesitas algo. Mañana pensaremos en un modo de solucionar esto y después saldré de tu vida para siempre. Te lo prometo.

Se deslizó sin hacer ruido hasta el otro lado de la puerta, que dejó abierta, y me quedé allí tumbada, entre oleadas de dolor y unas ganas inmensas de llorar. Tenía miedo, un terror fundado en las amenazas nada veladas de Jack. Estaba convencida de que me quedaban pocas horas de vida, y por extraño que parezca, con el paso del tiempo me convencí de que robar las joyas y entregárselas a Jack era el único modo de sobrevivir. Ya pensaría después en una manera de eludir la cárcel y, a ser posible, de salir indemne de aquel embrollo.

Pero Noah iba a pagar por lo que me había hecho. Eso seguro.

6

El nuevo día se dibujó tras el cristal como el interior de mi cabeza: sucio, turbio, enmarañado.

Llevaba toda la noche dándole vueltas al tremendo lío en el que estaba metida. Los pocos momentos en los que me rendí al sueño me vi inmersa en pesadillas sangrientas y tortuosas, golpes y bruscas caídas.

Me dolía todo el cuerpo. Necesitaba una ducha caliente, un café bien cargado y una dosis doble de analgésicos.

Oí a Noah trastear por el salón y la cocina, y creí percibir el sutil aroma de la vainilla. ¿Estaba preparando tortitas? No podía dar crédito a su descaro y despreocupación. Lo único que yo quería era salir corriendo de allí y no parar hasta llegar a un lugar en el que me juraran que todo había sido un mal sueño, aunque también me seducía la idea de perderme donde no me conociera nadie y tuviera la posibilidad de empezar de nuevo. Una vez más. En mi fantasía me vi levantando una enorme valla alrededor de mi casa para alejar a cualquier hombre que pretendiera acercarse a menos de cien metros de mí. Debí recordar la máxima que me había mantenido a salvo hasta entonces: nunca confíes en nadie. Absolutamente en nadie. Ni en los desconocidos, ni en tu propio padre, ni mucho menos en tu novio. No volvería a olvidarlo. Si era necesario, me lo tatuaría en letras mayúsculas.

La vergüenza y la profunda humillación que sentía al haber sido engañada con tanta facilidad por el primer adonis que llamó a mi puerta me dolían incluso más que los golpes y las magulladuras que me atormentaban físicamente.

Tonta, tonta, tonta, tonta…

Me lo repetí cientos de veces, miles, agarrando las sábanas con las manos para no abofetearme al mismo tiempo. Cómo podía haber sido tan estúpida…

Cerré los ojos y volví a ver los enormes dedos que aferraban mi mano de niña pequeña. Seis años. Miré hacia arriba y encontré de nuevo aquellos ojos marrones, tan oscuros que casi parecían negros, y esa amplia sonrisa en una boca que recordaba enorme, abierta de lado a lado, pero que seguramente no lo sería. Aquella sonrisa fue la que me detuvo en la acera, la que me hizo pensar que ese ser desconocido no entrañaba ningún peligro y la que me impulsó a acompañarle. A pesar de las repetidas lecciones de mis padres sobre la necesidad de no hablar con extraños. A pesar del miedo que intentaban inspirarnos contándonos en voz baja espeluznantes historias sobre niños desaparecidos. A pesar de todo, cogí la mano que me tendía y le seguí. Porque sonreía.

El resto son recuerdos difusos, empapados por años de vergüenza y silencio. He invertido mucho tiempo en olvidar. Un sótano oscuro. Un colchón sucio. Olor a humedad. No sé cuánto tiempo estuve allí. Sentí sus manos por todo mi cuerpo y, cuando terminó, me estiró la ropa y volvió a ofrecerme su mano para llevarme a casa. Se despidió en la esquina, después de darme unas cuantas monedas por haberme portado tan bien y revolverme un poco el pelo con esa mano grande.

Mi madre me esperaba, inquieta por mi tardanza. No sé cómo, pero lo supo. En cuanto me vio supo que algo había pasado. Sus ojos despertaron en mí la conciencia de que había hecho algo malo, y sus gritos cuando encontró las monedas en mi mano no hicieron más que confirmarlo.

—¿De dónde ha salido este dinero? —me preguntó, enfurecida y asustada.

—Me lo ha dado un señor —respondí en voz baja.

—¿Por qué te lo ha dado? Nadie da dinero por nada…

Pensé deprisa, mi mente de seis años funcionaba a toda velocidad.

—Me preguntó por dónde se iba a un sitio, yo se lo dije, le acompañé un trozo y me dio esto para darme las gracias. No es mucho…

—Vamos —me ordenó—, llévame a donde iba ese hombre.

Me cogió de la mano con mucha más fuerza que él y tiró de mí hacia la calle. Me empujaba una y otra vez para que la llevara a la supuesta dirección, pero yo deambulé durante un rato, fingiendo que buscaba, buscando en realidad, pero segura de que no haría nada si lo viera. Fui con él, y ahora sabía que eso había estado mal. No debí hacerlo. Me había portado mal. Era culpa mía.

Dimos vueltas durante un rato, hasta que mi madre se dio por vencida y regresamos a casa. Subimos a mi habitación, me sentó en la cama y me miró fijamente a los ojos.

—Esta vez no ha pasado nada —me dijo—, pero podría haberte secuestrado, haberte cogido y llevarte muy lejos, a algún lugar en el que nunca te habríamos encontrado. Nunca confíes en alguien que no conoces, ¿de acuerdo, Zoe? ¿Me estás escuchando?

Asentí con la cabeza y las dos enterramos el asunto en lo más profundo de nuestros cerebros. Nunca más volvimos a mencionar el incidente, ni directa ni indirectamente. Jamás le dije lo que ocurrió en realidad. Ni a ella, ni a nadie. Nunca. Tampoco se lo contamos a mi padre, pero durante mucho tiempo tuve un miedo atroz a que el hombre de las manos grandes y los ojos marrones viniera a buscarme.

Cumplí mi promesa. Desconfié de los hombres, me casé con

el tipo más inofensivo que conocí y vivo sola desde que me divorcié, poco después. Hasta ahora. Hasta Noah. ¡Estúpida!

Unos rápidos golpes en la puerta acabaron con mi autoimpuesta penitencia. No contesté, pero Noah cruzó el umbral igualmente. Entró de espaldas, empujando la puerta con los hombros; tenía las manos ocupadas con una bandeja en la que distinguí una taza de café y un plato con varias de las tortitas que llevaba un rato oliendo. Sólo le faltaba añadir una flor para convertir la escena en la parodia más ridícula jamás imaginada.

—Lárgate de aquí —mascullé sin moverme. Temía el dolor que me producirían mis lastimados músculos.

Noah se detuvo un instante a los pies de la cama, pero al momento la rodeó y se acercó a mí. Dejó la bandeja sobre la mesita de noche y me observó en silencio, con las manos hundidas en los bolsillos de su pantalón vaquero. Lo que antes me resultaba tan atractivo, ahora me parecía vulgar y chulesco.

—Necesitas comer algo. Y tenemos que hablar. No nos sobra tiempo para arreglar las cosas. Quizá no seas consciente de lo que sucede, pero nos jugamos la vida.

Una fuerza inesperada surgió de mi estómago y me recorrió todo el cuerpo como una descarga eléctrica. Me incorporé en la cama, ignorando el dolor, y me planté de pie frente a él, con mi cara hinchada a un palmo de la suya.

—¡Tú me has metido en esto! Me has utilizado, humillado y avasallado, y ahora pretendes convertirme en una delincuente. ¡Arréglalo tú! Sal de mi casa ahora mismo, aléjate de mí y no vuelvas jamás. Brindaré con champán cuando encuentren tu cadáver en la playa, comido por los peces.

Noah me miró durante unos largos segundos. Sus rasgos se endurecieron y casi podía oír chirriar sus dientes tras los labios apretados.

—No tienes opción. ¿Recuerdas a Jack? ¿Y al tipo que le acompañaba? ¡Volverán! Y la próxima vez no serán tan amables. Te matarán.

Nos matarán. Los dos seremos comida para los peces. —Me miró de nuevo en silencio y se separó unos centímetros de mí. Cuando volvió a hablar, su tono se había suavizado bastante, pero no su mirada—. Come algo. Te he traído un par de analgésicos. Te vendrán bien. Te espero en el salón. No tardes.

Salió de la habitación dejando la puerta abierta. Me apresuré a cerrarla y apoyé la espalda contra la madera. Me negaba a creer que mi vida, tan monótona y rutinaria, tan predecible y sencilla, hubiera dado un vuelco de semejante calibre de un día para otro.

Me tomé el café y los calmantes, pero fui incapaz de dar un solo bocado a las tortitas. Me repelía la idea de aceptar cualquier cosa que Noah hubiera tocado. Me metí en la ducha y dejé que el agua caliente templara mis atenazados músculos. El dolor era intenso, aunque no tanto como el día anterior. Aun así, los moratones del costado me producían constantes molestias al respirar o al girar el torso.

Me vestí con un chándal holgado y una camiseta de manga larga que ocultara en lo posible las marcas oscuras y salí del dormitorio. Encontré a Noah deambulando de un lado al otro del salón, como un león enjaulado. Se detuvo en seco al verme y me miró con la boca abierta, como si el gran embaucador se hubiera quedado sin palabras.

—Sigues aquí —dije, sólo para remarcar la desagradable evidencia.

Cerró la boca y endureció la mirada.

—Siéntate —me ordenó.

Ajena al tono de su voz, decidí ignorarle y me dirigí hacia la cocina. O al menos esa era mi intención, porque a medio camino dos manos que conocía muy bien me asieron de los brazos y me empujaron hacia el sofá. Caí sobre los cojines, pero el movimiento brusco y la sacudida inesperada se tradujeron en una intensa oleada de dolor que me llenó los ojos de lágrimas. Apreté los dientes y lo miré con todo el odio que pude reunir. No iba a darle el gusto de que me viera llorar. No volvería a humillarme.

Me levanté despacio, sin apartar los ojos de su cara, y me dirigí a la cocina. Noah me siguió con la mirada, pero esta vez no hizo ademán de detenerme. Por el camino me di cuenta de que había puesto orden en el caos causado la noche anterior por Jack y su gorila. Los cajones estaban de nuevo en su sitio, los muebles ocupaban su lugar habitual y los desperfectos parecían mucho menores que cuando entré en casa hacía unas horas, justo después de que se me cayera el mundo encima.

Me preparé un nuevo café con toda la parsimonia de que fui capaz teniendo en cuenta mi estado de nervios. Por supuesto, no le ofrecí una taza a Noah, cuya mirada seguía intuyendo al otro lado de la puerta. Abrí la nevera y fingí estudiar su contenido, luego rebusqué en los cajones y los cerré sin sacar nada, y finalmente me acerqué a la ventana. Al otro lado de los cristales el mundo seguía su curso, ajeno a la tragedia que estaba viviendo. Se desperezaba un nuevo día de verano, luminoso a pesar de la bruma que todavía se pegaba a la tierra en esas horas tempranas. En cuanto el sol cogiera un poco de fuerza, la neblina se evaporaría como por arte de magia. Ojalá sucediera lo mismo con otras cosas...

Regresé al salón. Noah se había sentado y me esperaba con unos papeles sobre la mesa.

—Siéntate —repitió—. Vamos a acabar con esto de una vez.

Me acerqué y me detuve junto a una silla, pero no me senté.

—No hasta que me expliques con pelos y señales qué es lo que ha ocurrido en realidad y qué pinto yo en todo esto.

—Eso ahora no viene a cuento —replicó sin mirarme.

—¡Por supuesto que viene a cuento!

Mi puño se estrelló contra la mesa. El ruido sobresaltó a Noah, que dio un pequeño brinco en su silla y empujó los papeles que con tanto cuidado custodiaba. Varios legajos cayeron al suelo, a mis pies. Eran planos, unos mapas perfectamente detallados de un lugar que conocía muy bien: el museo.

Los recogió a toda prisa y los extendió sobre la mesa. Se trataba de copias a tamaño folio de las distintas dependencias del museo, numeradas y con sus correspondientes explicaciones. Reconocí al instante la letra manuscrita de las anotaciones: sin duda, pertenecía a Sanders. Entonces, aquella parte de la historia era cierta, Robert estaba al tanto de la operación e incluso había colaborado voluntaria y activamente en ella.

Me senté en una silla. Las piernas me temblaban y la cabeza me daba vueltas. Dejé con cuidado la taza de café sobre la mesa y observé los papeles que Noah había ordenado con pulcritud.

—Habla —le ordené.

Él tomó aire y levantó la cabeza para mirarme de frente.

—La historia comenzó hace ya varios meses, poco después de que el museo anunciara la inauguración de una exposición de joyas entre las que se encontrarían piezas de gran valor. Era una oportunidad que un tiburón como Jack no podía dejar pasar. —Acarició con los dedos los papeles que había sobre la mesa, como si se tratara de un tesoro de valor incalculable—. Antes incluso de tener un comprador, Jack ya había comenzado a planear el robo. No tardó mucho en encontrar a alguien interesado, y entonces contactó conmigo.

—Intuyo que erais viejos conocidos…

—Habíamos trabajado juntos antes, si es a lo que te refieres. No soy un santo —añadió. Su comentario dibujó en mi cara una sonrisa sarcástica. Ya me había dado cuenta de ese detalle—. Pero este era el primer trabajo grande de verdad que me encomendaba. Bueno, en realidad nos lo encargó a Tom y a mí, aunque él también estaría en el ajo, dada la complejidad del asunto. Asistimos a la inauguración de la muestra, recorrimos la sala y todas las dependencias abiertas y seguimos visitando el museo durante los días posteriores para memorizar los detalles: distancias, cámaras, guardias, puertas, ventanas y balcones, alarmas… Todo. Tuvimos cuidado de variar nuestro aspecto lo suficiente como para no llamar la atención ni en la taquilla ni de los guardias. Nadie nos reconoció. —Sonrió como si hubiera logrado una proeza. Sentí unas ganas tremendas de estrangularlo—. Un día, Jack nos llamó y nos citó en el bar que tiene en Dorchester, un tugurio de mala muerte que usa como cuartel general. Siempre está allí. Cuando llegamos, lo acompañaba un tipo mayor, sudoroso, vestido con un traje caro y zapatos de los buenos. Nos lo presentó como Robert Sanders y nos aseguró que era quien nos iba a abrir las puertas de las vitrinas.

—Oh, Dios…

El lamento se me escapó sin poder evitarlo. Imaginar a Sanders en un antro de delincuentes, convertido él mismo en un malhechor, me exigía un esfuerzo extremo. Pero era cierto, Sanders había colaborado con ellos.

Noah me miró, consciente de mi estupor, y esperó unos segundos antes de seguir hablando.

—Traía consigo estos planos —continuó, levantando las hojas con una mano—. Nos mostró cómo entrar y cómo salir, nos explicó cómo desconectar las alarmas y nos aseguró que podríamos abrir las vitrinas con una llave que él mismo nos dio.

Hizo otra pausa y se llevó las manos a la cabeza, ocultando el rostro entre sus largos dedos.

—Luego todo se torció —continuó en voz baja—. Sanders se echó atrás, no sé si por miedo o porque ingenuamente pensó que no le pasaría nada si reculaba, pero Jack no tardó mucho en hacerle una visita. El problema era que ya había un comprador para las joyas, un tipo que había adelantado parte del dinero y exigía la mercancía, así que hubo que improvisar con relativa rapidez. —Separó las manos de la cara y me miró por primera vez en mucho rato—. Jack tenía los datos de todo el personal del museo. Sanders se lo había facilitado en alguna de sus reuniones previas, no sé muy bien con qué objetivo, pero lo cierto era que tenía un montón de fichas con nombres, cargos y fotografías. Necesitábamos a alguien que nos ayudara a entrar al museo. Desactivar las alarmas y abrir las vitrinas no sería un problema para Tom, un as en todo lo que tenga que ver con artilugios tecnológicos. Te elegimos a ti.

A mí. Me eligieron a mí para que fuera su caballo de Troya. Encontraron a una mujer fácil de camelar, que se rendiría ante las atenciones de un joven apuesto... como efectivamente ocurrió. De nuevo las manos grandes, los ojos marrones, la niña confiada.

Y yo me dejé llevar, me convencí de que estaba viviendo algo bueno, algo maravilloso, de que mi vida por fin tenía algún sentido, una utilidad... Me sentí completa, hambrienta y saciada al mismo tiempo, dichosa, como si brillara por dentro. Me volví loca, ciega e imbécil. ¡Qué estúpida fui!

Noah debió de leer el dolor en mis gestos, porque soltó los papeles que tenía en las manos y me acarició tímidamente el antebrazo con las yemas de los dedos. Yo lo dejé hacer. Me había desinflado como un globo, no me quedaban fuerzas ni para mandarlo a la mierda. En ese momento sólo quería morirme, y estaba convencida de que si no lo hacía la vergüenza, lo haría Jack, porque por mucho que le diera vueltas no veía el modo de salir con vida de aquel embrollo.

—Lo siento —murmuró Noah.

Alejé el brazo del alcance de su mano y me insulté por el momento de debilidad.

—No lo sientas —respondí—. No estuvo mal, pero yo tampoco tenía planeado casarme contigo. ¿Te has visto? Eres guapo, eso no puedo negarlo, y te lo montas bien en la cama, pero por lo demás eres un gañán ignorante, no eres alguien a quien yo pueda llevar a una fiesta del museo. Me indigna que me utilizaras para llevar a cabo tus fechorías, pero por lo demás... Tranquilo, sobreviviré, no te quepa duda. —Le miré fijamente para estudiar su reacción. Estaba claro que mis palabras le habían escocido. Me apunté un tanto y me prometí a mí misma que este sólo sería el primero de muchos—. Sigue, termina la historia.

—Cuando accediste a llevarme al museo después de la hora de visitas, avisé a Tom y le dije que había llegado el momento de actuar. Se quedó dentro del museo cuando todo el mundo se fue, escondido en un ángulo muerto de la sala de las joyas que Sanders había detectado. Cuando iniciamos nuestra pequeña… distracción, desactivó la cámara, abrió las vitrinas con la llave, lo que evitó que saltaran las alarmas, volvió a conectar la cámara y salió del museo en menos de cinco minutos... con tu tarjeta.

—¿Con mi tarjeta? Eso es imposible, estaba en mi bolso.

—La clonamos. Te la cogí un día, Tom duplicó la banda magnética y volví a dejarla en tu bolso antes de que la echaras de menos.

Un arma. Si hubiera tenido un arma…

—Espero que disfrutaras de tu pequeña aventura, porque si no te mata Jack, yo misma me ocuparé de que no vuelvas a ver la luz del día.

Noah no me contestó. Ignoró mi amenaza, recuperó los planos y los extendió sobre la mesa. Dibujó en su cara un rictus severo y se concentró en las salas y recovecos del museo.

—He pensado que podemos intentar algo parecido a lo que hicimos Tom y yo, provocar una distracción y colarnos en la sala de las joyas. Tendrás que comprobar que la llave que abre las vitrinas sigue siendo válida.

—Y desconectar la alarma, y esquivar a los guardias, y apagar las cámaras… ¿Sigo?

Noah se revolvió en la silla, pero no replicó. En ese momento recordé que había una parte de la historia que no me había contado.

—¿Qué pasó con Scott? —le pregunté—. ¿Lo mataste tú? Dime la verdad, ya no estábamos juntos. Yo me quedé sola en casa.

Bajó la mirada, se mordió el labio inferior y se retorció las manos durante unos instantes. Después levantó la vista, me miró a los ojos y respondió en voz baja:

—No. No fui yo.

—¿Pretendes que me crea esa patraña? —exploté.

—¡Cálmate! ¡No grites!

—¿Que me calme? ¡Mataste a Scott! Puedo verlo en tu cara. Eres un asesino.

—Yo no lo maté. Le llamé por teléfono para que se acercara a los setos. Allí le entregaría la parte restante del dinero prometido por borrar las imágenes. Lo cierto es que no se conformó con los trescientos pavos que le había dado. Tom estaba conmigo, escondido en la oscuridad. Era un trámite, una tontería. No tenía que pasar nada. Pero Scott se acercó y me pidió más dinero para no enseñarle a nadie la grabación. Le pregunté si no las había borrado del sistema, como me había asegurado, y me dijo que sí, pero que había hecho una copia. Me enseñó un pequeño *pen drive* y me pidió dos mil dólares. No tuve tiempo de decir nada más. Desde detrás de mí, Tom disparó una pistola que yo no sabía que llevaba y Scott se desplomó. Antes de que pudiera reaccionar, Tom cogió el *pen drive* y me empujó hacia el coche a toda velocidad. Y ahora el hijo de puta de Tom no aparece por ninguna parte.

—Me das asco...

—Yo no lo maté —insistió.

—Pero sabías que estaba muerto cuando te llamé esa noche. Y me mentiste. Otra vez. Si lo que dices es verdad, que lo dudo, no apretaste el gatillo, pero eres tan asesino como tu amigo. Te mereces todo lo que te pase.

—¡Basta! —Su grito, acompañado de un fuerte puñetazo en la mesa, me sobresaltó—. Centrémonos en esto. Cuanto antes lo solucionemos, antes podremos seguir con nuestras vidas. Empiezo a tener muchas ganas de perderte de vista.

—Hijo de puta… —mascullé.

Como toda respuesta, Noah recolocó los planos y dio varios golpes sobre la mesa con su dedo índice, exigiendo mi atención.

Intenté concentrarme en los dibujos, pero las líneas comenzaron a moverse y ondularse antes de emborronarse y desaparecer.

—No puedo… —susurré—. Me encuentro mal. Necesito descansar.

Noah, desesperado, empujó hacia atrás los papeles y se recostó en la silla. Yo me levanté de la mía y me dirigí al sofá. Me tumbé sobre los cojines y cerré los ojos, pero la oscuridad sólo sirvió para incrementar la sensación de mareo. Noté cómo el estómago me subía a la garganta y un sudor frío se extendía por todo mi cuerpo. Apenas tuve tiempo de llegar al baño e inclinarme sobre el váter. Vomité todo lo que tenía dentro. El café, los analgésicos, el agua, la rabia, el dolor, la humillación, el deseo de venganza, el miedo… Todo desapareció empujado por el agua de la cisterna. Cuando terminé de enjuagarme la boca, lo único que quedaba dentro de mí era la firme decisión de sobrevivir a cualquier precio. Tenía que pensar, y no podía hacerlo con Noah en mi salón. Me humedecí la cara, me revolví un poco el pelo y encorvé la espalda antes de salir del baño. Debía de tener un aspecto deplorable, porque Noah abrió mucho la boca cuando me vio.

—¿Te encuentras bien? —me preguntó.

—Ya te he dicho que no.

Me senté en el sofá y me recosté en los cojines con los ojos cerrados. Me llevé una mano a la frente, como si me doliera espantosamente la cabeza, e hice una mueca con los labios.

—Necesito descansar —repetí—. Puede que tú estés acostumbrado a que te den palizas y te amenacen de muerte, pero a mí me está costando digerirlo. Te ayudaré, pero mañana.

—Esto es urgente… —insistió.

No contesté. Mantuve los ojos cerrados y confié en que mi mala cara le convenciera para dejarme tranquila y sola.

—Muy bien —accedió por fin—. Saldré a comprar algo de comida y a hacer un par de recados que tengo pendientes. Volveré en dos horas, tres a lo sumo, y nos pondremos a trabajar. Esta noche debemos tener algo que contarle a Jack si no queremos que nos corte el cuello.

—Si quiere las joyas —susurré—, tal vez tenga que esperar a que encontremos el momento adecuado.

—Jack no es de los que espera. Tendremos que hacer que el momento sea adecuado. Acuéstate. Descansa. Piensa. Volveré en un rato.

Salió cinco minutos después. Esperé unos segundos y eché el pestillo a la puerta. Tenía un plan. Uno arriesgado, pero era la única luz que se había iluminado al final del oscuro túnel en el que se había convertido mi vida.

7

Mi vida no ha sido fácil. Siempre he llamado a mis padres papá y mamá, pero en realidad no lo son. Me adoptaron en un orfanato del Medio Oeste cuando estaba a punto de cumplir tres años. Celebro mi cumpleaños el día que salí de aquel sitio porque así lo decidieron ellos. No sé cuál era mi verdadero nombre, ni mi fecha real de nacimiento; nunca me lo dijeron, y nunca lo pregunté. No sé nada de mis padres biológicos, aunque lo cierto es que tampoco me he preocupado por buscarlos. Intuyo que serían un par de paletos adolescentes a los que el calentón de una noche se les fue de las manos. Si ellos no quisieron saber nada de mí, no veo la razón para que yo tenga que ir en su busca.

Las adopciones nunca son fáciles, ni para los padres, ni para los niños. Los adoptantes tienen una idea preconcebida, ideal, de lo que esperan de ese hijo que va a llenar sus vidas. El niño, si es que tiene edad para pensar, siente miedo al rechazo, no sabe cómo comportarse con esos desconocidos que lo colman de atenciones y le exigen amor incondicional, a él, un ser abandonado por su propia madre que, con suerte, se habrá criado en un hospicio bien atendido y llevará toda la vida compitiendo con el resto de desgraciados por atraer la atención de los cuidadores.

Los cuidadores. Funcionarios bienintencionados pero sobrepasados por el trabajo y las circunstancias, que cuidan a los niños de nueve a cinco y después se marchan a sus casas, con sus familias de verdad. El resto del tiempo, los huérfanos vagan sin más vigilancia que la de los celadores y guardianes de turno. Cenan a su hora, se lavan los dientes y se acuestan temprano. Culo limpio, tripa llena, pero nada de un cuento, un beso, o alguien que los arrope.

Yo tenía tres años cuando me adoptaron. Fui afortunada. Sin embargo, esos tres primeros años de vida carentes de amor materno, de atenciones y de estímulos me marcaron para siempre. Ya he dicho que no tengo amigos. Me cuesta hacerlos y mucho más mantenerlos. Soy silenciosa e introvertida. Aprendí muy pronto que no se consigue nada llorando y berreando, así que me ahorro el esfuerzo inútil. No suelo compartir mis sentimientos, ni hablar de mis cosas con nadie. Por supuesto, jamás me he planteado tener hijos.

La relación con mis padres adoptivos no fue fácil. Ellos esperaban un gatito que ronronease bajo sus caricias y encontraron un perro huraño difícil de domesticar. Mi madre lo intentó una y otra vez. Me quiso siempre, y yo a ella. A mi arisca manera. Mi padre, sin embargo, tiró pronto la toalla. El único regalo verdadero que me hizo la vida fue mi abuela.

Mis antecedentes son la única forma que encuentro de justificar lo que ocurrió a continuación. La traición de Noah, la primera persona en la que había confiado en mucho tiempo aparte de mi madre y mi abuela, era una herida que no dejaba de sangrar y que, de hecho, no me apetecía suturar. El dolor me mantenía viva. Si dejaba de sentirlo, me habría dado igual lanzarme a las vías del tren.

8

Vigilé la calle a través de las cortinas. Vi a Noah salir del edificio, subirse al coche y acelerar en dirección al centro. Cuando lo perdí de vista corrí hasta mi habitación en busca del móvil. Llevaba horas apagado. Al encenderlo, el teléfono se volvió loco lanzando continuos avisos de mensajes y llamadas perdidas. Revisé la lista. Gideon me había llamado media docena de veces y me había enviado dos mensajes de texto pidiéndome que contactara con él en cuanto me fuera posible. El resto eran mensajes de compañeros del museo ansiosos por compartir cotilleos sobre las últimas novedades. No es que me escribieran a mí, sino que volcaban sus chismorreos en un grupo de Messenger en el que no les quedó más remedio que incluirme.

Al final de la lista había una llamada que me inquietó. El nombre que brillaba en la pantalla era el de Robert Sanders. Me había llamado hacía una hora y no había dejado recado en el buzón de voz.

Dudé unos instantes, pero finalmente pulsé la tecla de llamada y esperé mientras la línea cobraba vida. Sanders descolgó al instante.

—Bennett, ¿eres tú? —preguntó. Tenía la costumbre de llamar

a todo el mundo por su apellido, y parecía que las circunstancias no le habían hecho perder el hábito.

—Soy yo —confirmé. Esperé unos segundos y añadí—: ¿Cómo estás? Sé lo que ocurrió. Lo que pasó de verdad.

—Sé que lo sabes —dijo en voz tan baja que me costó oírlo—. Jack me llamó anoche. Pensé que después de lo que me hizo me dejaría en paz para siempre, pero no es así. Creo que pagaré por mi error durante el resto de mi vida. —Suspiró ruidosamente y continuó—: Me dijo que te había hecho una visita, que tú te ibas a encargar ahora del trabajo y que yo debía ayudarte, facilitarte el paso a la sala. ¿Es eso cierto? ¿Te ha hecho daño?

—No tanto como a ti —respondí—. Tengo algunas magulladuras y moratones, pero sobre todo tengo miedo. ¿Cómo te metiste en esto, Robert? ¿Cómo pudiste?

—No lo sé… Pensé en conseguir un dinero extra para un par de caprichos. Nadie saldría herido, las joyas están aseguradas y ni siquiera eran tesoros demasiado valiosos, sólo unas cuantas piedras preciosas. Pero luego tuve miedo. Creí que podría dejarlo sin más, pero me equivoqué. Casi me matan, Bennett. Los médicos del hospital dijeron que había tenido mucha suerte. Me costó mucho convencerlos de que todo se debía a una aparatosa caída y de que no hacía falta informar a la policía. Y ahora tú…

—Saldré de esta —le aseguré.

—No es tan fácil. —Tardó unos segundos eternos en seguir hablando—. Te ayudaré. Tienes que hacerlo o te matarán. Lo he estado pensando. Volveré al trabajo y te dejaré entrar. Puede que acabe en la cárcel, que los dos acabemos en la cárcel, pero será mejor que terminar muertos.

—Robert…

—Está decidido. Es lo único que podemos hacer. Soy el responsable de lo que ha pasado y no voy a permitir que te maten por mi culpa. Si me encierran, al menos dormiré tranquilo, y no mirando por encima del hombro cada vez que salga a la calle.

—Te llamaré mañana. Quizá haya otra forma de salir de esta.

—No la hay, Bennett, convéncete. Pediré el alta y volveré al trabajo. Hablaremos. Te conseguiré las llaves y la tarjeta de seguridad. Tú tendrás que entrar y hacerte con las joyas. Tu amigo sólo tiene que pensar en un modo de burlar las cámaras.

No pude evitar sonreír. Dicho así, el plan parecía sencillísimo, imposible que algo fallara. Mi cerebro se resistía a la simpatía que Robert despertaba en mí, después de lo que había hecho y de que era en parte culpable de que yo me encontrara en esta situación, pero mi corazón no podía dejar de sentir cierta lástima por un hombre que había hecho del arte su vida y que simplemente había tenido un momento de debilidad. Las riquezas son una tentación difícil de rechazar. Promesas de dinero fácil, de comodidades sin límites, de una jubilación tranquila a la orilla del mar. Imaginé a Sanders preguntándose por qué no, por qué él no podía acceder a ese tesoro. Una manzana demasiado brillante como para ignorarla, demasiado jugosa, tan al alcance de la mano que sólo un idiota habría dicho que no. Así que Robert Sanders dijo que sí. Quién sabe si yo misma habría dado la misma respuesta ante las halagadoras lisonjas de Jack, prometiéndome una opulencia ilimitada a cambio de un trabajillo de nada. Pero a mí ni siquiera me había dado a elegir.

Lo intenté, pero no pude odiarle.

—Cuídate, Robert —me despedí—. Nos vemos pronto.

—Cuídate tú también, y no hagas ninguna tontería.

Le prometí que no lo haría, y un instante después rompí mi promesa.

Primero le envié un mensaje a Gideon explicándole que había dormido fatal, que estaba muy impresionada por lo ocurrido y que no me sentía con fuerzas para ir a trabajar. El director me respondió al instante informándome de que, en cualquier caso, la policía seguía manteniendo cerrado el museo, por lo que ni yo ni nadie podría entrar hasta nuevo aviso.

Después rebusqué frenética en mi bolso hasta que encontré el trozo de papel con el teléfono de Ferguson y marqué el número antes de que mi cerebro me ordenase otra cosa. La ruda voz del inspector en un mensaje grabado me invitó a dejar un número y un recado. Dudé unos segundos, después me aclaré la garganta e hice lo que me pedía.

—Soy Zoe Bennett, del Museo de Bellas Artes. Llámeme cuando pueda. Necesito hablar con usted.

Colgué y retuve el teléfono entre las manos. Temblaba. Quizá no había sido buena idea llamar a la policía. Si Noah se enteraba se lo diría a Jack, que enviaría a su gorila sin cuello para terminar lo que empezó ayer. ¿Y si el inspector no me creía? No me había planteado esa posibilidad, pero podía suceder que Ferguson no creyera mi versión y se limitara a encerrarme en una celda. ¿Estaría segura allí? ¿O tendría Jack contactos entre las reclusas?

El futuro se dibujaba cada vez más negro ante mis ojos. Me veía a mí misma vestida de naranja, ensangrentada en el suelo, rodeada de presas enfurecidas que jaleaban a la mujer que me pateaba la cabeza.

Por suerte, la vibración del móvil, que seguía entre mis manos, acabó con tan lúgubres pensamientos.

Contesté sin comprobar quién llamaba, agradecida por la interrupción.

—Señora Bennett, soy el inspector Ferguson. Creo que me ha llamado.

—¡Sí! —Casi grité. Y luego nada. No sabía qué decirle. Todavía estaba a tiempo de echarme atrás, decirle que me había equivocado, que en realidad no era nada…

—¿Y bien? —preguntó impaciente—. Por su tono de voz me ha parecido que era urgente.

Tomé aire y decidí cruzar la puerta que yo misma acababa de abrir.

—Disculpe, inspector. Estoy muy nerviosa. Necesito hablar

con usted, pero me gustaría que nos viéramos fuera de la comisaría. Estoy en una situación… un tanto comprometida.

—¿Corre peligro? —preguntó al instante.

—No estoy segura —reconocí—. ¿Podemos vernos?

—Por supuesto —accedió—. ¿Quiere que la recoja en algún lugar?

—No es necesario, pero gracias. Preferiría que nos encontráramos en un lugar público, si no le parece mal.

El inspector guardó silencio unos segundos, posiblemente calibrando la situación e intentando decidir si se trataba de una verdadera urgencia o si sólo estaba hablando con una mujer histérica y asustada.

—¿Le apetece dar una vuelta por el acuario? —propuso.

—Me parece perfecto. Gracias. Estaré allí en veinte minutos.

Colgué y corrí a mi habitación. Cambié la ropa deportiva por un vestido holgado de manga larga, me calcé, me puse un fular y me repartí el pelo alrededor del cuello para disimular los morados, busqué las gafas de sol y las llaves del coche, me aseguré de llevar la documentación y dinero y salí de casa como una exhalación, renqueando por el dolor pero azuzada por el miedo. No quería que Noah me sorprendiera por el camino; estaba segura de que impediría por la fuerza que me reuniera con la policía.

Quince minutos después metí el coche en el aparcamiento subterráneo del acuario y subí las escaleras hacia la entrada principal. Ferguson me esperaba junto a la puerta. Me saludó con una inclinación de cabeza y observó mi aspecto sin disimulo. Debí de parecerle muy desesperada, porque me puso una de sus grandes manos en el antebrazo y me dirigió con suavidad hacia el acceso.

—Me he permitido comprar las entradas.

—Gracias —susurré.

El corazón me latía a tal velocidad y con tanta fuerza que pensé que me iba a astillar una costilla. Me costaba respirar, la vista me jugaba malas pasadas, desenfocándose y enfocándose a su libre albedrío, y un incómodo silbido había empezado a sonar en mi cabeza. Me llevé una mano a la oreja y cerré los ojos.

—¿Le pitan los oídos? —me preguntó el inspector.

—¿Cómo lo sabe?

—Es la sangre, que circula por las venas a una velocidad superior a la normal, casi siempre empujada por la adrenalina. Se le pasará cuando se tranquilice. Relájese, no va a pasarle nada, al menos mientras esté conmigo. Respire profundamente, despacio —dijo sin dejar de mirarme—. Vamos a buscar un sitio a la sombra donde sentarnos a charlar. —Consultó su reloj y después un enorme panel colgado junto a la entrada—. ¿Le gustan los leones marinos?

Asentí con la cabeza, incapaz de articular palabra, y juntos nos dirigimos hacia la enorme piscina rodeada de gradas en cuya entrada comenzaba a apelotonarse el público.

Elegimos unos asientos en la última fila, muy apartados del resto de los visitantes, que se arremolinaron en las gradas inferiores para ver a los animales con más detalle y, supongo, con la esperanza de ser escogidos por los adiestradores para pasar al interior del recinto y acariciar la suave y húmeda piel de estos mamíferos marinos, que se dejarían hacer a cambio de un par de sardinas.

Cuando los altavoces comenzaron a escupir su música circense, Ferguson se volvió hacia mí y me miró con curiosidad indisimulada.

—¿Y bien?

—Siento haberle interrumpido en su trabajo —musité para empezar.

Él hizo un gesto desdeñoso con la mano y sonrió, mostrando su diente mellado. Aunque lo intentaba, no conseguía ofrecer una imagen afable.

—No tiene importancia —respondió—. No le habría dado mi número si quisiera que no me molestaran. Soy policía veinticuatro horas al día, siete días a la semana, trescientos sesenta y cinco días al año. Incluso cuando duermo estoy de servicio, siempre tengo el teléfono conectado en la mesita, junto a la almohada.

No sabía si habría una señora Ferguson, y no tenía el más mínimo interés en descubrirlo, pero pensé que, si alguien dormía al otro lado de esa cama, no le harían mucha gracia las llamadas intempestivas y durante los días de descanso.

—Estoy metida en un lío —murmuré.

Él se inclinó hacia mí para poder entender lo que decía por encima de las exclamaciones del público, los gritos de aliento de los entrenadores a través de los micrófonos y la incesante música. Luego me miró, con media sonrisa ladina dibujada en la cara.

—Desde que me llamó estoy dándole vueltas a la idea de que haya sido usted. Todo cuadra, desde luego, aunque lo negara con tanta vehemencia. Se le pasó por alto lo del registro de las tarjetas, ¿verdad? No hay más que verla para saber que no es una delincuente profesional. Y ahora, ¿qué pretende hacer? ¿Entregarse? Un cadáver pesa mucho más que unas joyas robadas, desde luego.

Abrí mucho los ojos e hice ademán de levantarme, pero la manaza del inspector me empujó de nuevo hacia la grada de piedra.

—¡Está equivocado! Yo no he robado nada, y mucho menos he matado a nadie. ¿Cómo ha podido pensar eso?

—¿Para qué me ha llamado, entonces?

—Oh, Dios… —La cabeza me iba a estallar. Si en esos momentos hubiera tenido un arma, habría disparado sin dudarlo a los enormes altavoces que me taladraban el cerebro—. Me han convertido en una especie de cómplice involuntaria del robo. Me han manipulado, utilizado, engañado, y ahora me han puesto una pistola en la sien para que robe de nuevo las joyas.

—¿De nuevo? ¿Qué ha ocurrido con las que se llevaron?

—Uno de los ladrones se ha dado a la fuga con el botín, y ahora sus jefes pretenden que yo ayude al segundo delincuente.

—No entiendo nada —reconoció. No quedaba ni rastro de la

sonrisa burlona que hasta hacía unos instantes adornaba su cara—. Empiece por el principio, por favor. Creo que será lo mejor. ¿Le importa si tomo unas notas?

Mientras hablaba sacó del bolsillo trasero del pantalón un pequeño bloc de tapas negras y un diminuto lapicero que desapareció entre sus enormes manazas.

—Preferiría que no lo hiciera… —susurré.

—Rectifico. No era una pregunta. Tomaré unas notas mientras hablamos. Cuando quiera.

Clavó sus ojos en mí, con el lápiz suspendido en el aire y el cuaderno abierto por una página en blanco.

Apreté los párpados un instante. De pequeña hacía eso cuando quería desaparecer de la faz de la tierra, que era muy a menudo. Por supuesto, nunca funcionó, pero yo lo intenté una y otra vez hasta que fui demasiado mayor para repetir en público esa tontería. Respiré hondo y me concentré en los latidos de mi corazón. El pitido de mis oídos había desaparecido, acallado sin duda por la estridencia electrónica que escupían los altavoces, pero conseguí encontrar cierta fuerza interior, la suficiente como para reconocer en voz alta por primera vez la trágica burla de la que había sido objeto.

Abrí los ojos, respiré de nuevo y comencé a hablar.

Le hablé de la fiesta para los patrocinadores del museo, del camarero que me embaucó con una sonrisa y unos cuantos vodkas con limón, de la fiesta posterior y de cómo acabamos en mi casa.

Le conté cómo Noah se esforzó por convencerme de que le gustaba de verdad, cómo me pidió que le llevara al taller de restauración, de su fingido interés por mi trabajo. Le expliqué, sin entrar en detalles, cómo consiguió que dejara de lado toda mi educación, los convencionalismos y cualquier razonamiento lógico y me lanzara sobre él sin pensarlo.

Miré de reojo al inspector, que me escuchaba en silencio. No pude deducir nada de la expresión de su cara. Sin duda, sería un estupendo jugador de póquer.

—Cuando salimos del taller, el vigilante nos observaba con la boca abierta. Fue entonces cuando recordé las cámaras de seguridad. Quise morirme en ese mismo instante, pero Noah me prometió que él lo arreglaría, y así fue.

—¿Qué hizo?

—Me dijo que le ofreció dinero a cambio de que eliminara las imágenes comprometedoras de la grabación. Al parecer, él aceptó. Noah le entregó algunos billetes, pero luego me enteré de que acordaron verse más tarde para que le diera el resto de la cantidad pactada.

—Fue entonces cuando lo mató…

—No lo sé. Él jura que no lo hizo, que pensaba entregarle el dinero, pero que su socio, que le esperaba entre los arbustos, se puso nervioso por algo que dijo y disparó.

—¿Qué fue lo que dijo el señor Miller para provocar su muerte?

—No estoy segura… Noah comentó que le pidió más dinero y que había hecho una copia de la grabación.

—Entiendo —murmuró Ferguson.

—¡Qué suerte! Yo no entiendo nada.

—Provocó una distracción para que su cómplice pudiera hacerse con las joyas sin complicaciones —masculló para sus adentros, como si yo no estuviera o no pudiera oírle.

Paré un momento para respirar y ordenar mis pensamientos. Ferguson no me quitaba los ojos de encima. Podía escuchar la maquinaria de su cerebro chirriar a toda velocidad detrás de esa frente sudorosa.

—Me enteré de la verdad cuando un tal Jack nos amenazó en un restaurante, mientras cenábamos.

—¿Jack qué más?

—No lo sé, no se lo pregunté.

El inspector restó importancia al detalle con un gesto de la mano. Poco más tenía que contar. Le hablé de la visita que Jack y su gorila me hicieron en mi casa, pero me guardé para mí el miedo, el dolor de los golpes, la humillación ante la sonrisa torcida y sabedora del matón. Todo el mundo conocía mi situación, todos sabían que había sido el juguete de Noah, su llave para abrir la puerta mágica. Todavía me dolía más el engaño que la paliza, como si no fuera consciente del peligro real que corría mi vida.

Avancé en mi relato hasta llegar a mi conversación con Sanders. Ferguson me interrumpió con brusquedad.

—¿Sanders está metido en el ajo?

—Sí y no —respondí.

—¿Sí o no? Aquí no valen medias tintas.

—Aceptó ayudar a cambio de dinero, pero luego se echó atrás y se negó a colaborar. Intentaron persuadirlo a golpes. Casi lo matan.

—Y entonces decidieron poner en marcha el plan B, y usted entra en escena.

Asentí en silencio. El plan B. Tragué saliva y presté atención a lo que nos rodeaba por primera vez en mucho rato. El espectáculo de los leones marinos había terminado y el público abandonaba pesadamente sus asientos para continuar con la visita al acuario. Apenas quedaban diez personas en el recinto, además de los cuidadores, uno de los cuales ya se había fijado en las dos personas sentadas arriba y que no hacían ademán de moverse.

—Creo que deberíamos irnos —susurré, como si el empleado vestido de neopreno pudiera oírme.

—¿Por qué me ha llamado? —preguntó a bocajarro.

Me quedé muda, con la boca abierta. El hombre de neopreno comenzó a subir por la grada, acercándose a nosotros bastante deprisa. Cuando estaba a menos de cinco metros, unos tres asientos por debajo de los nuestros, Ferguson se abrió un poco la chaqueta para mostrar su placa y, de paso, dejar entrever la culata oscura de su revólver. El joven se detuvo, sin saber muy bien qué hacer y, ante la mirada pétrea del inspector, tomó la única decisión posible: giró sobre sus talones y comenzó a bajar más deprisa incluso de lo que había subido.

—¿Qué quiere de mí? —insistió.

Le miré asombrada. ¿Qué quería todo el mundo de la policía? Protección, que pillara a los malos y me librara del peligro, que detuviera a los delincuentes y me asegurara que no volverían a molestarme.

—Me han pedido que robe otras joyas para ellos. Dicen que me matarán si no lo hago, y les creo capaces de hacerlo.

—Desde luego que lo son —asintió Ferguson. No me estaba tranquilizando en absoluto—. Y no creo que usted fuera el primer cadáver de su lista. Tiene un problema —murmuró entre dientes.

—¿No puede ayudarme?

La voz me salió un poco más aguda de lo normal, lanzada hacia fuera por el miedo y la incredulidad.

—Claro que puedo, por supuesto, y voy a ayudarla. Es mi trabajo. —Me miró de hito en hito, sopesando la situación. Luego cerró el cuaderno en el que hacía rato que no anotaba nada y se puso de pie. Yo le imité—. No debe volver a su casa, ni a ningún otro sitio en el que puedan encontrarla. Conozco un hotel tranquilo y céntrico en el que puede alojarse. El dueño es amigo mío, se ocupará de que esté a salvo.

Bajamos despacio y salimos del anfiteatro de los leones marinos justo cuando regresaba el hombre del neopreno, esta vez acompañado por otras dos personas trajeadas. Ferguson los saludó con una inclinación de cabeza y continuó alejándose, cogiéndome sutilmente del brazo para tenerme controlada. Olía a tabaco y a loción de afeitar, una mezcla acre y dulzona no apta para olfatos sensibles. Al menos no apestaba a mentol y a sudor como el día que hablamos por primera vez. Esa mezcla es repulsiva.

—Dejaremos su coche donde está —me dijo cuando salimos del acuario—, ahí no lo localizarán.

Apuntó el mando electrónico hacia un sedán verde oscuro que parpadeó cuando se desbloquearon las puertas.

—Suba —ordenó—, haré una llamada para que todo esté listo cuando lleguemos.

Obedecí sin rechistar. Me temblaba el labio inferior y estaba a punto de echarme a llorar, pero no quería comportarme como una niña pequeña. Fijé la vista al frente e intenté calmarme mientras Ferguson hablaba fuera. No podía oír lo que decía, pero su gesto era tranquilo. Quizá las cosas empezaran a enderezarse después de todo y pudiera dejar atrás a Noah, a Jack y a su gorila. Llamaría a Sanders en cuanto estuviera a salvo. Él también necesitaría protección cuando se dieran cuenta de que no iban a conseguir las joyas.

La conversación telefónica se extendió un par de minutos más. Después, Ferguson subió al coche, me ordenó que me pusiera el cinturón de seguridad y arrancó sin decirme adónde íbamos.

Callejeó durante un rato, adentrándose en el corazón del *downtown* de Boston hasta detenerse en una de las plazas reservadas de un discreto hotel de dos estrellas. Observé la fachada marrón, las ventanas blancas con evidentes desconchones y las escaleras desiertas que conducían a una doble puerta acristalada con el nombre del establecimiento cincelado en enormes letras mayúsculas. *Hotel Richmond*. Le faltaba un pelo para ser un tugurio. Parecía limpio y la recepción era amplia y estaba bien iluminada, pero desde luego no era el típico hotel que se recomendaría en las páginas turísticas.

Seguí a Ferguson al interior. Un hombre de unos cincuenta años, alto, grueso y con el pelo demasiado negro para su edad, lo recibió con los brazos abiertos. Había visto una escena similar en alguna película sobre la mafia. El escalofrío que me recorrió la espalda se disipó cuando el inspector me presentó al propietario del hotel.

—Este es mi buen amigo Joss Carlin. Cuidará de usted hasta que todo esto termine.

—Gracias —logré murmurar.

—No hay de qué —respondió el del pelo negro al instante—. Seguidme, os enseñaré la habitación que hemos preparado.

El ascensor nos condujo hasta la quinta y última planta. La gruesa moqueta del suelo absorbió el sonido de nuestros pasos. Se detuvo ante la puerta del fondo del pasillo, sacó una tarjeta magnética y liberó la cerradura. Ferguson entró primero y recorrió la habitación como si la conociera de memoria. Le seguí unos pasos por detrás y escuché cómo Carlin cerraba a su espalda.

—No es gran cosa, esto no es el Ritz, pero creo que estará cómoda. Nos ocuparemos de lo que necesite, ropa, útiles de aseo, algo para leer… Haremos lo posible para que esté a gusto y se sienta protegida. Porque lo está, no le quepa duda. Este hotel es un búnker.

—Se lo agradezco mucho. Ahora me siento mejor. No se preocupe, estaré bien.

Carlin cabeceó y salió de la habitación. Estuve a punto de desplomarme sobre la cama, pero me contuve y permanecí de pie, disimulando el temblor de mis piernas, mientras Ferguson me daba las últimas instrucciones.

—No hace falta que le recuerde que no puede decirle a nadie dónde está. Ni una llamada, ni un mensaje. Nada. No la encontrarán aquí, y si lo hicieran, yo llegaría mucho antes de que alcanzaran la puerta. Eso, si consiguen sobrevivir a la recortada que Joss guarda debajo del mostrador. —Sonrió y yo le devolví la sonrisa—. Prepararé el operativo y vendré a por usted cuando todo esté listo.

—¿Ha pensado en algo? —pregunté. No sé por qué, pero de pronto, a pesar de todo, me inquietaba que le pasara algo malo a Noah. Otra cosa que no fuera que lo detuvieran y encarcelaran, por supuesto.

—Todavía no. Lo consultaré con mis superiores y tomaremos la mejor decisión.

—Tiene que proteger a Sanders, él también corre peligro.

—Me encargaré personalmente, no tiene de qué preocuparse.

Me dedicó un cabeceo de despedida similar al que Carlin había efectuado minutos antes, lo que me hizo pensar que ambos se conocían de algo más que de tomar unas cervezas juntos por el barrio. Por la pose, su actitud y su expresión corporal, habría jurado que Joss Carlin era un expolicía y que, además, ambos habían pasado algún tiempo en el ejército.

Una vez sola no hubo nada que me impidiera dejarme llevar por mis sentimientos. Sin testigos ni necesidad de disimular, me tumbé en la cama boca abajo y hundí la cara en la almohada. Lloré hasta que me quedé sin lágrimas, hasta que traspasé mi amargura a las sábanas, hasta que escupí, entre la saliva que escapaba de mi boca abierta, todo el dolor y la humillación, hasta que dentro de mí sólo quedó el miedo; miedo a morir, a dejar de ser, a desaparecer, a convertirme en nada, a ser olvidada para la eternidad.

Sollocé después entre hipidos. Me escocían los ojos y notaba las mejillas hinchadas. Me levanté despacio y me dirigí al baño, donde recuperé parte de mi entusiasmo al pensar en el bien que la ducha de hidromasaje le haría a mi maltratado cuerpo.

Oí el teléfono mientras me desvestía. Corrí casi desnuda hasta la cama, donde había dejado el móvil antes de entrar en el baño. Era Noah. Lo dejé sonar hasta que se cortaron las llamadas. El machacón timbre volvió a sonar de inmediato, y otra vez más en cuanto terminó esa conexión. Me abalancé sobre el aparato cuando el silencio me permitió enhebrar dos pensamientos coherentes seguidos y lo apagué. Lo retuve entre las manos un par de minutos más, como si esperara que, a pesar de todo, Noah consiguiera ponerse en contacto conmigo. Recuperé el ritmo normal de mi respiración y dejé despacio el teléfono sobre la cama.

Como esperaba, el baño fue como un bálsamo para mis heridas. Cuando salí, me sorprendió encontrar sobre la mesa una bandeja con comida, una botella de agua y varias prendas de *sport*, además de un conjunto perfectamente empaquetado de ropa interior. Había también un cepillo de dientes, otro para el pelo y un neceser con todo lo necesario para la higiene personal. «Bien por Joss», pensé. Le di las gracias mentalmente y me puse los tejanos y la camisa que me habían traído. Tenía todo el aspecto de una *hipster* neoyorquina. Nadie de mi entorno me habría reconocido así vestida.

No fui consciente del hambre que tenía hasta que probé el primer bocado de pasta con salsa de tomate, un plato sencillo pero que se convirtió a mis ojos en un auténtico manjar. Disfruté de la tranquilidad, del silencio y de la comida durante al menos media hora. Me habían prohibido abrir la ventana, así que encendí la tele y me detuve en un canal en el que ofrecían un anodino documental sobre el mundo submarino. Me tumbé en la cama para estirar mi cuerpo magullado, y lo siguiente que sé es que, cuando volví a abrir los ojos, no estaba sola en la habitación.

9

No había llamado a la puerta, así que supuse que, o bien Joss Carlin le había entregado una llave, o bien el inspector Ferguson se había quedado con una copia.

Me incorporé sobresaltada cuando descubrí su enorme sombra en la cama de al lado. Se había acomodado sobre la colcha, sin molestarse siquiera en quitarse los zapatos, y apuntaba al televisor con el mando, cambiando de canal como si estuviera en el salón de su casa. No tenía ni idea de qué hora era, de cuánto había dormido ni de cuándo había entrado Ferguson en mi habitación, pero ahí estaba, como si fuera el dueño del local.

Se volvió al ver que me levantaba y me dedicó una sonrisa mellada.

—Pensaba dejarla dormir media hora más —me dijo—, creo que lo necesitaba.

—¿Cómo ha entrado? —le pregunté.

—Tengo una llave, por si se produce una emergencia y usted no puede abrir.

Su razonamiento tenía cierta lógica, pero no por eso dejaba de molestarme la intrusión. Me levanté, fui al baño y cerré con pestillo, algo que también pensaba hacer esa noche con la puerta de la habitación. Cuando volví, Ferguson se había sentado en una de las sillas que rodeaban la mesa junto a la ventana, cuya persiana seguía cerrada a cal y canto.

—Siéntese —me invitó—. Tenemos que hablar.

Obediente, ocupé una silla frente a él.

—Me ha llamado Noah —le dije.

—Lo suponía. ¿Ha hablado con él?

—He apagado el móvil —le expliqué, negando con la cabeza.

—Buena decisión, así ha desconectado también el GPS y limita las posibilidades de ser localizada.

Afirmé con la cabeza, como si yo también hubiera sido consciente de eso cuando apagué el teléfono, aunque lo cierto era que sólo quería dejar de ver el nombre de Noah escrito en la pantalla.

—¿Sabe? —empezó Ferguson—, soy policía desde hace más de veinte años. He perdido la cuenta de las veces que me han disparado, intentado acuchillar, escupido e insultado. Va en el sueldo. Uno no se hace policía para pasarse la vida detrás de un escritorio. Al menos, yo no. Hace cinco años que soy inspector. Me lo gané a pulso, echando más horas que nadie, atrapando a más delincuentes que ningún otro agente. Siempre del lado de la ley, acatando las normas.

»Me he casado dos veces, y me he divorciado otras dos. Por suerte, no tengo hijos. Mi primera esposa era una buena mujer que lo pasó muy mal a mi lado, pero la segunda era una auténtica arpía, una urraca que se dedicó a coleccionar joyas y antigüedades que puso a su nombre y que se llevó cuando firmamos los papeles del divorcio. A mi nombre quedaron las letras de los préstamos que contrajo cada vez que se autorregalaba una «fruslería», como ella misma lo llamaba. Yo no tenía valor para negarle nada, era un pelele de su voluntad, y bien que se aprovechó la muy puta.

»Ahora, casi el sesenta por ciento de mi salario va íntegro a pagar esas deudas. Calculo que tardaré unos ocho años más en liquidarlo todo, así que no puedo ni pensar en la jubilación, en unas vacaciones o en un puto fin de semana en la playa. Me queda el dinero justo para pagar el alquiler del tugurio en el que vivo y mal comer a base de bocadillos y la carne más barata que encuentro en el supermercado.

»He estado dándole vueltas a nuestra situación —ni siquiera protesté cuando se incluyó en el problema que, supuestamente, él debía solucionar—, y creo que no es mala idea hacernos con esas joyas. Usted tiene la clave para lograrlo; yo, los contactos para convertirlas en dinero contante y sonante, eso sin olvidar que, por el camino, nos libraremos de su amigo y sus compinches. Soy policía —me recordó—, estoy autorizado a utilizar la fuerza, y me temo que necesitaré mucha fuerza para reducir a esos tipos.

—Yo... no...

—Ya. —Levantó una mano para cortar mis balbuceos—. Ahora me va a decir que no entiende nada, que no puede coger esas joyas, que Noah esto, que Jack lo otro... Es muy sencillo. Sanders y usted se hacen con la mercancía y me la entregan a mí. Su amiguito no tiene por qué conocer nuestro acuerdo, ya se enterará cuando no pueda hacer nada al respecto. Pero no se preocupe, usted estará a salvo. —Levantó otra vez la mano cuando intenté protestar—. Jack y sus matones vendrán a por lo que creen que es suyo. Les dejaremos que se acerquen y, cuando los tenga a tiro, les descerrajaré cuatro balas en la cabeza. Fin de la historia. La investigación concluirá que Noah Roberts y sus compinches robaron las joyas, que se deshicieron de ellas antes de que yo llegara y que se enfrentaron a mí, por lo que no tuve más remedio que disparar. Ni su nombre ni el de Sanders aparecerá por ningún lado, tiene mi palabra. Usted se lleva una parte y yo otra. Bueno, y no nos olvidemos de Sanders, claro. Él también recibirá lo que le corresponda.

Me miró durante unos largos instantes. Quise imitarle y no mover ni un músculo de la cara, que no viera mi pánico, pero de nuevo el labio inferior me delató y, traidor, comenzó a temblar sin control. Vi las manos grandes, los ojos marrones, las manchas de humedad, el colchón sucio. Una vez más.

Reuní el valor que me quedaba y me levanté de la cama. Intenté alcanzar el bolso y marcharme con la mayor rapidez posible, pero Ferguson me agarró con fuerza del brazo y me empujó hacia abajo. Aunque caí sobre el colchón, el golpe repercutió en mis magullados músculos abdominales, que lanzaron un grito en forma de latigazo que me obligó a doblarme sobre mí misma para mitigar el impacto.

—Tranquila, Zoe. Tenemos que pulir los detalles de la operación antes de que se marche.

—Conseguirá que me maten —farfullé por encima del dolor.

—Le he dicho que la protegeré. Se lo he prometido, de hecho. Usted sólo tiene que hacerse con las joyas y entregármelas. Si lo necesita, Joss la ayudará. Hablaré con él, hará lo que le pida. Yo me ocuparé de todo lo demás, incluida su seguridad. Tiene mi palabra.

—¿Su palabra? ¡Su palabra! Es policía, por el amor de Dios, y está obligándome a cometer un delito grave. Proteger y servir, ¿recuerda? ¡Proteger y servir!

Ferguson se removió inquieto en su asiento. Confié en que estuviera haciendo balance de los pros y los contras de su nuevo papel de poli corrupto y decidiera continuar por el buen camino. Vanas esperanzas.

—Lo haremos pronto, esta misma semana. No quiero que Jack se ponga nervioso y le envíe un matón; eso me obligaría a actuar antes de lo previsto. Llame a Sanders —me ordenó, levantando la vista del punto del suelo en el que la tenía clavada mientras parecía hablar para sí mismo—. Concierte un encuentro con él cuanto antes. No debería resultarles complicado entrar en la sala de la exposición y coger unas cuantas piezas. Ustedes trabajan allí, conocen todos los rincones del museo, saben adónde da cada puerta, cada ventana. Yo ralentizaré la investigación unos días e insistiré en que no toquen nada de la instalación de seguridad ni de la exposición. ¿Cómo se llama el director? —preguntó de pronto.

—Petersen. Gideon Petersen —balbuceé.

—Eso es. Hablaré con Petersen y le ordenaré que no instale todavía las nuevas alarmas porque puede eliminar pruebas sin pretenderlo. Lo de eliminar pruebas es muy convincente, nadie lo pone nunca en duda.

—¿Ya lo ha probado antes?

—Cuidado con lo que dice, o el dolor que sienta en los próximos días no procederá sólo de los golpes que ya tiene.

Le creí. No dudé de que hablaba en serio, que me golpearía sin miramientos si no hacía lo que quería, lo que me había ordenado, porque no me había dejado margen para negarme. Sus ojos, de un azul glacial, se clavaron en los míos como dos punzones de hielo, escrutándome con atención, estudiando mis reacciones. Respiré hondo e hice lo único que podía hacer en esos momentos, aunque una vocecilla en mi interior me susurraba que lo mejor era tirar la toalla y saltar por la ventana.

—Llamaré a Sanders —accedí—. Hablaré con él hoy mismo, ahora si es posible.

—Buena chica.

—Váyase a la mierda.

Soltó una carcajada que retumbó en la habitación. Aquel cuchitril ya no me parecía tan acogedor. Percibí el olor a cerrado, me fijé en las manchas de la colcha y descubrí una telaraña colgando de la escayola del techo.

—Me marcho —le informé. Él se levantó de un salto y placó mi avance hacia la puerta. Le puse una mano en el pecho y le empujé con decisión, aunque no conseguí moverlo ni un centímetro—. Me voy a casa. Llamaré a Sanders y me reuniré con él. Si no quiere que Jack sospeche nada, tendré que estar donde él cree que estoy. Y espero que usted y su pistola no se alejen demasiado.

—No lo haremos —respondió después de mirarme unos segundos eternos.

Se hizo a un lado y me dejó pasar. Salí de la habitación, bajé en el ascensor y crucé el vestíbulo sin dirigir ni una mirada al mostrador de recepción. No quería saber si Joss Carlin y su recortada seguían allí o no.

Una vez en la calle, miré desorientada a derecha e izquierda, intentando decidir hacia dónde dirigirme.

—¿La acerco a algún sitio?

La voz de Ferguson me hizo dar un respingo sobre la acera. Él también se marchaba del hotel, esperaba que en dirección opuesta a mí.

—No, gracias —respondí sin más, y eché a andar calle abajo.

—Su coche está hacia el otro lado —gritó con sorna.

Le ignoré, salí a la carretera y levanté la mano para detener uno de los taxis que circulaban por la zona.

—Al acuario —indiqué una vez sentada.

No miré por la ventanilla ni comprobé si Ferguson seguía riéndose de mí en la acera. Fijé la vista al frente y sofoqué el dolor, la rabia y el absoluto pánico que se iban apoderando de mí a cada segundo que pasaba.

Mi abuela decía que es absurdo temer a la muerte, porque a todos nos alcanza tarde o temprano, pero intuía que el reloj de mi destino rodaba desbocado hacia un final inminente, mucho más temprano que tarde, y no podía hacer nada para detener las enloquecidas manecillas.

Mi coche seguía aparcado donde lo había dejado hacía sólo unas horas. Pagué la exorbitada cantidad que apareció en el parquímetro cuando introduje la tarjeta y abandoné el acuario en dirección a mi casa. No sabía si Noah seguiría allí o se habría cansado de esperar. Antes de acceder al estacionamiento privado de mi edificio me detuve en el arcén, lejos del alcance de mis ventanas, y encendí el teléfono móvil.

Una sinfonía de luces y pitidos se desató en cuanto terminé de teclear el número secreto. Noah… Noah… Noah… Casi todas las llamadas y mensajes eran suyos. Aparte de eso, los que ya había visto de mi jefe y unos cuantos más de gente sin importancia.

Marqué una vez más el número de Sanders y esperé. Esta vez tardó en responder y, cuando lo hizo, me llegó a través de la línea un eco de voces y risas sumamente discordante con la conversación que teníamos que mantener.

—Bennett… —dijo a modo de saludo—. ¿Estás bien?

—No demasiado, pero puedo estar peor. Los dos podemos estar peor, de hecho. Tenemos que hablar —le urgí.

—Ahora no puedo salir de casa. Los padres de mi mujer han venido de visita y resultaría muy extraño que me ausentase sin más ni más. Estoy de baja, así que no tengo la excusa de que me reclaman del museo, y no puedo decir que una compañera quiere hablar conmigo. ¿Podemos vernos mañana?

—De acuerdo, mañana temprano. Llámame cuando salgas e iré a tu encuentro.

Nos despedimos y me quedé sin excusas para afrontar lo que fuera que me esperara en casa. Estaba a punto de acceder al interior del aparcamiento cuando un coche parado al otro lado de la calle me hizo señas con las luces. Era Ferguson, que me saludó levantando la mano con la que sujetaba un café. Lo ignoré, apagué el motor y entré en el edificio. Temblaba de los pies a la cabeza y tuve problemas para insertar la llave en la cerradura. No hizo falta. Noah abrió la puerta, me agarró de un brazo y me empujó hacia dentro con violencia. El impulso me lanzó hasta el sofá, pero en lugar de aterrizar sobre los cojines, lo hice contra el brazo de madera, que me golpeó en el muslo y sumó un morado más a los que ya coleccionaba por todo el cuerpo.

—¿Dónde estabas? —gritó frente a mi cara. Pude ver el miedo

brillando en sus ojos. Así pues, yo no era la única que oía el tictac de su reloj vital galopando a toda velocidad hacia la hora final—. Te he llamado un millón de veces.

—Lo sé —respondí mientras me masajeaba la pierna—. Necesitaba pensar. A solas.

—¿Pensar? ¡No hay nada que pensar! La única pregunta es cuándo lo vamos a hacer. El resto es superfluo.

Me levanté del sofá y me planté ante él, fingiendo una seguridad y un valor que no sentía en absoluto, pero la rabia me concedió una determinación de la que esperaba no tener que arrepentirme.

—Esta no es tu casa. No te he invitado a venir, y mucho menos a quedarte. Quiero que te vayas. Ahora. Seguiremos hablando mañana.

—Ni lo sueñes. No puedo fiarme de ti. ¡Has desaparecido durante horas!

—¿Qué habrías hecho tú en mi lugar? ¡Hay un delincuente viviendo en mi casa y gente que quiere matarme a menos que cometa un robo para ellos! Pensar es lo mínimo que necesito. Lo que me pedía el cuerpo era huir, correr sin mirar atrás, correr hasta el fin del mundo. ¡Cuánto daría por poder deshacer las últimas semanas! Olvidarlo todo… ¡Olvidarte!

Para mi sorpresa, las facciones de Noah se suavizaron un poco. Relajó los hombros y hundió las manos en los bolsillos.

—Lo siento —murmuró—. Tenía miedo de que Jack te hubiera hecho daño. Si hubiera sabido que todo esto acabaría así, yo nunca…

—Habrías hecho lo mismo —le corté—. No me conocías, sólo era un medio para alcanzar tu objetivo. Habrías actuado igual, como un cabrón sin sentimientos.

Mis palabras no parecieron hacer mella en él, a pesar de que las escupí a unos centímetros de su cara. De pronto, todo mi coraje se desvaneció como en un juego de magia. Tenía a Noah frente a mí, a Ferguson abajo y a Jack donde quiera que se escondiese, pendiente de todos mis movimientos. No tenía salida. Uno u otro me mataría. Ferguson o Jack, el primero que consiguiera alcanzarme. Lo supiera o no, Noah estaba tan atrapado como yo, en medio del fuego cruzado que se iniciaría dentro de unas horas.

Se acercó a mí y se sentó a mi lado, pero sin llegar a tocarme.

—Deja que me quede —me pidió—. No te molestaré, ni siquiera me verás si no quieres, pero es mejor que permanezcamos juntos hasta que todo esto acabe.

Fingí pensármelo durante unos instantes y, por fin, asentí despacio, con los ojos cerrados. Oí claramente su suspiro aliviado y cómo aumentaba el peso de su cuerpo sobre el sofá. Su presencia en mi casa era una garantía de que Ferguson no me haría una visita inesperada.

—He hablado con Sanders —le dije al cabo de unos minutos—. Nos ayudará.

—¡Oh, Dios! Esa es una gran noticia. ¿Qué te ha dicho?

—Que no quiere que me maten. —Noah apretó los labios, pero no dijo nada, así que continué—. Hemos quedado en vernos mañana por la mañana. Estudiaremos nuestras opciones de hacer lo que nos piden y salir indemnes de esta.

—Lo conseguiremos —afirmó entusiasmado.

Le habría dado un puñetazo en ese momento.

—¿Eres consciente de que, si no nos matan, pasaremos los próximos quince años en la cárcel?

—No si todo sale bien. Saldrá bien —repitió.

Me habría gustado contagiarme de su convicción, pero me resultaba imposible. Seguro que no se mostraría tan animado si supiera que el inspector Ferguson pretendía sacar tajada del asunto y que era precisamente él quien nos vigilaba desde la calle.

Ferguson no permitiría que nada saliera mal, y no dudaría en acabar con nosotros si sospechaba que podíamos delatarlo. No habría pacto con el fiscal si nos pillaban, sólo una caja fría a dos metros bajo tierra.

Me obligué a concentrarme en lo que estaba diciendo Noah, que se había levantado del sofá e iba de un lado al otro del salón sin dejar de hablar.

—…una tarjeta. Si nos consigue una tarjeta de acceso a la sala, podremos entrar y salir sin problemas. Será cuestión de pocos minutos, menos de cinco, eso seguro. Tom lo hizo en tres, pero yo no tengo su maña.

—Nos verán —le corté.

—Luego pensaremos en eso. Por ahora debemos establecer la mejor ocasión para actuar. Cuando vuelvas al trabajo tendrás que fijarte en el horario de los guardias, en sus cambios de turno y en cuándo hacen la ronda. —Me miró, y yo asentí para que continuara—. La sala de las joyas sigue cerrada al público, ¿no? —Volví a asentir—. Quizá ni siquiera hayan conectado las cámaras y las alarmas, ya que las puertas están cerradas. —Me encogí de hombros—. Compruébalo.

Me estaba cansando de su soliloquio. Hacía que todo pareciera tan sencillo que estuve a punto de pedirle que fuéramos ahora mismo al museo, robáramos las joyas y acabáramos con esto de una vez por todas. En cambio, me mordí la lengua y seguí fingiendo que escuchaba. El corazón me taladraba los tímpanos con su latir desbocado. Sentía la boca seca y un enorme puño me apretaba con fuerza el estómago.

—Primero hablaré con Sanders —dije cuando me cansé de oírle— y después estudiaremos los detalles.

—¿Cuándo le verás?

—Mañana por la mañana. Ya te lo he dicho.

—Iré contigo.

Di un respingo.

—De ninguna manera —protesté—. Iré sola. No quiero que se asuste o que piense que le he tendido una trampa.

—Iré contigo —repitió, testarudo—. Tú no tienes ni idea de lo que se necesita para llevar a cabo un golpe como este.

—Claro que lo sé. Una pardilla que te franquee el paso.

Noah bajó la vista hasta el suelo y la dejó allí. Todo su entusiasmo se esfumó en un segundo. ¿Acaso había olvidado quiénes éramos, qué nos había unido y por qué seguíamos juntos? Yo lo tenía muy presente, grabado a fuego en la piel y en la mente.

Me levanté, entré en mi habitación y cerré la puerta. No tenía pestillo ni cerrojo, viviendo sola nunca lo consideré necesario, pero en ese momento lo eché de menos. No creía que Noah irrumpiera en mi dormitorio, pero por si acaso acerqué la silla a la puerta y la encajé lo mejor que pude debajo del pomo. Estaba convencida de que tan mediocre barricada no serviría de mucho si Noah, o quien fuera, decidía entrar, pero al menos me daría unos segundos para... ¿qué? ¿Intentar huir? Imposible salir por la ventana. ¿Buscar un arma? Nada de lo que pudiera conseguir para defenderme podría enfrentarse a una pistola. ¿Esconderme? ¿Dónde? ¿Debajo de la cama? Patético e inútil. Tiempo para hacerme a la idea de que iba a morir, para digerir la inminencia del fin de mis días y respirar por última vez.

Me tumbé descalza sobre la cama y clavé la vista en el techo. Recorrí despacio las junturas de las molduras de escayola mientras mi mente vagaba en busca de una salida. Una idea, todavía difusa, había comenzado a germinar en mi cabeza mientras conducía de regreso a casa, pero el plan tenía todavía tantos flecos que se deshilacharía con sólo tirar de uno de ellos. Necesitaba pensar con calma, calibrar mis posibilidades reales de salir de esta.

Nunca me había visto en la tesitura de tener que idear un plan delictivo. Soy una persona honrada, nunca he hecho daño a nadie de manera consciente ni le he quitado un caramelo a un niño. Pago mis deudas, procuro no mentir y ni siquiera me quedaba con los cambios de la compra cuando mi madre me enviaba al supermercado. Y ahora, de pronto, de la noche a la mañana, me veía abocada a pergeñar el modo de llevar a cabo un robo a gran escala. No sabía por dónde empezar. Intenté recordar las películas sobre atracos que había visto. Ladrones de guante blanco frente a asaltantes armados hasta los dientes. Unos, expertos en el arte del engaño, rápidos, ágiles y muy inteligentes; los segundos, violentos, sanguinarios, dispuestos a llevarse a cualquiera por delante con tal de lograr su objetivo. ¿Dónde encajaba yo? Para mi desgracia, en ningún sitio. No podía perforar un butrón, ni entrar blandiendo una ametralladora. No contaba con sofisticados equipos técnicos capaces de burlar los más avanzados sistemas de seguridad, ni me creía capaz de mantener la cabeza fría y serena mientras escondía las joyas en el escote de mi vestido de noche.

Lo peor era que, a esas alturas, ya estaba convencida de que iba a robar las joyas. Hacerlo se había convertido en una idea natural y lógica. Tenía que hacerlo, y lo haría. Conseguir las gemas era una cuestión innegociable. Por eso no me detuve en divagaciones morales o éticas, sino que me concentré en decidir cómo y cuándo.

Noah tocó suavemente a la puerta un rato después. Preguntó a través de la madera si quería cenar algo y, ante mi silencio, decidió dejarme en paz y no insistir.

Las horas transcurrieron monótonas, lentas. La escasa luz de la tarde dejó paso al blanquecino resplandor de las farolas. Dejé la persiana levantada para que Ferguson, si es que continuaba allí abajo, pensara que seguía despierta. Oí la televisión en el salón. El presentador de un conocido programa de entrevistas retaba a su invitado a hacer alguna de sus habituales pruebas ridículas. Hubo un tiempo en el que me gustaba ese tipo de entretenimiento. Cuando me sentaba con mi solitaria cena frente al televisor ese individuo engominado que se creía muy gracioso me acompañaba hasta la hora de acostarme. Éramos casi como de la familia. Noah había acabado también con eso. Nada volvería a ser igual a partir de ahora. De hecho, ni siquiera estaba segura de tener un futuro, de que hubiera un mañana.

10

Una vez tuve un pez. Fue poco después de mudarme a mi actual apartamento. Lo amueblé siguiendo los consejos de las revistas de decoración, con muebles lacados y tapizados en blanco, cojines grises y unos esporádicos toques de color aquí y allá. Cuando volvía a casa, tenía la sensación de entrar en la aséptica sala de espera de un hospital en vez de en un lugar al que pudiera llamar hogar. No acepté el ofrecimiento de mi madre de elegir algunos muebles u objetos de su casa y traerlos a la mía. No me sentiría cómoda entre cosas que habían pertenecido a otras personas, aunque esas personas fueran mis padres.

Un día, paseando por una de las calles comerciales del centro de Boston, vi en un escaparate un pequeño acuario en el que un precioso pez naranja parecía juguetear con las hojas verdes de un alga a todas luces artificial. En el fondo de la pecera, piedras de colores y un cofre del tesoro del que salían sin cesar bailarinas burbujas de oxígeno. Eso era lo que mi casa necesitaba, un poco de vida.

Así que compré el pez. Y la pecera, las piedras de colores, el cofre del tesoro y las algas de plástico. Lo instalé sobre el mueble del salón, en un lugar privilegiado en el que la luz del sol le calentaría el agua durante buena parte del día y haría destellar las piedras de colores del fondo. El pez comenzó a dar vueltas al acuario. Una vuelta tras otra. Una y otra vez. Un circuito sin fin. Un día tras otro. Siempre igual. El pez, al que ni siquiera llegué a poner un nombre, se pasaba el día nadando en círculos o flotando inerte en mitad del acuario, meciéndose con el movimiento apenas perceptible de sus vaporosas aletas.

Me daba tanta pena verlo que pensé en llevarlo a algún lugar en el que pudiera nadar en libertad, pero un par de clics en Internet me bastaron para informarme de que era ilegal abandonar mascotas y que estaba prohibido dejar este tipo de peces tropicales en los estanques de la ciudad.

Por la noche, las vueltas del pez me hipnotizaban, me pasaba horas viéndolo girar en soledad alrededor de las burbujas, de las algas de plástico y del cofre del tesoro. Siempre solo, encerrado en una preciosa caja de cristal.

Lo alimentaba con precisión matemática, cambiaba el agua y los filtros y me aseguraba de que las burbujas fluyeran como era preciso, pero confieso que cada mañana, cuando salía de mi habitación, me dirigía hacia la pecera con la secreta esperanza de encontrar al pez flotando panza arriba en el agua, lo que pondría fin a su absurda y cruel existencia y, de paso, a un inesperado sentimiento de culpabilidad cada vez más arraigado en mi interior.

El pez tardó más de un año en morir, pero cuando por fin apareció flotando en la superficie de la pecera, colgando de lado, con las vaporosas aletas inmóviles apuntando hacia el fondo, me invadió una sensación de alivio como pocas veces he experimentado en mi vida.

Me deshice del pez, de la pecera y de todos los estúpidos complementos y llené el hueco con libros de filosofía, un entretenimiento sin duda mucho más constructivo que pasarme las horas viendo cómo daba vueltas un pez.

Encerrada en mi habitación, mientras esperaba la visita del sueño, me sentí como aquel pez, atrapada en una bonita pecera, pero sin posibilidad de escapar jamás. Moriría allí, flotando en los vapores de mi propia estupidez por haberme creído unas majaderías que en mi interior sabía que pertenecían por entero a una novela rosa. Las algas de plástico, las piedras de colores, el cofre del tesoro… Yo misma me había metido en una pecera fantástica, preciosa, de la que sólo podría escapar cuando por fin flotara boca arriba.

La noche y la madrugada fueron eternas, pero hubo un momento en que me dormí. El estridente zumbido de mi teléfono móvil me arrancó de un sueño insuficiente, plagado de inquietantes visiones que ni siquiera tuvieron tiempo de convertirse en pesadillas.

Eran poco más de las seis de la mañana y en la calle todavía no había amanecido. Me levanté sobresaltada y seguí el sonido del teléfono hasta la mesita. Conseguí abrir lo suficiente los ojos para distinguir el nombre de quien me llamaba.

Era Sanders.

—Robert —saludé con voz somnolienta—, no te esperaba tan temprano.

—Hola, Bennett. Es mejor que nos veamos antes de ir a trabajar. Ayer pedí el alta, me incorporo hoy mismo, he preferido no esperar hasta el lunes. El médico estaba un poco reticente, por lo de las lesiones internas y esas cosas, pero le he convencido de que no puedo permanecer más tiempo inactivo.

Trabajar. Había olvidado que era jueves y me esperaban en el museo, que por fin reabriría sus puertas. Ni siquiera había conectado la alarma del despertador antes de acostarme.

—Claro —dije, como si yo también lo hubiera pensado—. ¿Dónde quieres que nos encontremos?

—He aparcado en el paseo marítimo, cerca de la playa, detrás de un enorme restaurante con paredes de cristal, ¿te suena?

—Sí, creo que sí.

—Está cerrado, como todas las tiendas de la zona. Nadie nos verá.

—Es una buena idea —admití.

—Ven lo más rápido que puedas.

—Salgo en un minuto —le aseguré.

Eché un vistazo por la ventana. El coche de Ferguson no estaba allí. Supuse que esperó un rato, hasta cerciorarse de que no pensaba fugarme, y después se marchó a su casa. Él también tendría que trabajar hoy, y no sería muy eficaz si se pasaba la noche haciendo guardia al volante de su coche.

Me calcé, entré en el baño y me lavé la cara y los dientes. Renuncié a cepillarme el pelo y me lo anudé en una coleta torcida. Retiré con mucho cuidado la silla de la puerta y la dejé a un lado. Como esperaba, Noah no había intentado en ningún momento entrar en mi habitación. Apoyé la mano en la manija y respiré hondo. Conteniendo el aliento, abrí la puerta muy despacio y salí al salón sin hacer ningún ruido. Noah dormía en el sofá. La manta se había deslizado hasta el suelo. Observé su cuerpo, sólo cubierto por unos *boxers* ceñidos que yo conocía muy bien. No quería recordar, sabía que me enfurecería si pensaba un solo segundo en las veces que le quité la ropa, así que crucé de puntillas los escasos metros que me separaban de la puerta de la calle y, sin dejar de mirarle por si se despertaba, abrí, crucé el umbral y volví a cerrar con el mayor sigilo.

Eché a correr en cuanto estuve en el descansillo. No esperé al ascensor. Bajé las escaleras de dos en dos y llegué a mi coche un par de minutos después. Miré hacia arriba, esperando ver la cara rubicunda de Noah gritándome desde la ventana, pero nada parecía moverse al otro lado de las cortinas. Arranqué el motor y puse rumbo a la playa.

El escaso tráfico a esa hora de la mañana me permitió volar hasta el lugar de la cita. Reduje la velocidad al acercarme al restaurante y me detuve junto al vehículo de Sanders. Me bajé del coche y recibí como una caricia la brisa salada procedente del mar. Golpeé despacio la ventanilla, abrí la portezuela y me senté junto a mi compañero de trabajo. Lo observé unos instantes. No lo veía desde un día antes de su encuentro con Jack. Tenía mal aspecto. Se había afeitado, llevaba la camisa y el pantalón perfectamente limpios y planchados y distinguí la americana estirada en el asiento de atrás, pero las arrugas de su frente, el rictus ansioso de sus labios y la inquietud con la que sus ojos apagados miraban a un lado y a otro daban fe de la enorme angustia que padecía.

Él lo había empezado todo, pero no se merecía lo que le había pasado. ¿Quién no se ha equivocado alguna vez? Yo, desde luego, tenía mucho por lo que callar.

Le cogí la mano que temblaba sobre su pierna, y él cubrió mis dedos con su otra mano.

—No tienes que hacerlo —le dije—. Quédate al margen, encontraré el modo de salir de esta.

—No. —Un rápido, casi violento, movimiento de cabeza enfatizó su negativa—. Mi avaricia y mi inconsciencia te han puesto en esta situación. Voy a ir a la policía y les contaré todo, la verdad, desde el principio. Si tengo que ir a la cárcel, que así sea.

—No lo hagas, no es buena idea. Te matarán.

—No lo harán si no les doy tiempo a reaccionar. Iré ahora, esta misma mañana. Les diré dónde pueden encontrar a Jack y a toda su banda, les contaré cuáles son sus intenciones, cómo te han utilizado y de qué manera siguen extorsionándote. ¡Ven conmigo! —exclamó de pronto.

—¿Adónde?

—A la policía. Les pediremos protección.

Cerré los ojos y pensé en la mirada codiciosa de Ferguson.

—La policía también quiere las joyas —le dije en voz baja.

Sus dedos se crisparon debajo de mi mano.

—¿Qué estás diciendo? —preguntó sin separar apenas los labios.

—Ayer me puse en contacto con el inspector que está al frente de la investigación.

—Lo conozco, me visitó en casa después del robo…

—Le conté lo que pasaba, le dije toda la verdad, cómo se habían servido de mí para entrar, cómo te convencieron para que participaras y lo que te hicieron cuando cambiaste de opinión. Él se comprometió a ayudarme y me llevó a un hotel en el que podría protegerme hasta que detuvieran a toda la banda. —Tragué saliva antes de continuar—. Por la tarde vino a mi habitación y me dijo que se lo había pensado mejor, que quería que robara las joyas, pero para él. Dijo que se encargaría de Jack y de los suyos, incluso de Noah, que encontraría el modo de dejarnos fuera de toda sospecha y que él, como responsable del caso, determinaría que los ladrones habían conseguido pasar la mercancía a su contacto antes de ser abatidos, dándolas así por perdidas.

Un leve temblor sacudió los labios de Sanders, que me había escuchado en silencio, mirándome con los ojos muy abiertos. Poco después, unas gruesas lágrimas comenzaron a rodar por sus mejillas hundidas, mientras los sollozos le sacudían los hombros sin control.

—Vamos a morir —balbuceó.

—Aquí no va a morir nadie —le aseguré, poco convencida sin embargo de mis palabras—. Ferguson tiene la sartén y Jack el fuego. Pero sólo nosotros podemos sacar las joyas del museo. No lo conseguirán solos, y lo saben, por eso no nos harán nada hasta que logremos el objetivo. Aprovechemos nuestra ventaja, y que luego ellos se apañen como quieran.

—¿Cómo…?

—Ferguson conoce la existencia de Jack, pero Jack no sabe nada de las intenciones del inspector. Quizá deberíamos ponerle en antecedentes. Supongo que Jack querrá eliminar a la competencia antes de que se convierta en una amenaza real, y eso le convertirá en objetivo de todo el cuerpo de policía de Boston.

Sanders comenzó a calmarse poco a poco.

—Mi tarjeta nos da acceso a cualquier lugar del museo —dijo pasados unos minutos—. Podríamos llegar sin problemas a la sala de las joyas. Preguntaré si se han reinstalado las alarmas y pediré los códigos. Es lógico que yo los tenga, soy el comisario de la exposición. Tendré que hacer un balance de pérdidas y valorar la situación.

—Buena idea —le animé.

—Lo único que me preocupa —siguió— es cómo entrar sin que nos graben las cámaras de seguridad. Si nos ven, ni siquiera podremos sacarlas del museo, y entonces estaremos muertos sin remedio.

—Ya se nos ocurrirá algo.

No quería asustarle contándole la locura que había comenzado a fraguarse en mi mente. Le daría vueltas un par de días y buscaría vías alternativas, pero por mucho que lo pensaba, esa idea, aunque brutal, era la única que me parecía factible. Sólo quedaba por ver si, llegado el momento, funcionaba. Aunque si Jack y Ferguson se enfrentaban entre sí, quizá no tuviéramos que llegar hasta ese extremo.

Mi móvil comenzó a vibrar en el fondo del bolso. Lo saqué y descolgué, sabiendo de antemano quién llamaba.

—¿Dónde estás?

Esa pregunta se estaba convirtiendo en un tópico recurrente en los últimos días. La voz de Noah, aguda por los nervios y el cabreo, me taladró el tímpano. No me molesté en contestar, así que, tras unos segundos de silencio, retomó su diatriba acusatoria.

—Estás con Sanders, claro —susurró con rabia.

—Claro. Te lo dije.

—Y yo te dije que quería ir contigo.

—Lo que tú quieras no se encuentra entre mis prioridades —le recordé con voz pausada.

—Joder, Zoe, vas a conseguir que nos maten a los dos.

—¿A los dos? —grité a través del altavoz. Sanders me miraba sin decir nada, frotándose las manos sobre el regazo—. Yo tengo algo que ellos quieren, creen que puedo darles las joyas, pero tú, ¿qué tienes tú? ¿Quién es aquí el prescindible?

—Zoe...

—¡No vuelvas a hablarme así jamás! Me voy a trabajar. Hablaremos más tarde. Tú haz lo que tengas que hacer, por mí como si te mueres.

Y colgué.

Tragué saliva con dificultad y clavé la vista en el mar, iluminado por los primeros rayos del sol.

—Debió de dolerte mucho —dijo Sanders simplemente.

—Muchísimo —reconocí al cabo de unos instantes. Ambos sabíamos que no nos estábamos refiriendo a las heridas físicas que tanto él como yo atesorábamos, sino al profundo zarpazo que la traición de Noah había supuesto para mí—. Todavía me duele, casi no puedo respirar.

—¿Le amabas?

—Define amor —le pedí.

Sanders sonrió y acompañó mi mirada hasta el mar.

—Cuando conocí a Rose, mi mujer, yo no era más que un joven y soberbio estudiante de Arte. Me creía el más listo, el más capaz y el más preparado. Iba a comerme el mundo. Entonces llegó ella. Fue en una fiesta, en casa de unos amigos comunes. Nos presentaron, supongo que intentando emparejar a los únicos solteros y sin compromiso de la velada, y nos dejaron solos. No sabía su nombre, ni su edad, ni a qué se dedicaba. Desconocía de dónde era y cuáles eran sus aficiones, pero cuando me puso una mano en el brazo para pedirme que acercara mi oreja a su boca, y me dijo al oído que le gustaría bailar conmigo, supe que era la mujer de mi vida. Sé que suena a tópico estúpido y edulcorado, pero fue exactamente así. Resultó ser una mujer muy inteligente, con una mente despierta e inquieta que todavía hoy sigue sorprendiéndome con sus pensamientos y opiniones.

»En aquellos días no podía vivir sin ella, literalmente. Me temblaban las manos cuando no la tenía cerca para poder acariciar su piel o su pelo, se me aceleraba la respiración en cuanto la dejaba en la puerta de su casa y no recuperaba el ritmo normal hasta que volvíamos a encontrarnos. Era un adicto. Nos casamos, llegaron los hijos, el ajetreo diario, la rutina del trabajo, las preocupaciones y todo lo que conlleva la vida, pero aún hoy, incluso en medio de la disputa más acalorada, sé que daría mi vida por ella.

—Supongo que amaba a Noah —reconocí en voz baja—. Quizá todavía le quiero, pero le odio con la misma intensidad por lo que me ha hecho.

—No odias a quien no has amado primero. El odio se reserva para las grandes pasiones. El resto del mundo puede molestarte, enfadarte o resultarte indiferente, pero nadie odia más que quien ha amado. Ten cuidado con tus sentimientos —añadió, girándose en el asiento del coche para mirarme de frente—, no te dejes arrastrar, no hagas nada de lo que tengas que arrepentirte después. Si mueres, ni siquiera tendrás esa opción.

—Lo haré, tendré cuidado.

—Bien —zanjó con una sonora palmada de sus manos sobre las piernas—. Pongámonos en marcha.

—De acuerdo, seguiremos hablando más tarde.

Sanders asintió con la cabeza y encendió el motor. Yo me bajé del coche y regresé al mío. En realidad, no estaba lista para ir a trabajar. Llevaba la misma ropa con la que había dormido, no me había duchado ni había comido nada desde hacía casi veinticuatro horas. No podía presentarme así ante Petersen.

Conduje de regreso a casa. Estaba a punto de enfilar la entrada del aparcamiento cuando descubrí el sedán de Ferguson parado muy cerca de donde había estado la noche anterior. El inspector no se movió cuando me vio, se limitó a seguirme con la mirada mientras yo cruzaba la verja y me dirigía a una plaza libre.

Mi móvil comenzó a vibrar de nuevo. Miré por el retrovisor y vi a Ferguson con el teléfono pegado a la oreja, sin quitarme la vista de encima.

—¿Dónde estaba? —masculló.

Podía ver su cara enrojecida y los ojos achinados por la ira.

—No sabía que tuviera que rendirle cuentas de mis idas y venidas. Ya soy mayor, no necesito niñera.

—No se pase de lista. Nos jugamos mucho y no voy a consentir que saque los pies del tiesto ni un centímetro. Quiero saber dónde está en todo momento, y me informará de los avances que se produzcan en… nuestro asunto.

—Nuestro asunto… —repetí con cierto retintín.

—Por cierto —me pareció verle sonreír, una mueca torcida y malvada—, creía que vivía sola. Me llevé una sorpresa cuando vi a su amigo Noah Roberts. Pensé que después de lo que le hizo ya se habría librado de él.

—¿Cómo sabe quién es? —pregunté, atónita.

—Señora, soy policía. Busqué su nombre en nuestros registros. El angelito está fichado por varios delitos menores. Nunca ha estado en prisión, pero le ha faltado un pelo en un par de ocasiones. Se libró porque topó con un juez muy blando que se dejó engatusar por sus maneras de caballero. ¿O era una jueza? No recuerdo bien…

—En cualquier caso —le corté antes de que sus divagaciones llegaran a molestarme de veras—, es problema mío quién duerme en mi casa.

—Por supuesto, me importa una mierda a quién le abre las piernas, pero confío en que no le diga ni una palabra de nuestro acuerdo. Si tan siquiera llego a sospechar que se ha ido de la lengua, me olvidaré de las joyas y me ocuparé personalmente de usted, ¿me ha comprendido?

—No le he dicho nada —le aseguré en voz baja—, pero le necesito para… nuestro asunto.

—Bien. Ni una palabra, recuerde.

Colgó sin esperar una respuesta. No la necesitaba. Sabía que haría lo que me había ordenado. No podía hablarle a Noah de Ferguson, lo que significaba que Jack no se ocuparía de él y Sanders y yo estaríamos en medio de un fuego cruzado del que era imposible que saliéramos indemnes.

Observé a Ferguson abandonar el aparcamiento y marcharse calle abajo. No dejó de mirarme mientras se alejaba despacio. En cuanto lo perdí de vista, arranqué el coche y puse las dos manos sobre el volante, pero no llegué a moverme. Lo que me pedía el cuerpo era correr, huir, marcharme lo más lejos posible de allí, esconderme en algún lugar recóndito y empezar de nuevo. Nadie me echaría de menos, podría cambiar de nombre, de profesión, inventarme un pasado en el que nada de esto hubiera sucedido.

Pero dejaría de ser yo, me pasaría la vida mintiendo y mirando por encima del hombro, siempre asustada, con la muerte pendiendo sobre mi cabeza como una espada de Damocles.

Una vez más, la puerta de mi apartamento se abrió antes de que tuviera ocasión de meter la llave, pero ahora Noah no me empujó, sino que la sostuvo para dejarme pasar.

—¿Con quién hablabas en el coche? —me preguntó.

—¡Oh, vamos! —exclamé—. Me estoy cansando de que todo el mundo quiera saber dónde estoy, de dónde vengo o con quién hablo.

—¿Todo el mundo? ¿Quién más te lo ha preguntado?

Por su mirada suspicaz supe que acababa de meter la pata. Hasta el fondo. Puse cara de indignada e intenté salir airosa del embrollo.

—¡Sólo es una forma de hablar! —Me dirigí hacia mi habitación, pero me cortó el paso a mitad de camino. Estaba serio, quizá incluso preocupado, pero ¿por mí o por él?—. Hablaba con Sanders —mentí con naturalidad—. Quería recordarme que, cuando nos encontremos en el museo dentro de un rato, debemos actuar como si no nos hubiéramos visto antes.

Noah movió la cabeza arriba y abajo y se hizo a un lado. Yo seguí mi camino hacia el dormitorio. Tenía que ducharme, cambiarme de ropa, disimular mis morados con una buena capa de maquillaje y salir de casa en menos de una hora.

—He preparado algo para desayunar —dijo Noah desde el otro lado de la puerta cerrada—. Ayer no cenaste. No quiero que desfallezcas en el trabajo.

Estuve tentada de contestarle con una nueva pulla, pero mi estómago se revolvió, vacío, y decidí que, por esta vez, podía mostrarme un poco agradecida.

—Salgo enseguida —respondí.

El pelo todavía me goteaba por la espalda cuando entré en la cocina. Me había puesto un sencillo y fresco vestido en previsión de un nuevo día de calor. Las mangas, vaporosas pero largas y oscuras, ocultaban los moratones de los brazos. Tendría que volver a ponerme un pañuelo al cuello y maquillarme a conciencia, pero si evitaba el contacto demasiado cercano con la gente lograría pasar desapercibida y que nadie me pidiera explicaciones. Por si acaso, anoté mentalmente la necesidad de pergeñar una mentira creíble que soltar con naturalidad si fuera necesario. Quizá que había sido víctima de un robo violento en la calle, o que me había caído por las escaleras, o que padecía un fuerte brote alérgico… Algo que bastara para conformar la malsana curiosidad de la gente.

Noah había preparado café y tostadas, y en ese momento exprimía con ahínco un par de naranjas que pronto estuvieron también frente a mí.

—Gracias —murmuré.

—Es lo menos que puedo hacer para agradecerte tu hospitalidad.

Me bebí el zumo en dos largos tragos. Después hice desaparecer una tostada y me lancé sobre la taza de café que humeaba en la mesa, expandiendo su aroma por toda la cocina. Era el mejor café que tomaba en mucho tiempo. Se lo agradecí con una sonrisa sincera, un gesto que le animó a sentarse en la silla de al lado y desayunar conmigo. No hablamos. Nos limitamos a beber café y a comer una tostada tras otra hasta que el plato estuvo vacío. Apenas me quedaban cinco minutos antes de salir cuando terminamos el opíparo almuerzo. Ahítos, apoyamos la espalda en el respaldo de las sillas y nos miramos unos segundos en silencio. Y entonces todo volvió a la normalidad.

—¿Qué te ha dicho Sanders? —me preguntó.

Suspiré, apuré mi segunda taza de café y me levanté para recoger la mesa. Ignoré su gesto de que lo dejara todo como estaba y me dirigí al fregadero con los platos.

—Le he explicado cómo están las cosas. Se ha asustado mucho, como es natural. Nos veremos después y pensaremos en el modo de acceder a lo que Jack quiere.

—Si puedo… —empezó.

—No, no hace falta que vengas, ni que me llames, ni que hagas nada de nada. Volveré esta tarde y hablaremos.

Extendió una mano hacia mí y me miró directamente a los ojos.

—Te echo de menos —susurró.

Sentí que el zumo, las tostadas y el café se apelotonaban en mi garganta y tuve que correr hasta el baño, donde el desayuno abandonó mi cuerpo en dirección a las cloacas. El sudor frío que me corría por la espalda me provocó violentos espasmos. Me sujeté al lavabo y observé mi cara, pálida y brillante.

Cuando me rehíce, me lavé los dientes y me apliqué una nueva capa de maquillaje en las ojeras y la piel violácea. Me temblaban las manos mientras pasaba la brocha sobre mis mejillas y sentí un escozor en los ojos que estaba empezando a ser demasiado habitual.

Salí del baño, crucé el salón, atrapé al vuelo mi bolso y salí de casa antes de que Noah, que seguía en la cocina, tuviera siquiera la opción de decir nada. Estaba en el ascensor cuando un breve pitido del móvil me anunció la llegada de un mensaje.

Lo siento, de verdad, decía simplemente. Fijé la vista en las puertas metálicas que comenzaban a abrirse y lo saqué de mi cerebro. Tenía por delante una jornada complicada. Nadie debía notar nada extraño en mi comportamiento, y tenía que advertir a Sanders de que nuestro plan de enfrentar a las dos facciones se había venido abajo.

El sol ya era una realidad sobre mi cabeza. Como cada día. El mundo es ingrato. Gira y gira sin detenerse a comprobar si quienes lo habitan permanecen de pie o han tropezado y caído. Sale el sol, corren las horas, la gente va y viene, nace y muere, la luna ocupa su espacio en el firmamento, tictac, tictac, y aquí no ha pasado nada. Un día más, y otro, siempre adelante, sin posibilidad de regresar, de parar, de volver atrás. Como el pez girando sin fin en su pecera. Lo hecho, hecho está. Tictac, tictac, directos a la catástrofe sin poder evitarlo.

11

Al entrar en el museo me sorprendió encontrar un bullicioso corrillo de gente en el vestíbulo principal. Reconocí todas las caras. Eran compañeros de trabajo, empleados del museo que sonreían y comentaban algo animadamente. Me acerqué despacio, con una sonrisa en los labios para no desentonar con el ambiente. Robert Sanders estaba en el epicentro del alegre tumulto y recibía, sonrojado, la calurosa bienvenida de sus compañeros.

—Me alegro de verte —le dije cuando conseguí llegar hasta él. Vi la sorpresa y una ligera turbación en sus ojos, pero supo reponerse al instante.

—Gracias, Bennett. Se me ha hecho eterno estar tanto tiempo en casa sin hacer nada.

Sonreí, cedí mi sitio a la siguiente persona que quería saludarlo y me dirigí hacia mi despacho. Desde que salí de allí hacía tres días, una eternidad, había descubierto una terrible traición, me habían golpeado y apaleado, me habían amenazado de muerte varias veces y distintas personas, y me presionaban para que cometiera un delito grave.

No reconocí a ninguno de los dos guardias del puesto de control. Saludé con la cabeza y seguí recto, pero me detuve poco antes de llegar a la puerta. Di media vuelta y regresé hasta el mostrador de seguridad.

—Buenos días —saludé. Los dos guardias levantaron la vista de lo que estaban haciendo y me miraron con curiosidad—. Me temo que el lunes olvidé mi tarjeta en el bolsillo de mi bata de trabajo y me la dejé dentro de la oficina. ¿Sería tan amable de abrirme la puerta?

Sonreí con candidez, dibujando una mirada inocente en mis agotados ojos. A simple vista nada parecía haber cambiado en la centralita desde el robo. Dos guardias, seis pantallas y un montón de botones y ranuras que no tenía ni idea de para qué servían.

Uno de los guardias, un hombre de no más de treinta años que todavía lucía en las mejillas las rosáceas cicatrices del acné, se levantó ligero de su silla y salió de detrás del mostrador.

—La acompaño —dijo sin más.

Caminé despacio hacia la puerta cerrada de mi oficina. Necesitaba un par de minutos.

—¿Qué tal está el señor García? —El hombre me miró extrañado—. El compañero del señor Miller, de Scott, el guardia...

—¡Oh, claro! Disculpe. Nosotros le llamamos Juanito, nada de señor García. Está de baja —añadió—. Sigue muy afectado por lo sucedido.

—Es normal. Debió de ser horrible para él. Bueno, para todos ustedes.

El joven asintió con la cabeza y aceptó cortés mis condolencias.

—Imagino que se habrán incrementado las medidas de seguridad desde el robo. Me sentiría mucho mejor si así fuera.

—Están en ello —respondió enigmático.

—¿Instalarán más cámaras? —insistí.

—Creo que están barajando nuevas alternativas, sistemas más modernos, todo *online* y vía satélite, ya sabe. Alarmas invisibles, láser... Y habrá más patrullas por la noche.

—Eso está muy bien —aplaudí, aunque gritaba para mis adentros.

—Bueno, pero no se anime demasiado, todavía tardarán un par de semanas en finalizar el proyecto y ponerse manos a la obra. Mientras tanto, esta y yo somos lo más seguro que hay en el edificio. —Palmeó con cariño la culata del revólver que asomaba por encima de su cadera.

Nos detuvimos ante mi puerta y el guardia extrajo una tarjeta blanca de su bolsillo trasero. La acercó al lector y, de inmediato, la cerradura chasqueó al abrirse. Empujé la hoja de madera y entré.

—Muchas gracias —le dije a modo de despedida—, ha sido muy amable.

Casi se me paró el corazón cuando el hombre puso su enorme mano sobre la puerta y me impidió cerrar.

—Por favor, compruebe que su tarjeta está donde dice. Si la ha perdido tendremos que hacer un parte y cambiar el código de seguridad.

Con los latidos desbocados golpeándome en el cuello, conseguí sonreír y me hice a un lado para dejarle pasar. Me dirigí al perchero del que colgaba mi bata blanca de trabajo y metí la mano en un bolsillo y, después, en el otro.

—No puede ser... —musité al no encontrar la tarjeta—. Juraría que estaba aquí.

—¿Puede estar en otro sitio? —preguntó el guardia.

—Por poder... Deme un minuto —le pedí.

Me acerqué a la mesa, desparramé por encima el contenido del bolso y lo revolví con las dos manos de forma muy teatral. Unos segundos después me di una palmada en la frente mientras levantaba la tarjeta blanca con mi nombre.

—No me lo puedo creer —farfullé avergonzada—. Lo siento mucho.

—No se preocupe, no es nada. Para eso estamos.

Se llevó la mano a una gorra imaginaria y se despidió con una rápida y cortés sonrisa.

Cerré la puerta y solté todo el aire que guardaba en los pulmones. Un lacerante dolor de cabeza se había sumado a las palpitaciones que ya sentía en el costado y en la espalda. No sabía cómo podría trabajar hoy, encorvada sobre los lienzos con los hombros y los brazos en tensión y la cabeza intentando imaginar un modo de volver a robar en el museo.

Tenía que calmarme. No podía pasearme así por el taller, mis compañeros me conocían lo suficiente como para intuir que algo no iba bien. Me senté, escondí la cabeza entre las manos, cerré los ojos y respiré hondo.

El timbre del teléfono estuvo a punto de provocarme un infarto.

—¿Sí?

El tono de mi voz sonó demasiado alto y agudo, y mi interlocutor captó al vuelo la angustia que me atenazaba la garganta.

—¿La he asustado? —preguntó el inspector Ferguson—. Lo siento, sólo quería comprobar si había llegado sin contratiempos al trabajo. ¿Todo en orden por allí?

—Sí —respondí, todavía sin aliento.

—Veo que está a la que salta. No puede parecer una liebre asustada, sospecharán de usted y no queremos eso, ¿verdad que no? —Su voz se oscureció hasta convertirse en un susurro amenazador, terrorífico—. Tiene que parecer una inocente señorita, la experta restauradora que todos creen que es, ¿de acuerdo?

—Claro.

—Bien —añadió—. He concertado una entrevista con el señor Petersen. A las diez. Él necesita el informe policial para el seguro y yo información sobre los nuevos sistemas de seguridad y la reapertura de la exposición de las joyas. La mantendré informada. Podríamos vernos después…

—Bastará con que me llame —le corté—. Tiene mi número.

—Como quiera —accedió—. Que pase un buen día.

Y colgó.

Todavía con las pulsaciones aceleradas y la boca como el esparto, me levanté de la silla y me obligué a hacer lo que se esperaba de mí. Me puse la bata y salí del despacho en dirección al taller, donde encontré a mi equipo, como todas las mañanas, charlando en un amplio corrillo sobre sus planes para el cercano fin de semana. ¿Cómo habían podido olvidarse ya del robo y sobre todo del asesinato cometidos allí mismo apenas tres días antes? ¿Cómo era posible?

Escuché sonriente y en silencio los comentarios sobre las evoluciones deportivas de los hijos de Marion, el concierto al que asistirían el sábado por la noche Melanie y su marido, Mitch, junto con un numeroso grupo de amigos, y la excursión en barca por la bahía de Boston que planeaba Rebeca. El habitual relato de horas felices en el que yo nunca participaba.

Los dejé charlar unos minutos más antes de mirar sin disimulo el reloj de la pared, que se acercaba ya a las nueve, y suspiré un sonoro «bueeeno». Al momento se extinguieron las conversaciones, cada uno se dirigió a su puesto de trabajo y el animado parloteo fue sustituido por un abrir y cerrar de cajones, el chirriar de los taburetes y las sillas contra el suelo, el roce y el tintineo del material de trabajo al ser revuelto en los cajones y el suave rasgueo de la palma de una mano al acariciar un lienzo. Sonidos reconfortantes, tranquilizadores, que apaciguaron la cadencia de mi respiración y despejaron en parte la espesa niebla que cubría mi cabeza.

Durante las siguientes dos horas trabajé sin levantar la vista del óleo que estaba restaurando, una marina de hermosos tonos azulados y verdosos. Me recreé en la espuma del mar, en las algodonosas nubes, en la suave y fina arena, y deseé con toda mi alma estar allí, en aquella playa salvaje, sola, a merced del mar, del viento y del sol, lejos de todos los Ferguson, los Jack y los Noah del mundo. Deseé estar lejos de mi propia vida.

Decliné la invitación de mis compañeros de almorzar con ellos y continué inmersa en el agua del mar dos horas más, hasta que un insistente zumbido en el bolsillo de mi bata me arrancó de golpe del mundo de fantasía en el que me había refugiado.

Era Noah.

Colgué e intenté seguir trabajando, pero el teléfono volvió a vibrar.

Decidí contestar.

—Estoy trabajando —escupí cortante.

—Jack ha llamado.

Fue todo lo que necesité para desinflarme como un globo. Me quité las gafas protectoras, cerré los ojos y me acaricié los párpados con los dedos.

—¿Qué quería?

—Las joyas.

—Acabo de volver al trabajo, necesito tiempo para elaborar un plan.

—Eso le he dicho. Quiere que le llames.

—No voy a llamarle, no quiero tener nada que ver con él. Habla tú con ese mafioso.

—Lo intentaré, pero no prometo nada.

Colgué sin despedirme.

Eran más de las dos. Me había ganado un descanso. Salí del taller y me dirigí a la sala de empleados. Me vendría bien un café y algo de comer. Descubrí demasiado tarde a Petersen sentado en una de las sillas que rodeaba la larga mesa. El director no solía entrar en esa dependencia, prefería tomarse el café en su despacho o salir a alguna de las cafeterías cercanas, por lo que me sorprendió doblemente encontrarlo allí.

—Hola, Gideon —saludé, intentando dotar a mi voz de naturalidad y un tono cordial.

—¡Zoe! Hola, ¿qué tal estás?

—Bien, gracias. Me extraña verte por aquí.

—Tengo la mesa del despacho llena de papeles importantes que me ha costado toda la mañana organizar y hace demasiado calor para salir a la calle, así que decidí compartir vuestro café. Espero que no te importe.

—En absoluto.

Sonreí y me serví una taza de café frío y aguado. Me senté a su lado y volví a sonreír.

—Pareces preocupado —le dije.

—Lo estoy, es verdad. Muy preocupado. Todo este tema del robo me está volviendo loco. Los peritos, los investigadores del seguro, la policía, los mecenas del museo, los propietarios de las joyas... Todos quieren algo de mí. ¡Exigen algo de mí!

—Entiendo...

Petersen sacudió la cabeza y sorbió su café. Hizo una mueca de desagrado y lo dejó sobre la mesa. Nuestro brebaje distaba mucho del delicioso expreso al que estaba acostumbrado su paladar.

—Ya he recopilado la documentación sobre las piezas robadas, y ahora que Sanders ha vuelto todo será más fácil, pero los del seguro me exigen un plan de protección del edificio antes de soltar ni un solo centavo, y los legítimos propietarios quieren ya su indemnización.

—¿Cuál es el problema, entonces?

—La policía.

—¿La policía?

—El inspector Ferguson ha estado aquí esta mañana. Dice que no podemos cambiar nada hasta que sus expertos concluyan su investigación. Quieren acceder a todas las grabaciones, a los discos duros y a no sé qué más antes de autorizarnos a retirar ni un solo cable de la instalación actual. Mientras, he pedido a la empresa de seguridad que comience a diseñar una nueva estrategia. Quiero que el museo se convierta en un búnker inexpugnable, pero tardarán unos días en comenzar a trabajar.

—¿Cuánto tiempo?

—Tres o cuatro días, supongo. La semana que viene, en cualquier caso. Eso es lo que me ha dicho el supervisor.

Hizo un gesto desdeñoso con la mano antes de alejar la taza de café de debajo de su nariz. Tres o cuatro días. Eso era muy poco tiempo.

—Si puedo ayudarte en algo… —le ofrecí.

—Gracias, Zoe, siempre tan atenta. No te preocupes, imagino que estos quebraderos de cabeza van con el cargo. Y ahora, si me disculpas, me vuelvo a la jungla de papeles que me espera en mi despacho.

Se levantó y se marchó sin molestarse en recoger su taza. Llevé la suya y la mía al fregadero, las lavé y las dejé sobre el escurridor. Hacer algo con las manos me ayudaba a pensar con claridad, a ver las cosas con calma.

Tres o cuatro días. La zarpa del miedo me rodeó el cuello y comenzó a apretar sin piedad. Eso apenas me dejaba tiempo para pensar, para estudiar las posibilidades, para diseñar un plan de huida, o al menos uno de entrada.

Empecé a sudar, me palpitaban las sienes y sentí que me faltaba el aliento. Jack había llamado. No quería esperar. Y Ferguson aguardaba su botín. Tres o cuatro días. Era posible que esa fuera toda mi esperanza de vida.

Respiré hondo, cerré los ojos y apoyé las manos en el fregadero. Me esforcé en calmarme. Necesitaba un poco de aire.

Cogí mi bolso del despacho y crucé la recepción en dirección a la puerta. Los dos guardias estaban ocupados controlando a los visitantes que entraban y salían del edificio y apenas me dedicaron un vistazo rápido antes de volver a centrarse en su trabajo.

Crucé la calle y caminé deprisa por la acera. El sol me calentaba la cabeza y los fuertes reflejos de la luz en las baldosas del suelo me lastimaban los ojos. Aun así, no bajé el ritmo y avancé deprisa unos metros más, hasta que choqué con algo. O con alguien.

—Lo siento —musité.

—¿Adónde va con tanta prisa? —preguntó una voz pegada a mi oído.

Parpadeé con fuerza y utilicé mi mano a modo de visera para intentar distinguir el rostro de quien me hablaba. Vello pelirrojo en los antebrazos, camisa azul, amplios cercos de sudor bajo las axilas, barba de dos días sombreándole las mejillas.

—¿Qué hace aquí?

—Yo debería preguntarle lo mismo —respondió el inspector Ferguson.

—Necesitaba dar un paseo.

—¿A treinta grados?

Intenté seguir adelante, pero el inspector interpuso su cuerpo en mi camino. En lugar de avanzar, di un paso atrás para no chocar con esa mole sudorosa.

—¿Adónde va? —repitió.

—Se lo he dicho, necesitaba salir, respirar, estirar las piernas. No he comido y he preferido hacerlo fuera en lugar de en la cafetería de empleados.

—¿No ha quedado con nadie?

—¿Quedar con alguien? No, pero si así fuera, no sería de su incumbencia.

—Tiene la cabeza muy dura, Zoe…

—Señora Bennett para usted.

Ferguson sonrió de medio lado, pero no se apartó.

—Imagino que esa cabecita suya está dedicando más tiempo a buscar una forma de librarse del problema que a pensar en cómo llevar a cabo lo acordado. Lo entiendo, créame que lo entiendo. Es usted una mujer honrada. Pero no tiene elección.

Cuando intenté hablar, Ferguson colocó un pegajoso dedo índice sobre mis labios, exigiéndome silencio. Di un paso atrás para zafarme, pero su sudorosa yema siguió pegada a mi boca.

—He visto cómo puede ser mi vida si me libro de las deudas,

y no puedo sacarme esa imagen de la cabeza. Quiero ser libre, vivir, y para eso la necesito a usted. Si no es por las buenas, será por las malas. —Deslizó la mano desde mi boca hasta la barbilla y me agarró con fuerza el mentón, obligándome a mirarle. Me estaba haciendo daño, pero él respondió con una sonrisa a mis quejidos. Creo que estaba disfrutando—. Esto es lo que va a hacer: entrará en el museo a partir de las diez de la noche, cuando sólo quedan dos vigilantes de guardia. Disfrácese, o póngase una careta, lo que quiera. Espere su oportunidad, entre en la sala, coja las joyas y salga por donde ha entrado.

—¡Qué fácil lo pinta!

—¡Tiene la llave! Ningún ladrón cuenta con esa ventaja. Cualquier ratero tiene que desconectar la alarma antes de poder entrar y luego buscar el modo de acceder a la sala y abrir las vitrinas. Usted tiene acceso a todo. Diga que le robaron la tarjeta, que pensó que la había perdido, lo que quiera, pero ¡hágalo! Y además, yo le garantizo que no habrá vigilancia policial.

—¡Me verán! Está loco. ¿Y si el vigilante saca su arma?

Ferguson me miró un instante antes de responder.

—Le conseguiré un revólver sin marcar, un arma limpia, imposible de rastrear. Si el guardia la descubre, dispárele en una pierna.

—¿Qué le hace pensar que le daré en la pierna y no en la cabeza?

—Úsela sólo para intimidar.

—Si le apunto con un arma le daré un motivo para dispararme. No pienso empuñar un revólver, ni lo sueñe.

—Muy bien, de acuerdo, usted gana. —Se alejó un paso de mi cara y dejé de percibir su aliento mentolado. Levantó las manos a modo de rendición y esgrimió una mueca beatífica—. Como quiera, sin armas. Es un golpe muy sencillo. Podría hacerlo hoy mismo. De hecho, ¿por qué no lo hace hoy mismo?

—Está loco de remate. La ambición le ciega. Pretende

condenarme a una vida entre rejas para satisfacer su codicia. Lo haré, le dije que lo haría, pero será cuando yo lo decida. O si no, pégueme un tiro aquí y ahora y acabemos con todo esto. Casi se lo agradecería. ¡Vamos, dispare! Es poli, ¿no? Ya se inventará una justificación.

Ferguson dio otro paso atrás y me observó detenidamente. Debía de estar roja como un tomate. El calor y la ira habían llevado mi cabeza al punto de ebullición. Me encontraba mal, mareada y sin fuerzas.

—Señora Bennett —prosiguió el inspector en un tono mucho más suave—, no le conviene portarse como una loca insensata. Tenemos un negocio a medias, uno que nos beneficiará a los dos. Siempre, claro, que usted cumpla su parte y se comporte como es debido.

—Todo va bien —insistí—. Si me disculpa, tengo poco tiempo para comer. Y, por favor, de ahora en adelante, déjeme en paz.

Casi corrí hasta la puerta de un pequeño restaurante cercano. Entré, agradecí el soplo de aire fresco artificial y me senté en la primera mesa libre que encontré. Ferguson pasó despacio, oteando a través del amplio ventanal hasta descubrirme en el estrecho comedor. Inclinó despacio la cabeza y se marchó por donde había venido.

Encargué una comida que apenas probé y di buena cuenta de la botella de vino que acompañaba al menú. Habría pedido algo más fuerte, pero no quería regresar dando tumbos.

Acalorada y un poco borracha, desanduve mis pasos de vuelta al museo. El sol de mediodía no me ayudó en absoluto, sino que agravó los síntomas de mi embriaguez hasta hacerme sentir aún más mareada y con ganas de vomitar.

En el museo, el flujo de visitantes se había incrementado, a pesar de los carteles que en la puerta advertían de que había varias salas cerradas *por motivos ajenos a la institución*. Me uní al lento deambular de quienes pretendían disfrutar de una tarde entre obras de arte, me sumé al río de pasos perezosos y seguí la corriente hasta arribar a mi despacho, un rincón en el que hasta entonces no me gustaba estar más de lo imprescindible pero que ahora se había convertido en un oasis de paz.

Cerré la puerta a mi espalda y dejé que la tensión escapara por la punta de mis dedos, todavía pegados a la cálida madera. La cabeza me daba vueltas. Me senté tras el escritorio y apoyé la frente sobre la mesa. Agradecí el frescor de la madera. Cerré los ojos y esperé hasta que las náuseas desaparecieron. Mi mente retomó la idea que había comenzado a forjarse unas horas antes y giró a su alrededor, moldeándola poco a poco, abriendo y cerrando puertas, pulsando interruptores, calibrando posibilidades, diseñando rutas, saltando muros…

Podía robar las joyas. Creía haber encontrado una forma de hacerme con ellas. Era arriesgado, peligroso, y no estaba segura de no ser descubierta. Me matarían si no lo hacía, y seguramente también si lo hacía.

Tres o cuatro días.

Bien, allá voy.

12

Me pasé toda la tarde dándole vueltas a la misma idea. Me parecía más estúpida y arriesgada conforme profundizaba en ella, pero como no había nadie que me disuadiera de llevarla a la práctica, decidí seguir adelante.

Lo bueno de mi idea era que apenas hacía falta infraestructura para ponerla en marcha. Lo malo, que necesitaría a Sanders, y también a Noah, y me habría gustado dejarlos a los dos al margen, a cada uno por diferentes motivos, por supuesto.

Llevé a cabo el plan cien veces en mi cabeza, tomé nota de las circunstancias y de todo lo que podía salir mal, planeé la entrada y la salida, el tiempo, conté los pasos y las puertas que debería abrir y cerrar. Dibujé un mapa y plasmé todos los detalles que podía recordar y que me serían de utilidad. Entrar sería fácil. Salir, no tanto. Y después... Ferguson y Jack estarían esperando el mismo botín. ¿Quién dispararía primero? Lo importante, en cualquier caso, sería no encontrarme en medio del fuego cruzado.

Llamé a Sanders a su despacho, pero ya se había ido. No me había dado cuenta de lo tarde que era. Decidí no molestarle en su casa, dejarle descansar hasta el día siguiente. Si todo salía bien, pasado mañana todo habría terminado y sería una mujer libre. O un frío cadáver.

Conduje despacio de regreso a mi apartamento. Suponía que Noah seguiría allí y el reencuentro no me hacía especialmente feliz. Estuve tentada de dar media vuelta y alejarme, pero estaba muy cansada. Cenaría un poco, me daría una ducha y me encerraría de nuevo en mi habitación. Pronto acabaría todo. Muy pronto.

Cuando salí del coche, un vehículo aparcado al otro lado de la calle guiñó las luces un par de veces. Un sedán oscuro. Ferguson. Lo ignoré y me dirigí hacia el portal. Mi teléfono vibró un par de veces en el fondo del bolso. El inspector me había enviado un mensaje.

¿Sigue su amiguito en casa? Avíseme si necesita ayuda.

No le contesté. Oí ruido a través de la puerta. Como me temía, Noah estaba allí. Suspiré, me armé de paciencia y abrí la puerta.

Entonces lo vi.

Jack.

Y su matón.

Sentí que las piernas me flaqueaban. Los ojos se me inundaron de lágrimas y no pude dar ni un paso más. Me quedé allí, con las llaves en la mano, sin terminar de cerrar la puerta, aterrada.

El gorila de Jack dio dos pasos rápidos hacia mí y me plantó la manaza sobre la boca justo cuando estaba a punto de gritar. Me empujó hacia adentro y cerró la puerta de un golpe. Me arrastró hasta el sofá y me tiró sobre los cojines. No había ni rastro de Noah.

—No me ha llamado —dijo Jack con una sonrisa pérfida partiéndole la cara—. Le dije a Noah que quería que me llamara, y no lo ha hecho.

—Yo... no... No he podido —balbuceé.

—Pues hay que poder. —Su voz me recordaba al siseo

amenazador de una serpiente—. Me ha obligado a venir aquí, a esperarla, y eso no me hace ninguna gracia. He tenido que posponer una cita por su culpa.

—Lo siento —musité.

Caminó despacio por el apartamento, con las manos en la espalda y silbando entre dientes.

—Bien —dijo por fin. Se volvió de pronto y plantó su cara frente a la mía—. ¿Qué hay de lo nuestro? Le he explicado a Noah que el cliente se impacienta. Él no acepta las explicaciones que le doy, le importa una mierda que el socio de tu novio se haya largado con la mercancía. Quiere las joyas, y las quiere ya. —Me cogió la cara con una mano y apretó con fuerza, haciéndome daño en las mejillas y en la boca. Era la segunda vez que me agarraban así en pocas horas. Esos dos tenían demasiadas cosas en común—. Y bien, ¿qué tienes que contarme?

—Lo haremos pasado mañana —respondí cuando me soltó.

—¿Y por qué no mañana?

—Necesito organizar los detalles con Sanders y con Noah.

—Yo también quiero conocer los detalles.

—Todavía quedan muchas cosas por decidir, cuestiones importantes...

—Los detalles —exigió Jack.

El matón se irguió a su lado, dispuesto a lanzarse sobre mí en cuanto su dueño se lo indicara.

—¡No lo sé! —admití, encogiéndome instintivamente para esquivar el golpe que estaba a punto de llegar—. No estoy segura de cómo hacerlo. Quizá me oculte en mi despacho y espere a estar sola para entrar en la sala de las joyas, o quizá Sanders pueda cogerlas alegando que necesita revisarlas y llevárselas entonces. Podría golpearle para fingir un atraco... O quizá Noah pueda hacerse pasar por alguien de la compañía aseguradora y pedirle a Sanders que le acompañe a ver la muestra... ¡Hay muchos modos, pero necesito un poco más de tiempo!

—Tiempo es justo lo que no tengo, monada. Dedica todas tus neuronas a decidir cómo lo vais a hacer y tráeme las joyas.

—Lo intentaré...

—No lo intentes. Hazlo.

Me lanzó una mirada que me heló la sangre. Luego le hizo una seña imperceptible a su bulldog, que apareció a mi lado con una rapidez pasmosa. Me agarró del cuello con su enorme manaza y apretó hasta que sólo permitió el paso al oxígeno imprescindible para sobrevivir, ni una brizna más. Mantuvo la presión unos segundos eternos. Creí que iba a desmayarme, pero entonces me soltó.

—No se te ocurra burlarte de mí —masculló Jack—. Pasado mañana a esta misma hora estaré aquí, y tú me entregarás el botín. Si no están las joyas, te mataré. Si intentas huir, te encontraré y te mataré. Si acudes a la policía, mi gente dará contigo y te matará. ¿Lo has entendido?

Asentí.

«Me matará». Mi esperanza de vida se había reducido de cuatro a dos días como por arte de magia.

Me dio un par de cachetes en la cara, me lanzó un beso con la punta de los dedos y se marcharon. Corrí hasta la puerta y la cerré de golpe. Puse el pestillo y eché el cerrojo. Temblaba de pies a cabeza. Fui hacia el baño. Necesitaba lavarme la piel en la que ese cerdo me había puesto las manos. Abrí la puerta y encendí la luz.

Noah estaba en el suelo, en medio de un charco de sangre.

Creo que grité, no estoy segura. Comprobé que su pecho subía y bajaba, me agaché a su lado e intenté buscarle el pulso. Sentí su corazón fuerte y acompasado.

—Noah —le llamé. Se movió un poco, apenas un par de centímetros, y separó los labios—. Noah, soy yo. Jack se ha ido. ¿Qué te han hecho?

Tenía una herida en la cabeza que había sangrado profusamente, pero no parecía demasiado profunda, aunque necesitaría unos puntos de sutura. Se removió inquieto y dejó escapar un quejido.

—No atendió a razones —susurró.

—Lo sé, me estaban esperando.

—¿Te han hecho daño?

Abrió los ojos muy despacio y vi cómo se esforzaba por enfocar la mirada en mí.

—Estoy bien, no me han hecho nada esta vez. Pero tú tienes una buena brecha en la cabeza. Levántate despacio, te llevaré al hospital.

—No… no es nada.

—Claro que lo es, Noah; tienes una herida de unos cinco centímetros. No es profunda, no perderás tus pocos sesos por ahí, pero necesitas puntos o podrías coger una infección, y entonces sí que estarías en serios problemas. No puedo hacer esto sola…

Mis últimas palabras parecieron convencerlo. Le ayudé a sentarse con cuidado, con la espalda apoyada en la pared, y esperé hasta que el baño dejó de darle vueltas. Después se puso en pie y se limpió la cara con agua fría.

—Me zumban los oídos —dijo.

Le observé mientras se lavaba. Se quitó la camiseta salpicada de sangre y se frotó el pecho y los brazos. La herida ya no sangraba, pero tenía una fea costra reseca en la parte alta de la cabeza. En la pared de enfrente, los azulejos blancos se habían convertido en un siniestro grafiti, un lienzo en el que las pinceladas sanguinolentas se extendían hacia el suelo y salpicaban las baldosas convertidas en una macabra constelación.

Se miró en el espejo e hizo una mueca de desagrado.

—Tengo un aspecto lamentable.

—Eso no te lo voy a discutir. Te llevaré a tu casa después. Necesitas ropa limpia.

Él asintió despacio.

Bebió un poco de agua directamente del grifo y salimos del baño. Se puso un jersey en lugar de la camiseta ensangrentada, recogí el bolso de donde lo había tirado al descubrir a Jack y salimos de casa.

Cuando las puertas del ascensor se abrieron en la planta baja a punto estuvimos de darnos de bruces contra Max Ferguson, que esperaba en el portal con cara de pocos amigos. Se sorprendió al vernos tanto como nosotros.

—¿Qué pasa aquí? —masculló—. Acabo de ver salir a Jack Andieli.

Miró a Noah de arriba abajo mientras esperaba una respuesta.

—¿Y usted quién es? —preguntó Noah.

Ferguson me miró y yo negué con la cabeza, un movimiento casi imperceptible que esperaba hubiera pasado desapercibido para Noah.

—Inspector Ferguson, de la metropolitana de Boston. Investigo el robo y asesinato en el museo. Tenía unas preguntas para la señora Bennett, y como no he conseguido contactar con ella por teléfono, he decidido acercarme a su casa.

Noah me miró con el ceño fruncido. En un momento me encontré entre dos hombres desconfiados, convencidos ambos de que los había traicionado.

—Tenemos que ir al hospital —dije para intentar acabar con esa incómoda y peligrosa situación—. Mi amigo tiene una herida muy fea en la cabeza.

—¿Qué me dice de Andieli? —insistió el inspector.

—Me buscaba a mí. Teníamos que hablar de un asunto personal —contestó Noah unos segundos después.

—Pues parece que, más que hablar, te ha dado una buena tunda. Aunque imagino que habrá sido el sicario que le acompañaba. Andieli no es de los que se manchan las manos. ¿Qué ha pasado?

Noah me miró de reojo antes de responder.

—Me resbalé en la ducha. Zoe me lleva al médico.

—Hay que ser torpe… —apostilló Ferguson haciéndose a un lado.

Salimos a la calle y el inspector nos siguió.

—Hablaremos mañana —me avisó cuando se alejaba hacia su coche—. Ya sabe dónde estoy si me necesita.

Incliné la cabeza para hacerle ver que le había oído y seguí hacia mi vehículo.

Noah guardó silencio hasta que estuvimos sentados y arranqué el motor.

Entonces fue como si explotara el Vesubio.

—¿Qué hace ese poli en tu casa? ¿Te han puesto protección? ¿Qué les has contado? ¿Te has vuelto loca? ¡Nos vas a buscar la ruina!

A cada pregunta aumentaba el volumen de sus gritos, hasta convertirse en agudos alaridos que retumbaban en la carrocería del coche. Me tapé los oídos con las manos e intenté sustituir sus furiosas palabras por un mantra relajante, una canción que acallara sus blasfemias y disipara el miedo que se estaba apoderando de mí. Sentí su mano sobre mi brazo, obligándome a escucharle.

—Zoe, por Dios, ¿qué has hecho?

—Nada, no he hecho nada, de verdad. Ha sido una casualidad, esta mañana ha estado en el museo, hablando con el director, y ahora está aquí…

En esta ocasión fue Noah el que se agarró la cabeza con las dos manos. Cerró los ojos y apretó los dientes para estrangular el dolor que le atenazaba, pero dejó escapar un largo y agónico gruñido que me asustó más incluso que los gritos de hacía un momento. Arranqué el coche y salí del aparcamiento. Ferguson seguía aparcado en la calle, con las luces apagadas. No pude verle la cara cuando pasamos a su lado, pero imaginé su mirada furibunda y sus fauces apretadas.

Noah permaneció en silencio durante los veinte minutos que

tardamos en llegar al hospital, y apenas dijo una palabra a lo largo de las dos horas que nos pasamos en una atestada sala de espera hiperiluminada. Niños febriles, ancianos que luchaban por un soplo de aire, adolescentes con heridas abiertas y huesos astillados, rostros contraídos por el dolor y la preocupación, personas que intentaban calmar los nervios paseando arriba y abajo de la sala, esquivando sillas de ruedas, resoplando impacientes, con la ansiedad y la esperanza dibujada en los ojos cada vez que veían aparecer una bata azul o blanca por el pasillo.

Noah se levantó cuando oyó su nombre a través de la megafonía. «Noah Roberts, pase a la consulta número cinco».

Me miró sin moverse, y entonces entendí lo que ocurría.

—¿Quieres que te acompañe? —le pregunté.

—Si no te importa…

Me puse en pie y caminé a su lado hasta la consulta indicada. Al otro lado de la puerta, una jovencísima doctora nos señaló la camilla con un gesto de la mano, sin molestarse en levantar la vista del ordenador. Noah se sentó y yo me coloqué a su lado. Cuando la doctora terminó lo que fuera que estaba escribiendo con tanta atención, giró su silla sin levantarse y se acercó rodando hasta la camilla.

—¿Y bien? —preguntó— ¿Qué tenemos aquí?

—Me he resbalado en la ducha y me he golpeado contra las baldosas.

La doctora se levantó y observó la herida de la cabeza de Noah.

—Un sitio muy raro para golpearse contra el suelo. Lo normal es que las heridas se produzcan en la parte baja de la cabeza, en la nuca o en los pómulos, incluso en la barbilla, pero nunca había visto una herida tan alta por una caída en la ducha.

Noah no respondió. La doctora nos miró a los dos alternativamente. Habría jurado que estaba intentando adivinar qué relación había entre nosotros y si era posible que yo le hubiera herido de algún modo.

—¿Y usted es?

Bingo. Desconfiaba.

—Una amiga —respondí—. No estaba con él cuando tuvo el accidente, así que no puedo confirmarle si sucedió así o no, pero lo cierto es que no veo motivos para darle vueltas al asunto.

La jovencita de bata blanca inspeccionó a su apuesto paciente con más interés del estrictamente profesional, al menos desde mi punto de vista. Le cogió con cuidado la cabeza y se la movió muy despacio, se recreó en sus ojos mientras los iluminaba con una linternita y separó con cuidado los mechones de rizos pegajosos alrededor de la ridícula herida. Por Dios, cuánta estupidez.

Ordenó que le hicieran una radiografía y le obligó a sentarse en una silla de ruedas tras la que tuve que trotar a lo largo de un pasillo eterno. Esperé y volví a correr. Noah me echaba rápidas ojeadas, pero no decía nada. Creí ver agradecimiento en sus ojos, quizá un poco de temor, aunque también pensé que lo que pretendía era no perderme de vista. En cualquier caso, hice lo que cualquier… (¿madre?, ¿novia?, ¿amiga?) persona habría hecho y le acompañé en el trance de que le cosieran la cabeza cuando la radiografía confirmó que no había sufrido ninguna fractura en el cráneo.

—Tengo la cabeza muy dura —bromeó con la doctora, de nuevo inmersa en la pantalla de su ordenador.

La eficaz enfermera tardó menos de diez minutos en zurcir a Noah, la doctora le extendió una receta de analgésicos y le recomendó que volviera si sufría mareos, vómitos o fuertes dolores de cabeza.

Noah sonrió, dio las gracias y salió de la consulta con paso tembloroso. Me esperó al otro lado de la puerta y extendió una mano hacia mí. Le miré a los ojos. Vi miedo, dolor, cansancio; vi un hombre solo, harto de correr; los hombros caídos, las cejas fruncidas, los ojos brillantes.

Me acerqué a él, le rodeé la cintura con el brazo y pasé el suyo por encima de mis hombros.

La noche nos recibió cálida y acogedora. Las luces de emergencia de las ambulancias destellaban a derecha e izquierda y un río de gente cruzaba las puertas de Urgencias en los dos sentidos.

Llegamos al coche en silencio, ocupamos nuestros asientos y nos quedamos así, quietos y mudos, mirando al frente. Era consciente de que no se había creído la patraña que le había contado para justificar la presencia de Ferguson en la puerta de mi casa. Esperé nuevos gritos, exigencias, insultos, pero Noah siguió en silencio unos instantes más.

—Lo sabe, ¿verdad?

Dudé unos instantes antes de responder.

—Sí.

Él asintió despacio con la cabeza.

—¿Qué ocurrió?

—Intenté pedir ayuda. Tenía mucho miedo. El sicario de Jack casi me mata, luego supe lo de Sanders y acababa de enterarme de que tú… —Le miré de reojo. Él volvió a asentir—. Estaba asustada. Creí que la policía me protegería.

—Fuiste una ingenua. Debiste confiar en mí.

—Es una broma, ¿no?

No dijo nada.

—Estamos perdidos —murmuré.

—Más o menos. Lo de hoy ha sido una advertencia. ¿Por qué no me ha detenido? ¿Qué quiere el inspector?

—Las joyas. Pretende que las robemos y se las entreguemos a él. Me ha asegurado que se encargará de Jack, que acudirá al lugar en el que deberemos pasarle la mercancía y acabará con él sin contemplaciones.

—Grandísimo hijo de puta… Sabes que me matará. No lo dudará ni un momento. Y quizá también a ti. Serás una testigo incómoda y peligrosa.

Asentí de nuevo.

—He hablado con Sanders. Nos ayudará.

—Esa es una buena noticia, pero aunque tengamos éxito, uno de los dos nos matará.

—Bueno, yo he pensado algo, una especie de plan. Creo que sé cómo conseguir las joyas.

—¿Lo sabes?

Lo que había en sus ojos era una mezcla de sorpresa, desconfianza y admiración.

—Sí. Más o menos. Necesitaré tu ayuda.

—Por supuesto.

Permanecí en silencio unos segundos. Para mi sorpresa, por primera vez en muchos días no tenía miedo, aunque no estaba segura de si eso era bueno o malo.

—No quiero volver a casa —susurré.

—Tienes razón, no es seguro, pero no podemos irnos sin más, sospecharán si cambiamos nuestra rutina.

—Pero tenemos que descansar, y no podremos hacerlo si pensamos que en cualquier momento alguien puede darle una patada a la puerta y volarnos la cabeza.

Noah me dio la razón.

—Iremos a un hotel —propuso.

—No, conozco un sitio mejor. Es un lugar que nadie sabe que existe, nunca le he hablado a nadie de él.

Arranqué el motor y me incorporé despacio al denso tráfico de la zona hospitalaria. Conduje en silencio a lo largo de la carretera de la costa, que permanecía oscura y solitaria a esas horas de la noche. Boston se quedó poco a poco atrás, con sus luces, sus embotellamientos, sus Jack y sus polis corruptos.

No apreté el acelerador. No tenía prisa por llegar, prefería disfrutar del camino. Hacía mucho tiempo que no trazaba aquellas curvas, que no sentía el olor de la sal y de las algas llenándome la nariz. Bajé la ventanilla y la fresca brisa nocturna me acarició el pelo. Estaba húmeda y salada, tal como la recordaba.

—Gracias —musitó Noah a mi lado.

—¿Por qué?

—Por no lanzarme a los pies de los caballos. Has tenido varias ocasiones para deshacerte de mí y no lo has hecho. Gracias —repitió.

—No hay de qué.

Sabía que tarde o temprano me arrepentiría de mi decisión, pero no pude dejarle atrás. Quizá fuera porque sus besos me seguían pareciendo sinceros, aunque sabía que no lo fueron, o porque recibió el golpe que iba destinado a mí, pero fui incapaz de sortearle y dejarle con las manos vacías delante de Jack. No me cabía ninguna duda de que ese matón cumpliría su promesa y lo convertiría en comida para los peces.

Me detuve un instante en un restaurante de comida rápida abierto las veinticuatro horas y pedí dos menús para llevar a través de la ventanilla del coche. Cinco minutos después, con el asiento de atrás apestando a grasa y a patatas fritas, reanudé el camino.

Una curva tras otra, me dejé mecer por el vaivén del coche, por la suave música de la radio, por la profunda respiración de Noah, e imaginé que nada de todo esto había pasado, que todo había sido un sueño, una pesadilla, y que en cuanto llegara a mi destino despertaría en el que había sido mi refugio, mi hogar durante la infancia, y sería de nuevo una niña feliz y despreocupada.

Una curva. Luego otra. Ya casi estábamos.

13

Noah se sumió en un profundo sueño durante todo el camino. Cabeceó brevemente y después se dejó vencer por el sopor. No se despertó hasta que detuve el coche y apagué el motor. Pestañeó varias veces, pero la negrura de la noche apenas permitía ver un par de metros más allá del coche.

—¿Dónde estamos?

—En Nahant —respondí.

—¿En Nahant? —preguntó sorprendido—, ¿qué se nos ha perdido aquí?

—Enseguida lo verás. —Salí del coche y eché un vistazo a mi alrededor—. No ha cambiado mucho desde la última vez que vine —murmuré, casi como si hablara para mí misma—. Han ampliado las aceras y pintado algunas casas, pero, por lo demás, todo está igual que siempre.

—¿Solías venir por esta zona?

Ignoré la pregunta de Noah y me dirigí hacia la enorme casa que se erguía a mi derecha. La fachada estaba cubierta de láminas de madera oscura, una monocromía rota por los blancos marcos de las ventanas. El tejado del porche y el del piso superior eran de pizarra negra, y desde donde estaba podía contar tres chimeneas.

El jardín que se extendía alrededor de la casa, antaño el orgullo de su propietaria, se ofrecía a la vista con un lamentable aspecto de abandono, al igual que la valla que lo rodeaba y lo separaba de la carretera. Desde la calzada apenas podía verse el cobertizo, y casi era mejor así. Todo en la casa tenía un aspecto descuidado que, sin embargo, no conseguía apagar por completo el aire acogedor que emanaba del edificio y me calentaba el corazón. La madera estaba astillada y levantada en algunos lugares, faltaban tejas en el tejado y nadie se había ocupado del césped, los árboles y los setos en mucho tiempo.

Abrí la cancela y la empujé con decisión. Avancé por el camino de entrada, salpicado de malas hierbas que habían invadido la gravilla, y llegué hasta el porche. Observé la casa en silencio. Noah, a mi lado, respetó mi mutismo. Seguramente no sabría qué pensar. Sobre nosotros se alzaba el sonido del mar.

Metí la mano en el bolso que colgaba de mi hombro y saqué un manojo de llaves. Siempre las llevaba conmigo. Lo que hasta ayer me parecía un absurdo sentimentalismo hoy podía salvarnos la vida. Las estudié sobre la palma de la mano y escogí la adecuada. Respiré, subí las escaleras del porche, que crujió ante la repentina intrusión, y alcancé la puerta de entrada. Tuve que empujar un par de veces y forcejear para hacerla girar, pero por fin conseguí abrir.

Una danza alocada de millones de motas de polvo flotando en el aire salió a nuestro encuentro. Animadas por el repentino e inesperado soplo de aire, formaron violentos remolinos y se dispersaron por toda la estancia, que permanecía casi a oscuras, sólo iluminada por la luz procedente de la puerta que acabábamos de abrir.

—¿Qué es esto? —preguntó Noah cuando ya no pudo aguantar más la curiosidad.

—Mi casa. Mi casa de verdad.

Crucé el umbral y caminé despacio entre los muebles hasta llegar a los ventanales del otro lado. Con cuidado para no levantar demasiado polvo, descorrí las cortinas y abrí las ventanas, dejando paso al aire fresco y a la vida, que tantos años llevaba desterrada de allí. Abrí una ventana tras otra. La claridad de la luna apenas iluminó el interior. Tenía que encontrar la caja de los fusibles, pero en ese momento alumbrar la casa no era una de mis prioridades. Por último, llegué hasta una puerta acristalada de dos hojas y la abrí también de par en par.

—Ven —invité a Noah.

Me siguió hasta el jardín trasero, tan descuidado como el que ya habíamos visto. El césped se extendía en un suave desnivel descendente hasta una pequeña valla que delimitaba el inicio de un acantilado de rocas. Abajo, a unos veinticinco metros, el océano lamía con suavidad las piedras de la orilla. El descenso no era complicado, a pesar de que no había ningún camino habilitado. En días menos benignos, el azote de las olas era impresionante y muy peligroso, lo que justificaba que los vecinos fueran reacios a facilitar el paso a un lugar que podía poner en riesgo la vida de cualquiera.

—Cuando yo era pequeña había un banco de madera aquí mismo. Solía sentarme con mi abuela a mirar el mar. Veíamos pasar los grandes barcos y los pequeños veleros e imaginábamos las vidas de sus tripulantes, su procedencia y su destino. Nos pasábamos horas aquí sentadas.

Mi voz era poco más que un susurro, aunque intenté disimular la amargura que me atenazaba en esos momentos. Noah me pasó el brazo por los hombros y me acercó a él. Sentí el impulso de dejarme llevar, de pegarme a su cuerpo, cerrar los ojos y escuchar el océano, pero me mantuve firme en mi sitio. No debía sucumbir. Pero no salí de su abrazo.

—Mis padres trabajaban mucho, incluso en verano —continué. No sabía por qué, pero necesitaba hablar—, así que me dejaban aquí durante las vacaciones. Fueron los días más felices de mi vida. En cuanto llegaba y mis padres se marchaban, que solía ser pocos minutos después, mi abuela me mandaba a cambiarme la ropa formal que traía por un pantalón corto, una camiseta de tirantes y unas sandalias. Me recogía la melena en un moño desbaratado o en una coleta alta y me dejaba correr, saltar y trotar hasta que caía rendida. Cocinábamos pasta y marisco fresco, charlábamos durante horas por la noche y dormíamos hasta media mañana. Sin prisas. Vivíamos en una agradable y moderada anarquía que sólo interrumpíamos en las escasas ocasiones en que mis padres venían a vernos. Echo mucho de menos aquellos años.

—Tu abuela... —balbuceó Noah.

—Murió hace quince años. No me entristece hablar de ella, tuvo una buena vida y vivió hasta los ochenta y cinco años, pero la echo de menos, a ella y al banco en el que nos sentábamos. Habíamos grabado nuestros nombres en la madera. Mi padre lo mandó quitar un invierno, poco después de que la abuela falleciera. No me lo dijo, y no pude hacer nada para evitarlo.

—¿Y tus padres?

—Mi padre murió de cáncer hace ocho años. Una de las últimas veces que fui a verle, cuando ya estaba muy enfermo, me entregó un sobre grande y amarillento. Dentro estaba el testamento de mi abuela, en el que me legaba esta casa a mí, y no a él, a pesar de que era su hijo y yo ni siquiera llevaba su sangre. Mi abuela escribió de su puño y letra su deseo de que yo viviera en esta casa que tanto amaba, pero mi padre, no sé si por envidia, por despecho o por qué, decidió ocultármelo hasta pocos días antes de su muerte. Mi madre me aseguró que ella estaba en contra de esa decisión, que no la entendía ni la compartía, pero que no pudo convencerle de lo contrario y que, además, le prohibió decírmelo. Lo peor de todo es que a ellos no les gustaba esta casa, no vinieron ni una sola vez en todo ese tiempo, la dejaron envejecer y caerse a pedazos.

—¿No eres... de su sangre?

—Soy adoptada —expliqué sin más.

Era la primera vez que lo decía en voz alta ante otra persona y había sonado peor de lo que esperaba. Noah abrió la boca, como si fuera a añadir algo, pero volvió a cerrarla durante unos segundos. Luego retomó la conversación como si yo no hubiera dicho nada.

—¿Y por qué no la has arreglado tú? Parece un sitio fantástico para vivir.

Me encogí de hombros. Eran tantas las razones que no sabía por dónde empezar.

—Nunca me pareció buen momento. Unas veces era por el dinero, otras por pereza, pero las más se trataba simplemente de miedo. Mi padre me había engañado, me mintió durante mucho tiempo. Este sitio me recuerda su traición, los celos que sentía de su propia hija. Me traicionó, y también lo hizo mi madre con su silencio. Al fin y al cabo, se comportaron como si yo no fuera una de ellos. No quería volver, fui tan feliz aquí, tengo tan buenos recuerdos, que temo estropearlos si mi vida en esta casa no se parece a lo que dejé atrás. Y mucho me temo que nunca volverá a ser igual.

—Eso nunca se sabe.

—Yo sí lo sé. Hace muchos años que me estanqué, que dejé de pelear. Me conformé y me convencí de que no pasaba nada por estar sola, por no tener amigos, que el trabajo era mi vida, que me llenaba por completo. Así nadie podría herirme o engañarme. La confianza es una mierda. Confías y te apuñalan en el mismo movimiento. No merece la pena. Entonces llegaste tú y me enseñaste todo lo que me estaba perdiendo. Y ahora eso también se ha desvanecido.

Noah se puso tenso a mi lado. Salí de su abrazo y volví a entrar en la casa.

—Tengo que buscar los fusibles. Ya no me acuerdo de dónde están. Durante todo este tiempo no he dejado de pagar la luz y el agua, así que en ese sentido no tendremos problemas para quedarnos.

—Probaremos en la cocina, y si no, en el sótano. Son los lugares más lógicos.

Acertó a la primera. Casi a tientas, la localizamos detrás de la puerta de la enorme cocina en la que tantas horas había pasado con mi abuela.

La luz hizo más patente el estado de abandono en el que se hallaba la casa. Una opaca y compacta pátina gris de polvo cubría todos los muebles. Nadie se había molestado nunca en cubrirlos con una tela, quizá porque pensaban volver pronto, aunque conociendo a mis padres lo más probable sería que ni siquiera se les hubiese ocurrido.

Noah conectó también la llave de paso del agua y abrió los grifos de la cocina para que se limpiaran de todo el óxido y la mugre acumulados durante todo ese tiempo. Los grifos gruñeron, se agitaron y escupieron un líquido oscuro y denso como el chocolate que tardó un buen rato en comenzar a clarear.

Los dejamos abiertos y volvimos al salón. El panorama era desolador, pero no era momento de dejarse llevar por el desánimo. Empapé unos trapos que encontré en un cajón y los convertí en una bayeta con la que limpié dos sillas y la mesa redonda en la que cada tarde merendaba con mi abuela. Cuando la superficie volvió a tener el color de la madera, coloqué encima las dos bolsas grasientas con nuestra comida e invité a Noah a sentarse. Estaba hambrienta.

—¿Te duele la cabeza? —le pregunté cuando lo tuve enfrente.

—No demasiado. Me tiran los puntos, pero sobreviviré. Gracias por acompañarme —añadió.

—No ha sido nada.

—Me falta valor para enfrentarme a todo lo que requiera la intervención de un médico.

—Creí que lo hacías porque no querías perderme de vista.

—Me duele que pienses eso de mí.

—No tengo motivos para creer otra cosa.

—Tienes razón —reconoció cabizbajo—, no tienes por qué fiarte de mí, pero no lo hice para controlarte. Necesitaba tu compañía.

Cabeceé brevemente y le lancé un bocado a la hamburguesa.

Sabía a cartón mojado, pero tenía tanta hambre que me hubiera comido el relleno de los cojines. Noah devoró la suya en dos mordiscos. Quizá debería haberle comprado otra, pero no se me ocurrió. Le ofrecí mis patatas fritas, que no pensaba probar, y las aceptó encantado.

Era más de medianoche cuando terminamos de cenar. Llevé la basura a la cocina, cerré el grifo del agua, que ya salía clara, y me aventuré a entrar en el baño. El lavabo repitió los gemidos y crujidos de la cocina, y la cisterna del váter emitió un sonoro petardeo antes de soltar una carga de agua casi negra.

Pasé el paño mojado por las superficies que tendríamos que tocar, limpié el lavabo y la taza lo mejor que pude y lamenté no haber cogido un cepillo de dientes antes de salir de casa. Y uno para el pelo. Mañana olería y tendría el mismo aspecto que un animal salvaje. Intenté ordenarme la melena y me refresqué un poco con el agua clara.

Cuando volví al salón, Noah se había levantado y curioseaba entre los muebles.

—Será mejor que subamos. Buscaremos un rincón decente en el que pasar la noche.

Asintió y me siguió escaleras arriba. Rozar el viejo pasamanos de madera me produjo un placentero escalofrío que me recorrió la columna vertebral. Cuántas veces subí esos peldaños a toda velocidad, con los pies mojados y llenos de arena después de una excursión a la playa. Mi abuela nunca me riñó, pero me enseñó a recoger la arena con la escoba antes de que las corrientes de aire la repartieran por el resto de la casa.

Fui directa a la que fue mi habitación de niña. Todo seguía igual allí dentro. Sucio y polvoriento, cubierto de telarañas y con los colores carcomidos por el sol, pero igual.

—¿Este era tu dormitorio? —me preguntó Noah, adentrándose en la habitación.

Se acercó y cogió una fotografía enmarcada que languidecía

179

sobre la cómoda. Sopló con fuerza y frotó el cristal con la mano antes de fijar la vista en la imagen congelada. Me acerqué a él y sonreí. Los dos sonreímos.

—Tendría unos seis años cuando mi abuela me hizo esta foto. Acababa de comprarse una cámara nueva y le costó casi una hora poner el carrete.

En la imagen, una niña de pelo rizado y piel tostada reía a carcajadas, mostrando sin pudor el hueco sin dientes de su encía superior.

—El Hada de los Dientes me dejó un billete de cinco dólares, ¡una fortuna! —recordé.

Le cogí el marco de la mano y lo miré de cerca. Era casi un primer plano, con el césped, entonces verde, brillante y bien cuidado, rodeando mis guedejas de pelo. No recordaba el momento de la foto, la abuela me hizo muchas con su cámara recién estrenada, pero estaba segura de que ese día, como todos los que le siguieron durante los veranos en los que estuvo viva, me estaría mirando con una sonrisa en los labios.

Lo dejé en su sitio y me volví hacia Noah.

—Este cuarto es demasiado pequeño, buscaremos otro más amplio.

—¿Vas a dormir conmigo? —me preguntó asombrado.

—No merece la pena adecentar dos dormitorios, estamos demasiado cansados para eso y es muy tarde, y dudo que haya ropa para vestir ni siquiera una cama. Tendré que confiar en que te comportes como un caballero —añadí irónica.

—Por supuesto —respondió al instante.

Pasé de largo la habitación de mi abuela. Aunque llevaba quince años muerta, dormir allí con Noah me parecía violar su intimidad. Había dormitorios de sobra. Avancé hasta el que solían ocupar mis padres cuando nos visitaban. Abrí la puerta y pulsé el interruptor. La bombilla parpadeó un par de veces, pero se mantuvo encendida.

La cama era amplia y estaba cubierta por un grueso edredón marrón. No había demasiado polvo en el suelo ni sobre los muebles, quizá porque tanto las ventanas como las contraventanas de madera estaban perfectamente cerradas. Abrí y expulsé el olor a cerrado.

—Ayúdame —le pedí a Noah—, recogeremos el edredón con cuidado para que el polvo no caiga sobre el colchón. Quizá podamos dormir aquí.

Hizo lo que le pedí y se colocó en el lado contrario de la cama. Unimos las puntas de la colcha con cuidado y la doblamos antes de dejarla en el suelo, bajo la ventana. El colchón no tenía mal aspecto, parecía limpio y no olía mal. Abrí el armario, pero estaba vacío.

—Ahora vuelvo —le dije.

Entrar en la habitación de mi abuela supuso un choque emocional con el que no contaba. Todo permanecía igual que la última vez que estuve allí, después de su funeral. La colcha floreada sobre la cama, el enorme joyero lleno de la bisutería de colores que tanto le gustaba ponerse, su ropa, perfectamente colgada en ordenadas perchas en el armario. Sobre la mesita de noche, el despertador, parado desde Dios sabía cuándo, marcaba las tres y veinte. Al lado, un vaso con el cristal casi opaco por el polvo, una pequeña caja de pastillas y una fotografía enmarcada. Cogí la imagen con cuidado. Mi abuela y yo sonreíamos a la cámara. No recordaba quién tomó esa foto, aunque supuse que habría sido mi padre o mi madre. El sol iluminaba su pelo, ya blanco, y le arrancaba destellos plateados que se perdían por el borde de la imagen. No quería llorar, unas cuantas lágrimas no me devolverían lo que perdí.

Por eso no me gustaba volver a esta casa, porque sacaba la parte de mí que me convertía en una mujer blanda y ñoña, alguien que sólo tenía sus recuerdos para seguir adelante, y yo no quería ser así, no quería vivir en el pasado, necesitaba mirar hacia el futuro, aunque fuera a base de mentirme a mí misma y negarme un momento de solaz.

Abrí el armario y rebusqué entre la ropa de cama que encontré apilada en uno de los estantes. Escogí un juego de sábanas de la mitad de la pila, uno que había quedado lo bastante remetido entre los demás como para no recibir demasiado polvo en estos tres lustros. No olía a flores, pero bastaría para una noche.

Noah me ayudó a hacer la cama. Estábamos muy cansados, así que le pedí que se volviera y me quité los zapatos y el vestido. Lamenté no haberme puesto pantalones esa mañana, así al menos habría podido conservar la blusa.

Me metí en la cama en braga y sujetador y me subí la sábana hasta el cuello. Noté el peso de Noah al acomodarse en la otra mitad del colchón, pero no me volví para mirarlo.

—¿Qué tal tu cabeza? —le pregunté.

—Bien, apenas me duele, gracias.

—Me alegro. Buenas noches.

—Que descanses.

No sé cuánto tardé en dormirme, probablemente unos segundos. Cuando desperté en mitad de la noche, me sorprendió el silencio que me rodeaba. No tenía forma de comprobar la hora que era, no llevaba reloj y los dos habíamos apagado los móviles antes de llegar por si intentaban localizarnos a través de la señal GPS. No creía que Jack fuera capaz de algo tan sofisticado, pero Ferguson tenía a su disposición todos los recursos de la policía.

La luz de la luna iluminaba la habitación a través de la ventana abierta y el eco lejano del mar era música para mis oídos. El rumor sordo de las olas al romper contra la costa tenía desde siempre la capacidad de tranquilizarme, de apaciguarme. Cerré los ojos y respiré despacio. No oía a Noah, y temí que se hubiera marchado. Me volví despacio. Seguía allí.

Estaba apoyado sobre un codo, con la cabeza reposando en la mano, y me miraba en silencio. Distinguí sus ojos claros en la noche, y la sonrisa que dibujaron sus labios fue como un bálsamo para mi corazón. Yo también sonreí.

Sin decir nada, se inclinó sobre mí y me besó. Fue un beso cálido, quise creer que sincero. Me convencí de que lo era. Concedí a sus labios permiso para acercarse, separé un poco los míos y los recibí gustosa. Un instante después su lengua me acarició los labios, los dientes, y se coló en mi interior. Escuché un gemido. Creo que fui yo.

Se tumbó a mi lado, sin dejar de besarme, y me acarició el rostro, el cuello, los hombros, la espalda, y regresó después para atrapar mis pechos en el hueco de sus manos. Casi sin aliento, enredé mis dedos en su pelo y lo acerqué aún más a mí. Pero él abandonó mi boca y se lanzó hacia abajo. Dejó a su paso un reguero de besos ávidos hasta que llegó a mis pezones. Primero uno, luego otro. Endurecidos, enfebrecidos, reclamaban más y más atención, y Noah, una vez más, solícito y atento como siempre, estuvo encantado de satisfacerlos.

Era tan agradable sentirse así de nuevo...

Acerqué las caderas a su erección. Lo quería. Lo necesitaba. Ya. Pero él tenía otros planes. Dejó desamparados mis pechos y continuó su peregrinación. Me besó y me mordisqueó el vientre, me hizo cosquillas con su barba incipiente y jadeé de nuevo. Me lamió la ingle y rodeó con picardía mi ombligo. Conocía su estrategia, pero eso no lo hacía menos emocionante.

Le rogué, le supliqué, pero no me hizo caso.

Me separó las piernas con las manos y se coló entre mis muslos. Moví las caderas, se lo puse muy fácil. Y allí estaba. Sus labios, su lengua jugueteando allí donde sabía que me haría perder la razón.

Gemí, jadeé y arqueé el cuerpo. Me dejé ir. La luna en la cara, el mar en el aire, la casa en la que fui feliz, y Noah esforzándose por complacerme. Oh, Dios. Quería que no acabara nunca, que el día de mañana fuera una ilusión, una quimera imposible, y que esa noche se prolongara para siempre.

Noah esperó hasta que el último de mis espasmos de placer desapareció y trepó por mi cuerpo para regresar a mis labios. Su beso sabía a mí, dulce y cálido.

—Ven —le invité.

Se separó un poco de mi cuerpo, pero no tuve tiempo de echarle de menos. Un segundo después estaba de nuevo sobre mí, entre mis piernas. Me besó con intensidad, con pasión, y al momento le sentí en mi interior.

Añoraba esa sensación, el calor que acompañaba al deseo satisfecho, la expectación en cada poro de mi piel, el aliento cálido y húmedo de Noah, jadeando sobre mi cuello. Levanté las caderas para atrapar su embate y me moví con él. Apoyó su frente en la mía, cerramos los dos los ojos y nos abandonamos. No más dolor, no más miedo. No había angustia ni traición. No había mundo fuera de esa cama, más allá de nuestros cuerpos no existía nada.

—Zoe —susurró sobre mi boca.

Su voz grave espoleó mi deseo. Volví a levantar las caderas con fuerza y él respondió con el mismo ímpetu. Le sujeté las nalgas con las manos para que no se separara de mí, le hundí las uñas en la carne, sentí deseos de morderle, de lamerle. Me retorcí bajo su cuerpo y sentí un nuevo orgasmo formarse en mi vientre, entre las piernas.

—Por favor —supliqué.

Sonrió sobre mis labios y aceleró sus embestidas hasta que me volví loca. Creo que grité, no estoy segura. Nunca había sentido algo tan intenso, ni con Noah ni con los esporádicos amantes que habían pasado por mi cama. Escondí la cara en su pecho, me aferré a su espalda y sentí la sacudida del placer. Casi al mismo tiempo, Noah gruñó y clavó las caderas en mi pubis. Sus movimientos se fueron haciendo más lentos, más pausados, hasta detenerse por completo. Pero no se separó de mí. Siguió en mi interior mientras me besaba la frente, los párpados, la nariz, la boca, el cuello... Su mano me acarició el pelo, me retiró los mechones rebeldes y sudorosos de la frente y deslizó un dedo desde detrás de la oreja hasta la base del cuello. Y me miraba a los ojos. No apartaba la vista de mí, quizá temiendo lo que vendría a continuación, el regreso a la realidad, o quizá recreándose en el inesperado momento que acabábamos de compartir.

Le miré, sonreí y le besé. Todo estaba bien.

Me acarició la mejilla con la punta de los dedos y por fin salió de mi interior. Se separó despacio, como si le costara un esfuerzo enorme, y se tumbó a mi lado. Sin pensarlo, me giré hacia él y apoyé la cabeza en su hombro. Él me abrazó con cuidado y me atrajo hacia su cuerpo. No estaba segura de qué era lo que había sucedido, pero no me habría importado que durara para siempre. Soñar es gratis, decía siempre mi abuela.

Permanecimos un buen rato en silencio, acariciándonos con suavidad, pasando las yemas de los dedos sobre la piel excitada, recorriendo curvas y rincones con curiosidad comedida, porque ya habíamos estado antes allí, pero nos gustaba volver.

—¿Estás bien? —me preguntó por fin.

—Muy bien. ¿Y tú?

—Creo que nunca he estado mejor. Lo prometo.

Le creí. Yo sentía lo mismo.

—Deberíamos dormir —dije, no demasiado convencida. Me sentía despejada y descansada, pero intuía que faltaban muchas horas para el amanecer—. Mañana será un día largo.

—Duerme un poco.

—No te irás, ¿verdad?

—No pienso moverme de aquí.

Cerré los ojos, pero no dejé de ver a Noah. Vi sus ojos, sentí sus manos, oí su corazón. Saboreé su piel salada. Como el mar que tanto amaba. Me acuné entre sus brazos y me dejé llevar.

Idiota...

14

Un sol todavía tibio se coló entre mis párpados cerrados. Por un momento me sentí confusa, desorientada. Hasta que sentí los brazos de Noah alrededor de mi cuerpo. Entonces mi mente se llenó con las imágenes de lo que había ocurrido unas horas antes.

Parpadeé con fuerza y abrí los ojos. Noah roncaba suavemente a mi lado. Estábamos desnudos, pegados el uno al otro. Me sentía tranquila y feliz. Estuve tentada de cerrar los ojos y volver a dormirme. ¿Qué pasaría si nos quedáramos allí para siempre?

Que Jack nos encontraría y nos mataría. Y si no lo hacía él, lo haría Ferguson.

Jack Andieli. Max Ferguson. Malditos fueran.

Noah debió notar la tensión que recorrió mi cuerpo, porque me abrazó más fuerte y me besó el pelo. Me removí inquieta entre sus brazos. La noche había pasado, ya era mañana, el día que no deseaba que llegara, que supliqué que no llegara. Pero la vida es inexorable, como una rueda de molino que gira y gira, batiendo el agua y triturando todo lo que se interpone en su camino.

—Tengo que levantarme. Debo ir al museo, hablar con Sanders.

Noah detuvo sus caricias. Él también acababa de regresar a la realidad de golpe.

—Nos estarán buscando como locos —murmuró.

—Quizá no se hayan dado cuenta de que no estamos en mi apartamento.

—Lo dudo.

Nos levantamos y nos vestimos sin mirarnos. Volví al armario de mi abuela para buscar una toalla medio presentable y nos aseamos como los gatos en el lavabo del baño. Bajamos al salón y los dos a la vez encendimos los móviles. Nos miramos asustados cuando las señales acústicas indicaron que teníamos un montón de llamadas perdidas y mensajes.

—Les diremos que hemos pasado la noche en el hospital —propuse—, que los médicos querían controlar el golpe en la cabeza y que nos quedamos sin batería en el móvil.

—No tenemos nada que perder —aceptó Noah.

Los dos tecleamos con rapidez sobre la pantalla táctil y esperamos una respuesta que no tardó en llegar. Las dos partes aceptaban la explicación, pero nos urgían a la acción. Los mensajes terminaban con una serie de amenazas nada veladas que me pusieron la piel de gallina.

Sólo eran las seis de la mañana. Estábamos sucios por haber pasado la noche en una casa polvorienta, sin olvidar el sexo, por supuesto. Dejaría a Noah en su piso para que pudiera ducharse y cambiarse de ropa y yo haría lo mismo en mi apartamento. Quedamos en encontrarnos a mediodía. Intentaría hablar con Sanders cuanto antes y que se uniera a nosotros en la comida. El reloj con la cuenta atrás pendía sobre nuestras cabezas y avanzaba inexorable.

Regresamos a Boston en silencio. Noah contemplaba el mar por la ventanilla mientras yo conducía atenta al intenso tráfico de primera hora de la mañana. La ciudad se desperezaba, lista para recibir a las hordas de trabajadores que llenaban fábricas y oficinas cada día.

Decidimos detenernos a desayunar en una pequeña cafetería

del distrito universitario. Sentía las paredes del estómago pegadas, como si llevara días sin comer. Engullimos dos menús completos como piratas hambrientos y empujamos la comida con generosas raciones de un café intenso y aromático que me despejó la cabeza y me subió el ánimo. No hay nada como la cafeína para combatir el decaimiento.

Noah, convertido de pronto en un caballero a la antigua usanza, se empeñó en pagar la cuenta.

—Es lo mínimo que puedo hacer —insistió.

Decidí no empecinarme en abonar mi parte, como hubiera hecho de no haberme acostado con él hacía sólo unas horas y haber disfrutado de una de las mejores sesiones de sexo que podía recordar. La mejor, sin duda. Aparté de mi cabeza el pensamiento de que había sido algo más que sexo y llevé a Noah hasta la puerta de su casa.

Aparqué junto a la acera, pero no apagué el motor. Noah parecía indeciso. Me miró un instante y alargó la mano para acariciarme la mejilla. Sonreí, pero no me moví. Por fin bajó del coche y yo me marché sin mirar atrás. Tenía un nudo en la garganta y el desayuno había empezado a dar vueltas en mi estómago.

No vi el coche de Ferguson en la calle y todo parecía en orden en casa. Recorrí con miedo las habitaciones, temiendo encontrarme a Jack y a su matón, pero allí no había nadie. Eché el cerrojo de la puerta y respiré aliviada.

Me duché, me lavé el pelo y regresé a mi habitación para vestirme. Elegí un pantalón de verano y una blusa. Por si acaso. Me calcé con unas sandalias sin tacón y salí de casa tan deprisa como había entrado. No quería llegar tarde. Todo tenía que ser normal, debía comportarme como si nada pasara, como si no estuviera a punto de cometer un atraco.

Entré en el museo sin apresurarme, pasé mi tarjeta por el registro electrónico, saludé a mis compañeros y me dirigí a mi despacho. Saqué el móvil en cuanto me senté y le envié un mensaje a Sanders.

Ven en cuanto puedas. Tenemos que hablar.

Cinco minutos después unos rápidos golpes sacudieron mi puerta. Sanders estaba pálido y sudaba copiosamente.

—¿Te encuentras bien? —le pregunté.

—No demasiado. Esta mañana ese Jack estaba frente a mi casa, dentro de su coche. Me he asustado mucho.

—¿Te ha hecho algo? ¿Te ha amenazado?

—No, nada. No ha dicho ni una palabra. Sólo me ha mirado fijamente y luego le ha hecho un gesto a su matón para que arrancara el coche. Se han marchado y no los he vuelto a ver, pero estaban frente a mi casa, Zoe, pueden estar ahí fuera ahora mismo.

—No creo que se atrevan a ser vistos cerca del lugar en el que está a punto de cometerse un robo. Hay cámaras, no se arriesgarán a ser grabados. Estamos a salvo aquí.

Sanders asintió en silencio, pero podía sentir el acelerado latir de su corazón, la adrenalina sacudiendo sus miembros y creando terribles imágenes en su cerebro. Le cogí las manos con las mías y le miré a los ojos.

—Saldremos de esta, Robert. Mañana todo habrá terminado.

—¿Mañana?

Asentí.

—¿Cómo lo vamos a hacer? Hay cámaras, y guardias, y mucha gente por todos lados…

—He pensado algo que puede funcionar.

—Oh, Dios… Estoy un poco mareado.

Sanders cerró los ojos y escondió la cabeza entre las manos. Respiraba con dificultad y seguía sudando a mares.

—Tienes que calmarte, Robert, o lo echarás todo a perder.

Sacudió con fuerza la cabeza arriba y abajo y volvió a mirarme.

—Oh, Dios —repitió.

—Necesito que te reúnas con Noah y conmigo este mediodía —continué, ignorando sus lamentos—. Os contaré mi plan y puliremos los detalles. Robert, mírame —le exigí—. Mañana todo habrá acabado. Para bien o para mal, nos habremos librado de Jack y de Ferguson.

—Y de Noah —añadió.

—Y de Noah —repetí en voz baja, sin mirarle a los ojos.

—¿Iremos después a la policía?

—Buscaremos un policía honrado y le contaremos toda la historia, de principio a fin.

—Quizá deberíamos acudir al FBI…

—Lo decidiremos mañana, y asumiremos las consecuencias de lo que estamos a punto de hacer. Lo único que sé es que si intentamos ahora acercarnos siquiera a una oficina federal, nos pegarán un tiro antes de que crucemos la puerta, pero mañana, si no se matan entre ellos por el botín, se olvidarán de nosotros y entonces podremos cumplir con nuestra conciencia.

—Gracias —musitó.

Negué con la cabeza. Era demasiado pronto para agradecer nada. Sanders no lo había pensado, estaba demasiado asustado como para razonar por sí mismo, pero era probable que le estuviera empujando hacia su propia muerte. Y hacia la mía.

—Tenemos que hablar de las joyas —le dije en voz baja—. Las que cojamos deben valer al menos tres millones de dólares, eso es lo que me dijo Jack.

Robert afirmó con la cabeza y luego cambió de dirección para negar con vehemencia.

—La primera vez se llevaron las que tendrían más fácil salida, porque sus piezas se pueden desmontar y reconvertirse en nuevas joyas. Lo que queda vale mucho más de tres millones, pero será más difícil de vender.

—Ese no es nuestro problema. Nosotros sólo tenemos que

llenar una bolsa con piedras preciosas, oro y platino y entregárse-
lo… a quien sea.

Sanders volvió a mover la cabeza arriba y abajo.

—De acuerdo. Hay una serie de Tiffany, collares, garganti-
llas y diademas… aunque las diademas abultan mucho… Y unos
brazaletes etruscos de oro puro, una maravilla de la orfebrería…
Los collares de Bulgari también siguen ahí. Son de platino y esme-
raldas. ¡Oh, y el camafeo de Cartier! Platino, oro, diamantes, ru-
bíes, coral y perlas. Es único, él sólo vale un millón de dólares.
Hay un collar que perteneció a Isabel I de Inglaterra. Sus esmeral-
das podrían separarse con facilidad, aunque sería un crimen… ¡Y
los broches, claro!

Más que una relación de objetos para robar, parecía que estaba explicando el catálogo de la exposición. Se detuvo cuando se
encontró con mi mirada sombría. Agachó la cabeza, murmuró un
«eso es todo» y empezó a retorcerse las manos de nuevo.

—Te avisaré a mediodía —le dije—. Saldremos juntos, ¿de
acuerdo?

Asintió de nuevo y se levantó para marcharse. Tenía la camisa empapada de sudor. Empezaba a dudar de que hubiera sido
buena idea implicar a Sanders, pero no tenía más remedio que
hacerlo si quería contar al menos con una pequeña posibilidad de
sobrevivir.

Cuando se marchó, me puse la bata blanca y me dirigí hacia el
taller, mi remanso de paz, el lugar en el que nunca sucedía nada,
en el que el tiempo, como los pinceles, se deslizaba cadencioso
sobre mí. Retomé el trabajo con la marina que dejé a medias el
día anterior, pero no conseguí concentrarme del todo. De vez en
cuando me sorprendía lanzando furtivas miradas al reloj que colgaba de la pared del fondo, calculando cuánto tiempo quedaba
para volver a ver a Noah.

Detuve el pincel a mitad de trayecto y me enfurecí conmigo
misma. El sexo de la noche anterior, por muy fantástico que hu-

biera sido, que lo fue, no cambiaba nada. Noah me había utilizado, me había traicionado y por su culpa me veía ahora obligada a cometer un delito para intentar salvar la vida. Me había puesto en grave peligro; de hecho, seguía estándolo, y no podía pretender que una noche loca y un par de orgasmos me hicieran perder de nuevo la cabeza por ese *gigolò* de medio pelo.

Pero había sido más que sexo, lo sentía en la piel, en el alma. Lo vi en sus ojos, me lo dijeron sus labios, sus manos. O quizá sólo fue el acto de dos personas desesperadas, cuya vida pendía de un hilo. Leí una vez que, después de una catástrofe natural, los supervivientes suelen celebrar su victoria sobre la muerte con un festín de sexo, y que las estadísticas demuestran un importante incremento de los nacimientos nueve meses después. Jack y Ferguson eran nuestra catástrofe. No habíamos sorteado el desastre, pero sabernos al borde del abismo seguramente nos había abocado a esa situación.

Bien. Una fantástica noche de pasión reducida a una situación. La Zoe negativa, racional hasta la locura y acostumbrada a perder siempre acababa de anotarse un punto.

Pensaba que las cosas no podían ir peor, pero me equivocaba. Apenas había vuelto a inclinarme sobre el lienzo cuando Cathy Brenner, la secretaria del director, se materializó a mi lado. Estaba pálida, apretaba los labios y se retorcía las manos. Algo iba mal.

—El señor Petersen quiere verte en su despacho.

—¿Y por qué no me ha llamado?

—No lo sé, está con ese policía, el que lleva el caso, y de pronto me ha avisado por el interfono y me ha gritado que venga a buscarte. Y aquí estoy.

Se encogió de hombros y me miró con preocupación.

Mis músculos se movían a cámara lenta, como si quisieran evitar, o al menos retrasar todo lo posible, lo que fuera que estuviera a punto de ocurrir. Limpié el pincel, lo dejé junto a los demás, protegí el óleo y salí detrás de Cathy, que se apresuró hacia la zona de despachos.

Cuando llegamos frente al de dirección, tocó en la puerta y abrió sin esperar respuesta.

—Señor Petersen, está aquí Zoe Bennett.

—¡Que entre! —bramó Gideon desde el interior.

El director del museo me esperaba de pie detrás de su escritorio. Estirado, tenso. No quedaba ni rastro del Gideon imperativo pero amable que yo conocía. Al otro lado de la mesa, igual de tenso pero sentado, estaba el inspector Ferguson. Me miró muy serio, con los labios tan apretados como los de la secretaria, aunque no se retorcía las manos, sino que sostenía en ellas una gruesa carpeta marrón.

—¡Siéntate! —me ordenó Petersen.

—Gideon, yo no sé… —empecé a decir. No pude continuar.

—Tu comportamiento es inexcusable, Bennett, ¡terrible! Eres la última persona de la que me esperaba algo así, y sin embargo, aquí están las pruebas. Las he recibido esta misma mañana de la empresa que gestiona la seguridad del museo. He hecho llegar una copia al inspector, por si pensara que puede estar relacionado con lo que sucedió aquí hace unos días.

—¿De qué me estás hablando? —pregunté, cada vez más asustada.

Gideon abrió una carpeta similar a la que Ferguson sostenía entre las manos y extendió sobre la mesa una serie de fotografías en las que se nos veía claramente a Noah y a mí durante nuestro encuentro en el taller de restauración, la tarde en la que se cometió el crimen. Junto a las imágenes de alto contenido sexual había otras en las que una sombra oscura se deslizaba por el interior de la sala de las joyas, abría las vitrinas y volvía a salir. Lo cierto era que había que estar muy atento para distinguir al ladrón, y si el vigilante estaba entretenido en otras cosas… La franja horaria destacada en la parte inferior de las copias no dejaba lugar a dudas. Mientras Noah y yo echábamos un polvo en el taller, la sombra que supuse que sería Tom se llevaba las joyas. Estaba claro que el hecho de que Scott hubiera eliminado la grabación de los ordenadores del museo no había afectado en nada a las que se recibían en la empresa matriz.

—Gideon yo… no pensarás que yo…

Balbuceé como una estúpida, sin saber qué decir ni cómo justificar todo aquello. Petersen estaba cada vez más colorado, parecía a punto de sufrir un ataque. Se aflojó la corbata, se soltó el primer botón de la camisa y se dejó caer en su butaca.

—Cometí un error, pero no tuve nada que ver con el robo.

—Eso es lo que tú dices, pero como yo ya no puedo estar seguro de nada, he decidido que no puedo contar contigo. No puedo confiar en ti. Estás despedida. Desde este mismo momento. Pasa por Personal, entrega tus llaves y la tarjeta y ellos te prepararán el finiquito. Tienes suerte de que no te denuncie —añadió en voz baja—, pero si el inspector descubre que estás implicada en lo que pasó, el museo se personará en el juicio como acusación particular y acabaremos contigo.

—Gideon… —supliqué.

—Tantos años, Zoe —siguió él como si no me hubiera oído— y así es como nos pagas. ¡Hubiera puesto la mano en el fuego por ti!

Se aflojó un poco más la corbata y vació de un trago el vaso de agua que tenía sobre la mesa. Luego clavó los ojos en mí. Vi rabia en ellos, y decepción, y dolor. ¿Qué vería él en los míos? Seguramente nada, porque me encontraba en estado de *shock*. Sin mi trabajo no era nadie. No tenía nada. Estaba muerta.

No me dio opción a explicarme, a ofrecerle una justificación. Para él, todo estaba claro como el agua.

Me levanté de la silla y el inspector me imitó y se adelantó para abrirme la puerta. Me cedió el paso y salió detrás de mí. Tuvo que agarrarme del brazo para detenerme. Mi cerebro había conectado el piloto automático y caminaba en línea recta sin rumbo fijo.

—Zoe —me llamó.

—Señora Bennett —susurré entre dientes.

—No he podido evitarlo, no hemos sido nosotros los que hemos encontrado las imágenes, sino los de la central de la empresa de seguridad, que las han enviado directamente al museo en lugar de a la policía. El director me ha pedido que la acompañe a Personal y me asegure de que entrega la tarjeta. —Me miró en busca de una reacción que no encontró—. Vamos, acabemos cuanto antes. Luego nos ocuparemos del resto.

Floté hasta el despacho de administración, donde firmé sin leerlos todos los papeles que me pusieron delante y dejé mi tarjeta de acceso. Fred Richmond, que se había enterado de mi despido casi a la vez que yo, me miraba en silencio y con la boca abierta, como si no diera crédito a lo que estaba sucediendo.

—El seguro médico te cubre hasta fin de año —me explicó— y recibirás el finiquito y las pagas pendientes en tu cuenta bancaria. Si tienes que recoger objetos personales, será mejor que me llames antes de venir, porque tendré que acompañarte. No dejaré que nadie entre en tu despacho hasta que lo vacíes —aseguró tajante. Luego echó un vistazo al inspector Ferguson y añadió—: A no ser que la policía quiera entrar...

—No hay problema por eso —intervino Ferguson.

—Lo siento mucho, Zoe. No sé qué ha ocurrido, pero seguro que Petersen se arrepentirá en cuanto se calme —musitó Fred.

Salí de allí con un montón de copias en la mano de los papeles que había firmado. Me quité la bata, recogí el bolso que me tendía Cathy desde la puerta de mi despacho y salí a la calle.

Ferguson seguía detrás de mí. Cuando estuvimos fuera del recinto del museo, me detuve y di media vuelta para encararme con él.

—¿Me está siguiendo? ¿No ha sido suficiente el espectáculo

que acaba de presenciar? Me han humillado, he perdido mi trabajo, mi vida se ha acabado.

Ferguson me miró en silencio y extendió algo hacia mí. Al final de la mano, entre sus dedos, había una tarjeta blanca.

—Tenga, es para usted. Una llave maestra del museo. Abre todas las puertas. Su vida no ha acabado. Si quiere, puede estar a punto de empezar.

Una capa de hielo se extendió por mi cerebro. Sentí el frío recorrer todas mis terminaciones nerviosas, cubrir todos y cada uno de mis músculos, ralentizar los latidos de mi corazón, despejar mi mente.

Alargué la mano y cogí la tarjeta, que guardé de inmediato en mi bolso.

—Quiero el arma que me ofreció. Limpia y sin marcar. Y munición, por supuesto. No voy a jugar a los vaqueros. Voy a asaltar un museo.

Ferguson se limitó a afirmar con la cabeza.

—La llamaré hoy mismo —dijo a modo de despedida. Acto seguido, dio media vuelta y se alejó.

Caminé como una zombi hasta mi coche. No recuerdo haber atravesado el aparcamiento, ni buscado las llaves en el bolso, pero las tenía en la mano y mis dedos aferraban la manilla de la puerta. Levanté la cabeza y contemplé el edificio del museo. Los árboles de los jardines ya habían comenzado a perder las flores, pero aun así desprendían una fragancia intensa que me rodeó y me atravesó como una bala. Al menos creo que un disparo me habría dolido igual.

¿De verdad no iba a volver? ¿Nunca más acariciaría un lienzo deteriorado o revolvería con los pinceles gránulos de colores escogidos y pesados hasta el último gramo para conseguir el tono exacto al original? ¿Qué belleza contemplarían ahora mis ojos? ¿En qué ocuparía las horas, los días… la vida? Aunque saliese bien parada de esta, sin la recomendación de Gideon nadie volvería a contratarme jamás.

En algún momento abrí la portezuela, me monté en el coche, arranqué y abandoné el aparcamiento. Mi siguiente recuerdo consciente es un semáforo en verde y un conductor tocando el claxon como un loco detrás de mí y haciendo aspavientos con las manos y la cara. Sin sonido que acompañara el movimiento de su boca, parecía un gorila enjaulado y muy cabreado. La ocurrencia me hizo sonreír, pero no arrancar, y el semáforo volvió a ponerse en rojo, para desesperación del conductor de atrás, que salió como una exhalación de su coche y se plantó frente a mi ventanilla con la misma cara de gorila pendenciero que había visto en la distancia.

Golpeteó el cristal y yo bajé la ventanilla.

—¿No ha visto el semáforo? ¡Hay que estar a lo que se está, pirada de mierda!

Respiré hondo, subí la ventanilla y fijé la vista al frente. El semáforo cambió a verde y el tipo corrió a su coche, pero yo no me moví. El coro de bocinas era ya realmente intenso y estruendoso, pero lo único que llenaba mi cabeza en esos momentos eran las palabras de Petersen. «Estás despedida. Desde este mismo momento».

Un instante después el vociferante primate estaba de nuevo junto a mi coche, gritando como un poseso y empujando con las dos manos sobre el techo. El semáforo estaba en rojo. Esperé. Cuando cambió de nuevo a verde, abrí la puerta, salí del coche, me planté frente al energúmeno y le di una sonora bofetada. Antes de que pudiera reaccionar siquiera volví a montar y aceleré calle arriba.

Apreté las mandíbulas, agarré el volante con fuerza y conduje. No lloré, pero lo cierto es que no tuve que esforzarme por no hacerlo. No tenía ganas de llorar, no estaba triste. Estaba muerta.

Conduje sin rumbo fijo, primero por las atestadas autovías de circunvalación de la ciudad y, después, por las sinuosas carreteras de la costa. Curva tras curva el hielo se fue apoderando de mi cuerpo, de mis pensamientos. Prieta la mandíbula, tensos los brazos, firme el pie sobre el acelerador. Y la mente en blanco.

Despedida. Una tras otra, la vida me había arrebatado todas las cosas que había querido o deseado. Incluso las que simplemente necesitaba. Primero a mis padres biológicos, que se deshicieron de mí como de un trapo viejo y se largaron sin echar la vista atrás, a seguir con su vida. Luego, mi propio padre adoptivo, siempre gruñendo, envidioso, egoísta. Muchas veces había pensado que la naturaleza fue muy sabia al negarles la posibilidad de tener descendencia, y que, aunque les agradecía lo que habían hecho por mí, estaba convencida de que mi vida no habría sido demasiado diferente sin ellos. Mi madre, apocada y asustadiza, incapaz de llevarle la contraria a su marido, de quien dependía en cuerpo y alma. Me quiso, me cuidó, se preocupó por mí, pero igual le habría dado ofrecer su cariño a un gato.

Luego perdí a mi abuela, la única persona que nunca me miró con desconfianza y a la que jamás le importó de quién fueran los genes que dibujaban elipses en mis células. Ella fue la que me enseñó que, cuando no sale el sol, hay que bailar bajo la tormenta.

Bailaré, entonces.

Y haré bailar a Noah, que me ha utilizado, vendido y humillado. Bailará Ferguson, y también Jack. ¡Cómo me gustaría verlos muertos a los dos! Comida para los peces, abono para la tierra… Lo que sea, pero muertos.

Y bailará Sanders al ritmo que yo toque. Él lo empezó, y él lo terminará. Después, cogeré el botín y desapareceré para siempre. Nadie se dará cuenta de que no estoy. A nadie le importa si vivo o muero. Pues bien, vosotros tampoco me importáis a mí.

El plan sigue en marcha.

15

Conseguí llegar a la cita a la hora convenida. El anodino restaurante cerca del centro de convenciones estaba atestado de gente, como esperaba, y me mezclé con las cientos de personas que participaban en los innumerables congresos empresariales y simposios que se celebraban cada semana. Nadie repararía en tres personas tan dispares como nosotros: una mujer de mediana edad, un hombre maduro de aspecto enfermizo y un atractivo joven.

Noah ya esperaba en el interior. Se había acercado al bar, desde donde podía controlar la puerta, y hacía girar sobre la barra una jarra de cerveza vacía. Se había cambiado de ropa y cuando me acerqué a él percibí el aroma del jabón sobre su piel. Se había afeitado y casi había conseguido doblegar su indómito pelo. Me plantó un beso en la mejilla antes de que pudiera evitarlo, pero no se le escapó mi gesto de rechazo ni el rápido paso que di hacia atrás.

—¿Ocurre algo? —me preguntó con la sorpresa y la alarma dibujadas en los ojos.

No tuve tiempo de contestar. En ese momento Sanders apareció a nuestro lado, tan sudoroso e inquieto como la última vez que lo había visto. Hice las presentaciones formales, aunque en realidad ya se conocían, los dos hombres intercambiaron un rápido movimiento de cabeza y le hice una seña al *maître* para hacerle saber que queríamos comer ya.

Elegimos una mesa apartada en el despoblado comedor, ojeamos la carta sin demasiado interés y encargamos la comida. Ellos pidieron una botella de vino. Yo, un vodka con hielo. Sin limón. Mi cerebro y mi sangre necesitaban mantenerse bajo cero.

—¿Qué tal tu cabeza? —le pregunté a Noah cuando el camarero se alejó. No porque me importara, sino porque lo necesitaba en buena forma.

—Esta mañana me dolía un poco, pero he tomado los analgésicos que me recetó la doctora y ahora me encuentro mejor. Gracias por preguntar.

—No deberías beber si has tomado medicinas. Podrían darte sueño.

—He probado cócteles más peligrosos y nunca me ha pasado nada. No te preocupes, estoy hecho a prueba de bombas.

—No me preocupo —añadí mientras me llevaba a los labios el vaso helado.

—¿Me he perdido algo? —interrumpió Sanders, que nos miraba a uno y a otro alternativamente.

—Jack se coló ayer en mi piso —le expliqué—. Yo no estaba, pero encontró a Noah y decidió entregarle un recado para mí. Tuvieron que darle varios puntos de sutura en la cabeza.

—Mejor a él que a ti —dijo Robert en voz baja.

—Eso no te lo voy a negar.

Comimos en silencio durante unos minutos, cada uno absorto en sus propios pensamientos, hasta que sentí la mirada de los dos hombres clavada en mí.

Ambos eran conscientes de que algo había cambiado, pero ninguno se atrevía a preguntar, así que decidí coger el toro por los cuernos.

—Esta mañana me han despedido. —El grito ahogado de

Sanders y la cara de estupefacción de Noah llamaron la atención de un par de camareros que pasaban por allí, pero, como buenos profesionales, siguieron su camino después de comprobar con discreción que todo estaba en orden—. Petersen recibió una remesa de fotos en las que se ve con toda claridad cómo Noah y yo celebramos una fiesta privada en el taller de restauración al mismo tiempo que una sombra se cuela en la sala de las joyas y se hace con el botín sin hacer saltar las alarmas ni llamar la atención. El guardia estaba concentrado en nosotros, ¿verdad, Noah?

—Pero… ¿cómo…?

—Eres imbécil —masculló mirándole fijamente a los ojos—. ¿De verdad creías que una institución como el Museo de Bellas Artes de Boston se conformaría con grabar las imágenes en un servidor local? Todo se registra en la central, donde almacenan las imágenes y las guardan durante un tiempo. Nos vieron, y no sirvió de nada pagar a Scott, y mucho menos matarlo. Nos vieron, lo grabaron y ahora estoy despedida. Jamás podré volver a trabajar en un museo. Ni siquiera me dejarán dar clases de pintura en una guardería.

—Dios mío, lo siento, Zoe…

La empalagosa y compungida voz de Sanders me revolvió el estómago. El amargo sabor de la bilis me subió hasta la garganta y me provocó una arcada que pude contener a tiempo.

—Vete a la mierda, Robert. Eres un cobarde. Tú dijiste que sí, que querías el dinero, la jubilación dorada, el Ferrari en la puerta de casa, y cuando no fuiste capaz de cumplir con tu parte, me empujaste a mí a una situación desesperada de la que no sé si saldré con vida. —Suspiré y bebí un poco más de vodka para aplacar el mal sabor de boca—. Me gustaba mi vida, Robert. No era feliz, pero no estaba mal. Adoraba mi trabajo, era por lo que me levantaba cada mañana. ¿Y qué tengo ahora? Una pistola apuntando a mi cabeza y una carta de despido en el bolso. Tú seguirás adelante, nadie sabe lo que has hecho, y Noah… Bueno, supongo que tú también reharás tu vida en un abrir y cerrar de ojos. Yo soy la única que se queda atrás, la única que lo ha perdido todo, y no estoy dispuesta a consentirlo.

Los dos hombres me miraban en silencio. Imagino que no sabían qué contestar a eso. Bebí un poco más. La comida se enfriaba en los platos. Luego ambos, como si se tratara de una coreografía bien ensayada, bajaron al mismo tiempo la vista hasta hundirla en el mantel.

—No os preocupéis por mí, hacedlo mejor por vosotros mismos. Vamos a coger esas joyas y a convertirlas en dinero con el que empezar de nuevo. Sin Ferguson, sin Jack. —Me giré hacia Noah—. Si intentas ponerte en contacto con él, no dudaré en acabar contigo.

—Pero… ¿cómo piensas hacerlo? ¡Te han echado! No puedes entrar…

—Robert, por favor… cállate —le pedí—. Ferguson me ha dado una llave maestra. Puedo entrar y puedo salir. Puedo hacer lo que me dé la gana.

—No, no puedes —me cortó Noah. Su expresión era una máscara severa. Bien, ya éramos todos conscientes de la situación—. La llave no apaga las cámaras, ni te oculta de los vigilantes. Respecto a lo de pasar de Jack, simplemente creo que te has vuelto loca. Nos vigila como un halcón, no consentirá que nos larguemos sin más. Se juega mucho.

—Nosotros nos jugamos la vida, ¿o acaso has olvidado ese pequeño detalle? Y además, ¿estás seguro de que Jack no se librará de nosotros cuando consiga lo que quiere? Nos convertiremos en testigos incómodos, tú mismo lo dijiste, tres personas que pueden identificarle. Demasiado riesgo, ¿no crees?

Noah no respondió. Le miré durante unos segundos, hasta que volvió a clavar los ojos en la mesa. Perfecto. Lo había entendido. Los tres estábamos en el punto de mira de Jack y de Ferguson, sólo nos teníamos los unos a los otros.

Había llegado el momento de exponer mi plan y calibrar las posibilidades reales de éxito que tenía.

—He estudiado los planos que le entregaste a Noah —empecé, mirando a Robert— y he recorrido mil veces los pasillos y las salas. No creo que podamos entrar cuando el museo esté cerrado, seríamos demasiado visibles y vulnerables.

—Pero es el único modo de hacerlo, no podemos llevárnoslas ante los ojos de cientos de personas —protestó Noah—. Nos detendrían antes de que pusiéramos un pie en la calle.

—La sala de las joyas sigue clausurada, allí no hay gente —expliqué.

—Pero hay cámaras —me recordó Sanders.

—Hay una sola cámara, siempre enfocada hacia la entrada. No hace barridos, no se mueve. Siempre apunta a la puerta.

—Suficiente para que nos vean, porque te recuerdo que en esa parte del edificio no hay ventanas.

—Entraremos y saldremos por la puerta, pero nadie nos verá.

—Necesitamos una distracción —intervino Noah, evitando mirarme.

—Necesitamos una distracción para entrar —asentí— y a la gente para salir. Provocaremos un incendio en la sala de servidores para inutilizar las cámaras. Allí están conectadas todas las alarmas del museo, y desde allí se activan los protocolos de seguridad y se conecta con la policía. Conozco el código numérico que abre esa puerta. Me colaré sin llamar la atención. El sábado por la mañana es el día de máxima afluencia de visitantes. Me disfrazaré para pasar inadvertida.

—Yo lo haré —dijo Noah—. Accederé a la sala e inutilizaré los sistemas. Es una excelente idea, Zoe.

No pude agradecerle que elogiara mis dotes como delincuente, pero me alivió saber que, al menos, no tenían nada que objetar a mi plan.

—El problema es que la sala cuenta con sus propios sistemas

de seguridad, incluido uno antiincendios, así que hay que ser muy certero con el lugar en el que provocar el fuego.

Noah asentía con la cabeza. Sanders, en cambio, parecía ido, con la mente en otro sitio.

—Robert, ¿me sigues?

El aludido se removió un poco en su asiento y echó un largo trago de vino, hasta apurar la copa.

—Claro —musitó.

—Bien, porque ahora viene tu parte. Saltarán las alarmas de incendio y cundirá el pánico entre el público. Aprovecharemos la confusión para hacernos con las joyas. Tú sabes dónde están las que hemos seleccionado esta mañana. Abre esas vitrinas minutos antes para que todo sea más rápido. Finge que tienes que revisarlas, lo que quieras, pero no podemos perder el tiempo una vez que salten las alarmas, ¿entendido?

Sanders cabeceó sin hablar.

—Se me ocurre un modo de conseguir que tu plan funcione aún mejor —apuntó Noah. Le brillaban los ojos.

—Provocar un incendio en el museo es muy peligroso. —Sanders habló en voz baja, pero urgente—. Puede morir gente si se produce una avalancha. ¡Podemos morir todos! Y perderse obras de arte de incalculable valor, irreemplazables…

—El fuego no saldrá de la sala de servidores, la puerta es ignífuga. Evacuarán el edificio con rapidez y todo quedará en un susto.

No parecía muy convencido, pero volvió a mover despacio la cabeza arriba y abajo.

Noah continuó hablando.

—El humo nos ocultará.

—¿No acabáis de decir que el fuego no saldrá de la sala de servidores? —exclamó Sanders.

—Y así es, pero hay más formas de conseguir una buena cortina de humo. Con las alarmas sonando, nadie dudará de que procede del incendio.

—¿Cómo lo harás? —pregunté.

—Conozco un sitio en el que venden unas bengalas de humo capaces de cubrir por completo una habitación. Son inocuas y el humo se mantendrá durante un buen rato en una habitación cerrada. Crean una espesa nube negra.

—Con eso nos ocultaremos mientras cogemos las joyas. —Me sorprendió la emoción que percibí en mi propia voz, como si estuviera a punto de alcanzar una meta imaginaria. La meta que me salvaría la vida—. Si la cámara de la sala de las joyas todavía funciona, nos esconderemos entre el humo y podremos hacerlo sin ser vistos.

—Voy a ocuparme de eso ahora mismo.

Noah sacó su teléfono y comenzó a teclear a toda velocidad sobre la pantalla táctil.

—Robert —continué—, tú estarás en la exposición de las joyas. No necesitas excusas para entrar allí, eres el comisario de la muestra. Iré a tu encuentro cuando estalle el caos y lo haremos juntos. ¿Abrirás las vitrinas? —insistí.

—Las tendré abiertas —aseguró.

—Eso es todo. Saldremos con los visitantes y los trabajadores del museo y nos marcharemos lo más rápido que podamos. Nadie debe reconocerme. Estableceremos un punto de encuentro por si nos dispersamos.

—¿Y después? Si todo sale bien, ¿qué hacemos con las joyas? ¿Cómo conseguimos que no nos maten?

—Conozco a mucha gente, marchantes, peristas y coleccionistas dispuestos a pagar una buena cantidad por una mercancía de esa categoría —les aseguré—. Nunca lo han admitido abiertamente, pero sé que parte de sus posesiones no proceden del mercado legal.

—¿Qué pasará con Jack y con Ferguson? Los dos querrán su parte.

—Nos ocuparemos de ellos.

—Te has vuelto loca —masculló Noah—, vas a hacer que nos maten.

—¡Tú vas a hacer que nos maten! ¡Tú me has metido en esto! Y también tú —añadí señalando a Sanders, que estaba tan colorado como el vino de su copa—. Los citaremos a los dos en el mismo sitio, a la misma hora, y que diriman sus diferencias entre ellos mientras nosotros nos ponemos a salvo.

—Es muy fácil para ti decir eso —susurró Sanders—, pero yo tengo una mujer, una casa, un trabajo…

—¿Y teniendo todo eso decidiste mezclarte con una escoria como Jack? Nunca pensé que diría esto, te juro que hasta ayer sentía lástima por ti, casi comprendía por qué lo habías hecho, pero ya no. Tú te lo has buscado, Robert, tú solito te has metido en este lodazal, y lo que es peor, me has metido a mí. Tú tienes familia, una casa, un trabajo… Yo me he quedado sin nada, así que no me vengas con lloriqueos. Si quieres, puedes levantarte ahora mismo y largarte de aquí. Lo haremos nosotros solos. Tú escóndete en casa y ruega para que Jack no vaya a buscarte.

Sanders parecía al borde de las lágrimas.

—Zoe —intervino Noah—, no hacía falta…

—Déjame en paz —le corté. Me limpié la boca, tiré la servilleta sobre el plato y me levanté—. Mañana a las once —dije, mirando a Sanders mientras cogía mi bolso—. Nos reuniremos en el Punter's Pub. Si no estás allí, entenderé que te has rajado. No hay problema por mí, puedes hacer lo que quieras. Noah —añadí—, nos vamos.

—¿Nos vamos? —replicó asombrado.

—No te daré la oportunidad de que vayas corriendo a avisar a Jack.

—No pensaba hacerlo —se defendió, ofendido.

—Yo no estoy tan segura, así que no pienso perderte de vista.

En ese momento mi teléfono móvil comenzó a vibrar en el interior de mi bolso. Lo saqué y reconocí el número de Ferguson.

—Sí —respondí secamente. Escuché lo que tenía que decirme y colgué quince segundos después, sin despedirme—. Tengo prisa. Nos vamos. Yo acabo de quedarme en paro, imagino que podrás pagar la cuenta.

Salí del restaurante dejando a Robert sentado a solas en la mesa para tres. Noah me siguió en silencio y se sentó a mi lado en el coche.

—Entiendo que estés cabreada —dijo al cabo de unos minutos.

—Tú no entiendes nada, ¡nada!

Conduje con los dientes apretados hasta el lugar en el que me esperaba Ferguson, una calle secundaria en un barrio residencial a las afueras de Boston en el que apenas habría nadie a esas horas del día. Ferguson había elegido bien el lugar en el que confirmar su estatus de delincuente.

A pesar de haber plazas libres, aparqué en doble fila y le pedí a Noah que se quedara en el coche.

—Volveré en cinco minutos. Dame tu móvil.

—¿Adónde vas? —preguntó nervioso.

—He dicho que volveré enseguida. Luego te lo explicaré. Dame el teléfono, no quiero que le cuentes a Jack nuestros planes.

—Te repito que no pensaba hacerlo.

—Por si cambias de opinión.

Accedió a regañadientes, pero al final hizo lo que le pedía.

Salí del coche y caminé deprisa hasta el lugar acordado. Yo tampoco quería que nadie me viera. En un barrio como ese, los desconocidos suelen llamar la atención. Ferguson me esperaba fumando en el interior de su coche. Me acerqué a su ventanilla y le dediqué una parca sonrisa.

—¿No prefiere entrar? Hablaremos más tranquilos.

—No tengo tiempo para charlas. Ni ganas. ¿Ha traído lo que le pedí?

—Me preocupa usted. La veo… fuera de sus casillas.

Me agaché un poco y apoyé los brazos en la ventanilla para poder mirarle a la cara.

—Me han despedido, me han engañado y utilizado, y tengo a un poli corrupto y a un gánster muy peligroso amenazando con matarme si no hago lo que me piden. O me mata usted, o me mata él. Así que sí, quizá estoy un poco fuera de mis casillas.

—Eso no va a ocurrir. Nadie va a matarla.

Bufé y volví a enderezarme. No quería reírme en su cara.

—¿Ha traído lo que le pedí? —insistí.

—Claro —respondió unos segundos después—. Automática, sin apenas retroceso, ligera y precisa, casi imposible fallar. Quince balas en el cargador y dos cargadores de repuesto, ¿tendrá suficiente?

—Espero que sí. —Decidí ignorar el sarcasmo de su voz. No tenía intención de entrar en su juego de provocaciones. Conozco a mucha gente así, que intenta llevar a los demás a un terreno farragoso en el que destacarán a fuerza de decir estupideces. Ya había caído demasiadas veces en esa trampa, no pensaba hacerlo ahora—. Tengo prisa. Le llamaré.

—Pronto, supongo.

—Sí, pronto.

No me despedí. Di media vuelta y regresé a mi coche con el bulto bien escondido en el fondo de mi bolso. Lo dejé en el maletero, lejos del alcance de Noah, y volví a ponerme al volante.

—¿Me devuelves mi móvil? —pidió sin mirarme siquiera.

—Lo he dejado atrás, lo siento. ¿Lo necesitas?

Se giró para mirarme en silencio durante unos largos segundos.

—No —respondió por fin—. ¿Adónde vamos?

Buena pregunta. No tenía ni idea de qué hacer ni adónde ir. Mi vida estaba vacía. Lo único que estaba planificado en mi futuro inmediato era un robo con violencia, un incendio y, quizá, un funeral. Posiblemente el mío.

Deslicé las manos del volante hasta mis muslos, donde cayeron laxas, inertes. «¿Adónde voy?», me pregunté. Noah debió de percibir mi turbación. Alargó la mano y la puso sobre la mía. La aparté como si me hubiera dado una descarga eléctrica. Él recuperó la posición inicial y suspiró.

—Podemos ir a tu casa —sugirió.

—Allí nos encontrarán, pueden venir a por nosotros en cualquier momento. Quizá Jack ya esté allí con su matón, como ayer.

—No, a tu casa de verdad.

A casa.

Negué con la cabeza.

—Conozco un hotel en Gloucester. Iremos allí. Podremos descansar tranquilos y pensar en mañana. ¿Has hecho las gestiones que tenías que hacer?

Noah asintió.

—Si tuviera mi móvil podría llamar a mi contacto y quedar con él ahora mismo…

—Cógelo —cedí tras un suspiro.

Salió del coche, abrió el maletero y volvió con mi bolso en la mano. Intenté ocultar la bolsa con la pistola mientras buscaba su teléfono, pero la forma de un arma es demasiado reconocible.

—¿Tienes un revólver? —exclamó— ¿Has comprado una pistola? ¡Estás más loca de lo que pensaba! Seguro que ni siquiera sabes usarla.

—Por supuesto que sé disparar. Mi padre me llevó a un club de tiro y a clases de defensa personal cuando tenía quince años y empecé a llegar un poco tarde por las noches. Tuve un arma mientras estuve casada, sé usarlas y no me dan miedo.

—¿Y a quién piensas disparar?

—A quien sea necesario.

Mi mirada severa le dejó claro que no bromeaba y que no dudaría en herirle si sospechaba que me la estaba jugando.

—Haz la llamada —le conminé.

Todavía sacudiendo la cabeza incrédulo, marcó un número en el teclado y se llevó el móvil a la oreja.

—¡Eh, Mike, tío! ¿Cómo te va? ¿Tienes lo que te pedí? —Escuchó durante unos segundos, mientras la sonrisa se iba ampliando en su cara—. Eres el puto amo, colega. En quince minutos estoy allí, ¿te va bien? —Otra breve pausa—. Cojonudo, tío. Hasta ahora. —Colgó y me miró—. Calle Sexta, en Telegraph Hill.

Conduje como una loca por las intrincadas calles del centro de Boston. Noah me miraba de reojo, en silencio, aferrado al asiento con los ojos muy abiertos. Serpenteé entre el tráfico con seguridad, convencida de cada maniobra, sin reducir ni un ápice la velocidad. Estuve a punto de soltar una carcajada cuando llegamos a nuestro destino y pude ver de frente la pálida cara de Noah. Él, tan valiente, tan decidido, parecía a punto de vomitar. O de bajarse del coche y besar el suelo. Cerró los ojos un instante y respiró hondo antes de soltar el cinturón de seguridad y girarse hacia mí. Le brillaban los ojos, no sé si por el miedo o por la furia, pero no había nada que me importara menos en esos momentos que averiguarlo.

Bufó en mi cara.

—¿Sabes? —me escupió—. No estaba previsto que borrara las imágenes de nuestro… encuentro en el taller. No era de mi incumbencia, yo sólo tenía que mantener a los guardias entretenidos durante un rato. Pero pensé que, si nadie se enteraba de que tú estabas allí, podríamos seguir viéndonos después del robo. Por eso le pedí a Scott que eliminara las imágenes, por eso le pagué y por eso volví con Tom más tarde, para que nadie supiera que tú estabas allí.

—También ocultabas tu presencia en el museo —protesté.

—¡A mí me daba igual! No era ningún secreto que nos veíamos. Iba a buscarte cada tarde, te esperaba en el aparcamiento, a la vista de todo el mundo, cenábamos en restaurantes del centro y las cámaras de tráfico me habían captado decenas de veces yendo y viniendo a tu casa. Ambos habríamos podido demostrar que no estábamos implicados en el robo, pero tú te habrías quedado sin trabajo. Por eso lo intenté, quería limpiar tu nombre. No pensé que habría más imágenes…

—No pensaste muchas cosas —añadí—. Cuando volviste esa noche, Scott murió. Dices que Tom le disparó. Me esfuerzo cada día por creerlo.

—Entonces fue cuando se empezó a torcer todo de verdad. —Habló en voz tan baja que me costó entenderlo—. Tom se asustó y huyó con las joyas, colocándonos a ti y a mí en el punto de mira de Jack.

Medité sobre lo que me acababa de decir. La primera de las muchas capas de hielo que me cubrían se resquebrajó un poco, pero no lo suficiente.

—No hubiera funcionado en ningún caso —afirmé.

—Eso no lo sabes.

—Oh, vamos, por supuesto que lo sé. —Respiré profundamente y levanté los ojos hasta mirarle de frente. Él me sostuvo la mirada, expectante—. Creo que tu amigo te estará esperando —le dije.

Casi pude ver cómo se desinflaba. Cabeceó en silencio y se dispuso a salir del coche.

—Tu móvil —le pedí.

—Ni lo sueñes. Tendrás que aprender a confiar en mí.

—Eso va a ser muy difícil a estas alturas, ¿no crees?

Salió del coche sin decir una palabra más y se dirigió veloz hacia uno de los portales que se abrían en la acera de enfrente. Se detuvo ante uno, hizo una breve llamada telefónica y desapareció en el interior del edificio.

Pensé en lo que acababa de decirme. Me negaba a creer que en aquellos momentos se preocupara por mí, por mi reputación o por mi trabajo. Sólo trataba de borrar sus huellas y, de paso, apuntarse un tanto a los ojos de la estúpida de su novia.

Cierto que podía haberme dejado con el culo al aire, literal y metafóricamente, pero quizá el recuerdo de los buenos ratos pasados sacó la escasa caballerosidad que albergaba en su interior. Caballero… Noah sólo era un ladrón y un mentiroso, un manipulador profesional, un *gigolò* bien alimentado.

Le vi alejarse y entrar en uno de los apretados portales que partían la uniforme fachada grisácea de la calle Sexta. Observé la vida a mi alrededor, pero apenas encontré nada en lo que centrar mi atención, así que volví a clavar la vista en el portal que se había tragado a Noah. Estudié las alineadas ventanas. Ninguna se iluminó de pronto, todas las cortinas continuaron inmóviles y no distinguí ninguna silueta en el interior de las viviendas.

Un puñado de adolescentes arrastraban los pies por la acera. Las cargadas mochilas que acarreaban a la espalda testimoniaban que venían del instituto y que no habían pasado por casa, algo que no harían seguramente hasta bien entrada la tarde. Fumaban, indolentes, y el humo dibujaba voluptuosas estelas que dejaban atrás como el rastro de un avión. Reían y se empujaban unos a otros, alegres y despreocupados, con la estupidez propia de la edad.

Cuando Noah volvió los chavales sólo eran una pequeña mancha coloreada al final de la recta calle. Llevaba una abultada bolsa azul colgada de una mano y el móvil en la otra.

—¿Te ha llamado alguien? —le pregunté cuando se sentó a mi lado.

—No, nadie —respondió. Dejó la bolsa de plástico entre sus pies y clavó la vista al frente—. Tengo lo que necesitamos, ¿dónde vamos ahora?

No contesté.

Salí a la carretera y di un par de vueltas a la rotonda antes de coger la salida correcta, la que nos llevaría a Gloucester. Seguí la interestatal 93 hasta el desvío de la 95, que cambié poco después por la autopista estatal 128. Era la segunda vez que hacía ese recorrido. La primera fue hacía muchos años y también llevaba a un hombre en el asiento del copiloto, un abogado encantador con las manos muy largas y, según supe después, una mujer embarazada en su casa. Por eso insistió en que fuéramos a Gloucester, para no encontrarse con ningún conocido en Boston, y no por el romanticismo que, según él, rezuma la localidad costera. Embustero y traidor. Una sonrisa perfecta, la corbata ligeramente torcida, el botón de la camisa desabrochado… Todo tan ensayado y repetido que, más tarde, sentí náuseas de mí misma por haber caído en un truco tan viejo y absurdo. Me juré que no volvería a ocurrir, pero parece que no soy mujer de palabra.

No recordaba el nombre del hotel en el que pasé aquella noche, y en realidad tampoco importaba, porque no tenía intención de atraer a los fantasmas de la Zoe pasada alojándome en el mismo sitio. Entré despacio en el casco urbano y oteé a derecha e izquierda en busca de un lugar decente. Había tantos que resultaba difícil elegir. Noah seguía callado a mi lado, sujetando la bolsa azul con los pies y con la vista fija al frente.

Aparqué en el primer sitio que encontré libre y me dirigí al hotel mas cercano. Entré, saludé al recepcionista y pedí dos habitaciones sencillas. Noah, que se había materializado a mi lado en el mostrador, se limitó a dejar su documentación sobre la pulida encimera y a firmar donde le indicó el atento joven.

Esta vez me entregó el móvil sin protestar mientras subíamos en el ascensor. Lo apagué delante de él y lo guardé en el bolso.

—¿Cenarás conmigo? —me preguntó mientras abría la puerta de mi habitación, contigua a la suya. Empujé la hoja de madera, entré y cerré a mi espalda. No tenía intención de verle hasta mañana por la mañana.

La habitación disponía de una pequeña terraza con vistas al mar. Estaba atardeciendo, y las luces violáceas del cielo se mezclaban con las brillantes bombillas amarillas que recorrían el paseo marítimo y provocaban inciertos y bailarines destellos sobre la superficie del mar. Una algarabía de gente paseaba arriba y abajo por el malecón adoquinado, disfrutando de la tarde de verano mientras decidían adónde irían a cenar.

Me quité los zapatos, acerqué una de las tumbonas a la barandilla de la terraza y me acomodé con los pies en alto, sobre el metal que me protegía de caer al vacío.

Cerré los ojos y dejé la mente en blanco. Ignoré la vibración de mi móvil sobre la cama y los suaves golpes en la puerta. Me quedé quieta, en silencio, esperando que alguien viniera a decirme que la función había terminado, a arrancarme de esta pesadilla absurda, pero nada de eso pasó. Seguí ahí, viendo el sol desaparecer, el cielo teñirse de negro, plenamente consciente de que quizá mañana a esa misma hora podía ser un frío cadáver sobre una mesa de autopsias. Esa imagen empezaba a ser tan recurrente en mi cabeza que había dejado de ser una foto fija para convertirse poco a poco en una película en tres dimensiones, real y aterradora.

Permanecí en la terraza hasta que la fresca brisa marina me provocó un escalofrío. Me levanté entonces de la tumbona y entré en la habitación. Llevaba una chaqueta fina en el bolso, me la puse, me arreglé un poco el pelo y salí a la calle. Tenía hambre. Pasé por delante de la habitación de Noah, pero no me molesté en llamar a la puerta.

Me uní a la marea de gente que deambulaba entre los restaurantes del paseo y ocupé una mesa para dos en uno de ellos, justo al lado del murete rocoso que separaba la playa de la zona civilizada. Oía el mar y podía ver la espuma de las olas que rompían en la arena, para deleite de algunos niños que, con los pantalones remangados, jugaban bajo la atenta mirada de sus padres. Un metro más allá de esos juegos infantiles el océano era un inmenso y rugiente agujero negro.

Pedí una cena sencilla y una botella de vino blanco. Me vendría bien para intentar conciliar el sueño.

Pensé que la mano que se apoyó sobre la mesa pertenecía al camarero, pero levanté la mirada, sorprendida, cuando comprobé que no venía acompañada de comida ni bebida. Noah me miraba desde arriba. El pelo, revuelto por el viento, se balanceaba ante sus ojos azules.

—¿Me estás siguiendo? —le pregunté, apartando la mirada.

—No —se defendió él—. Llevo un buen rato paseando por la playa y acabo de verte. Pensaba cenar antes de volver al hotel, pero buscaré otro lugar. No quiero molestar.

Se enderezó, dispuesto a marcharse.

—Puedes quedarte si quieres —dije sin pensar—. Yo ya he pedido.

Como para darme la razón, el camarero se materializó en ese momento con mi pescado, la botella de vino y una copa. Miró a Noah, un tanto sorprendido, y le preguntó si iba a cenar.

—Sí, tomaré lo mismo que ella, por favor.

Diligente, el mesero colocó un nuevo servicio, apuntó el pedido y se alejó.

—No tienes que esperarme —dijo Noah—, el pescado frío está asqueroso.

Asentí y me llevé a la boca la primera porción. En otras circunstancias habría dicho que estaba delicioso, pero en ese momento la bilis que había subido hasta mi garganta lo empapaba todo de un desagradable regusto amargo. Comí en silencio, como si siguiera sola, mientras Noah miraba hacia el restaurante y la playa alternativamente, evitando en todo momento establecer contacto visual conmigo.

Seguimos igual cuando él también tuvo la cena delante, sin hablar ni mirarnos, aunque pendientes el uno del otro. Yo le observaba por el rabillo del ojo mientras fingía contemplar la arena, y a él le sorprendí mirándome en un par de ocasiones con el ceño fruncido.

Ambos rechazamos el café y nos concentramos en acabar con el vino que quedaba en la botella.

—Sabes que tu plan es una estupidez y harás que nos maten a todos, ¿no?

Le observé sorprendida desde detrás de mi copa de vino.

—Pensé que estabas de acuerdo.

—Me refiero a tu decisión de esquivar a Jack.

—Y a Ferguson, no te olvides del inspector. —Noah cabeceó. No lo había olvidado—. ¿Le has llamado?

—No.

Decidí creerle. Seguía sin confiar en él, pero en ese momento no había mucho más que pudiera hacer. Me acomodé en mi asiento y le hice una seña al camarero para pedirle otra botella de vino.

—Esta tarde me he dado cuenta de que apenas sé nada de ti —le dije cuando el vino estuvo descorchado, servido en las copas y la botella hundida en una cubitera con hielo—, y lo poco que sé, dudo si es cierto o inventado.

Noah me miró unos instantes y se recostó en la silla.

—Hay un poco de todo, supongo. Te he contado una parte de verdad, y otra de realidad adornada, como me gusta llamarla.

—Mentiras.

—Sí, mentiras, pero que me sirven para ocultar un pasado que no me gusta.

—¿De dónde eres?

—Nací en Boston. De hecho, la casa en la que crecí no está muy lejos de la tuya.

—¿Viven tus padres?

Noah asintió con la cabeza.

—Sólo tengo madre. Bueno, supongo que también tengo un padre, pero no sé quién es ni dónde está. Ni me importa. Tengo un hermanastro cinco años mayor que yo. Su padre también se largó. La última vez que supe algo de mi hermano se había alistado en el ejército y estaban a punto de enviarlo a una misión en Afganistán. No sé si ha vuelto, si sigue vivo o qué ha sido de él.

—¿Y no tienes curiosidad por saberlo?

Se encogió de hombros.

—A veces pienso en él, me pregunto si estará bien, si habrá formado una familia, si seguirá siendo el hombre recto y honrado que pretendía ser cuando me despedí de él o si habrá terminado como yo, pero luego pienso que seguramente él no querrá saber nada de mí, como mi madre.

—¿Tu madre…?

—Me echó de casa hace muchos años. Supongo que se cansó de venir a buscarme a la comisaría, de pagar mis fianzas y de visitarme en el reformatorio. No era una madre modelo, por decirlo de algún modo. Recuerdo quedarme solo en casa desde muy pequeño porque ella tenía «un plan», y nunca le importó si iba al instituto o me quedaba en mi habitación durmiendo, siempre que no la molestara demasiado. Cuando la asistencia social se le echó encima por mis fechorías, me largó sin contemplaciones.

—¿Has estado en la cárcel?

—No, sólo en centros juveniles. Se supone que son sitios en los que te enseñan un oficio y a ser una persona con valores y esas cosas, pero te aseguro que allí es donde aprendí a buscarme la vida y donde hice la mayor parte de los contactos que me han traído hasta aquí.

—Algo de tu parte pondrías —le rebatí—. Al final, cada uno sigue el camino que decide transitar. ¿Nunca te has planteado buscarte un trabajo honrado?

Me lanzó una mirada afilada que yo ignoré. Dos a cero.

—Trabajo en lo que me sale. De camarero, aparcacoches, mozo de carga en el muelle, peón en una obra… Pero apenas consigo dinero para pagar el alquiler, así que tengo que recurrir a mis amigos para redondear mi salario. Pequeños engaños y estafas, hurtos de escasa importancia, algo de contrabando, incluso pesca furtiva. Una vez robamos una lancha fueraborda y nos dedicamos a pasear a los turistas por la bahía. Cobrábamos un buen

217

dinero, pero no tardaron en descubrirnos, así que tuvimos que dejar la embarcación a la deriva y huir a nado cuando empezaron a perseguirnos los guardacostas.

—Eres un buscavidas.

—Algo así, pero quítale la parte romántica que suele acompañar a las historias como la mía en las películas. No hay nada de Paul Newman en mí, te lo aseguro.

—¿Y Jack? ¿De dónde ha salido ese tiburón? Porque me da la sensación de que te tiene cogido por las pelotas.

El rostro de Noah se ensombreció de pronto. Apartó unas migas de la mesa con el dorso de la mano e hizo un montoncito con ellas mientras buscaba qué decir.

—Jack es amigo de un amigo. Un profesional, no un pelagatos como yo y como la gente con la que solía moverme. Fue Tom quien me lo presentó y me contó que aliándonos con él podíamos conseguir unos buenos miles de dólares. Pensé en comprarme un coche, en hacer un viaje… Sonaba bien, parecía fácil, emocionante. Nuestra misión consistía en recoger la mercancía y llevársela a Jack. Después, él se encargaría de venderla y nos daría nuestra parte. Sencillo, ¿no? Un simple trabajo de mensajero. Pero cuando Sanders se echó atrás todo se complicó. Jack ideó un plan para conseguir las joyas, algo mucho más arriesgado y nada divertido. Era la primera vez que hacía algo que podía dar con mis huesos en la cárcel.

—Pudiste decir que no.

—Ya conoces a Jack. Nadie le dice que no. Tú no has podido negarte.

Asentí en silencio. Si me hubiera negado, hoy estaría en el fondo del mar con los clásicos zapatos de cemento a modo de ancla, alimentando a las langostas. Jamás me encontrarían y nadie me echaría de menos. De hecho, estaba convencida de que ya tenía una bala con mi nombre en su revólver.

El reloj corría, eran más de las once y los camareros habían

218

empezado a recoger las mesas y las sillas. Capté algunas miradas indisimuladas hacia nosotros y supe que había llegado el momento de retirarse.

Paseamos en silencio hasta el hotel y me dirigí directamente a mi habitación.

—Zoe… —me llamó desde la suya.

—Ni se te ocurra llamar a mi puerta.

Cerré a mi espalda y eché el pestillo antes de encender todas las luces y dejarme caer sobre la cama. Me dormí así, vestida y calzada, preparada para huir si fuera necesario. Me hundí en una sucesión de pesadillas que terminaban siempre igual, conmigo hundida en el agua, luchando por una molécula de oxígeno, boqueando como un pez y deslizándome cada vez más hacia la oscuridad.

Quizá morir fuera así. Quizá, mientras esperas la muerte, en tus últimos estertores, cuando luchas por respirar en un combate agónico perdido de antemano, tu mente cae en el abismo hasta apagarse por completo, hasta desaparecer, hasta convertirte en nada.

16

No tuve que insistir para despertar a Noah. Llamé a la puerta de su habitación a las seis de la mañana, cuando el sol sólo era una franja coloreada sobre el mar, y él abrió pocos segundos después, lúcido y despejado, vestido y aseado.

—Es de día —le dije simplemente.

Quizá debí decir que era «el» día. Me giré sin esperarle y salí del hotel. Sabía que estaba detrás de mí. Podía oler en su piel el jabón cortesía del hotel, el mismo que yo había utilizado poco antes para arrancarme de la cabeza los últimos jirones del mal sueño.

—¿Quieres desayunar? —me preguntó cuando se puso a mi lado.

—Tengo el estómago cerrado.

—A mí me sucede lo mismo.

Noah llevaba la bolsa de plástico con las bombas de humo firmemente asida debajo del brazo.

—Todavía estamos a tiempo de acudir a la policía —murmuré cuando llegamos a mi coche. Fue un momento de flaqueza del que me arrepentí al instante. Me senté detrás del volante y lo aferré con fuerza para disimular el temblor de mis manos.

—Ferguson es policía, ¿lo recuerdas? Y aún no ha hecho nada ilegal, no le costará decir que te lo estás inventando todo. Y luego hará que te maten.

Estaba en lo cierto. No tenía ninguna prueba de las amenazas del inspector, ni de que me estuviera instigando y amenazando para que cometiera un robo en su propio beneficio. Era mi palabra contra la suya. La amante de un ladrón contra un policía con un historial intachable. No tenía nada que hacer. Recordé la bala. Quizá Ferguson también había grabado mi nombre en una.

—Me preocupa Sanders —reconocí más tarde, cuando ya enfilaba el viaje de regreso a Boston—, está tenso, distraído.

—¿No podemos dejarlo al margen?

—No, sólo él puede entrar en la sala de las joyas sin llamar la atención. Yo tengo una tarjeta maestra, pero sólo existe una llave que abra las vitrinas. Le necesitamos.

—Entiendo… ¿Cuándo has pensado…?

—A mediodía —respondí, comprendiendo lo que me preguntaba sin palabras—. Entonces la afluencia de público es mayor. Yo me camuflaré entre los visitantes y tú tendrás que colarte en la sala de servidores con la tarjeta que me dio Ferguson. Te anotaré el código numérico para entrar. Tendrás que darte prisa, no sé cuánto aguantará Sanders.

—Si pierde los nervios, estamos acabados.

—Lo sé.

Conduje en silencio el resto del camino. Sentí de vez en cuando la mirada de Noah sobre mi perfil, pero no desvié ni un milímetro la vista de la carretera ni pronuncié una sola palabra. Para evitar cualquier conato de conversación, busqué una emisora de *rock* y subí el volumen al máximo que mis tímpanos toleraban. Noah debió de captar la indirecta, porque fijó la vista en el paisaje y no se movió en la media hora que tardamos en llegar a mi apartamento.

El coche de Ferguson volvía a estar frente al edificio. Distinguí su codo asomando por la ventanilla abierta y una bocanada de humo salió flotando del interior del vehículo.

—El inspector está aquí. —Noah señaló con la cabeza el sedán oscuro junto a la acera—. No me sorprendería que Jack también anduviera al acecho.

—Buitres sobrevolando la carroña.

—Jack dijo que vendría esta tarde para recoger el botín.

—Nadie va a poner un pie en mi casa. Ni Jack, ni Ferguson. —Me volví hacia él—. Ni tú. Nos reuniremos a las once en el Punter's Pub. Sé puntual.

Noah me miró con los ojos muy abiertos e hizo ademán de empezar a hablar, pero cambió de opinión y volvió a apretar los labios sin decir nada. Le devolví su móvil, salí del coche y esperé a que él hiciera lo mismo antes de pulsar el cierre electrónico. Al otro lado del aparcamiento, Ferguson seguía enviando volutas de humo a la atmósfera.

—¿Ya no te preocupa que me ponga en contacto con Jack, que le diga dónde vamos a estar y cuándo?

—Demuestra que eres inteligente y revisa tus alianzas, Noah. Jack te matará antes o después. Yo me limitaré a mandarte a la mierda.

Esbozó una mueca irónica y hundió las manos en los bolsillos de su pantalón.

—Jack nos matará a los dos.

—No si yo disparo primero.

—No sabes con quién te la juegas —añadió mientras comenzaba a alejarse.

—Nunca menosprecies a alguien que no tiene nada que perder.

Di media vuelta y me encaminé hacia el portal mientras, supuse, Noah pensaría en el modo más rápido de llegar a su casa. Mi móvil comenzó a vibrar en cuanto estuve sola. Sabía que era Ferguson y decidí ignorarlo. El teléfono sonó un par de veces más antes de enmudecer definitivamente.

No pude evitar sentir un escalofrío cuando abrí la puerta de mi apartamento, temiendo que Jack y su gorila me esperaran al otro lado. Por suerte, esta vez no había nadie.

Tiré el bolso sobre el sofá, me libré de los zapatos en el salón y entré en la cocina para prepararme un desayuno en condiciones. Estaba muerta de hambre. Me sorprendió no sentirme nerviosa a pesar de que la cuenta atrás estaba a punto de llegar a su fin. Ni siquiera oía el tictac machacón que llevaba una semana torturándome. Quizá es que me había vuelto loca del todo.

Disfruté de un desayuno copioso y entré en mi habitación para vestirme con la ropa más anodina que pudiera encontrar. Necesitaba pasar desapercibida, así que elegí un pantalón holgado, una camisa y unas sandalias sin tacón. Me recogí el pelo en una coleta y me cubrí la cabeza con una gorra oscura con visera que lucía el logo de una empresa marítima, lo que me haría parecer una turista más de paso por la ciudad. Me pinté los labios, algo que no suelo hacer, y contemplé el resultado en el espejo.

Saqué después una pequeña bolsa de viaje y metí las bombas de humo y todo el dinero que tenía en efectivo en casa, además de algunos útiles de aseo, ropa interior y una camiseta. Cerré la cremallera y lo observé con ojo crítico. Podía pasar por uno de esos bolsos enormes que llevan algunas mujeres; esperaba que no llamara la atención de Ferguson cuando me viera salir.

Consulté el reloj. Faltaban cincuenta minutos para la hora convenida.

Eché un vistazo a mi alrededor. Era probable que nunca más volviera a ese apartamento, pero no conseguía encontrar un mínimo de empatía con nada de lo que me rodeaba. Todo me resultaba frío, ajeno, superfluo. Nada de lo que allí había me identificaba. Y luego pensé con amargura que quizá ya era demasiado tarde para empezar a buscar mi verdadero yo. Jack me mataría. O Ferguson. O uno de los guardias del museo. De hecho, el vigilante del acné parecía muy ansioso por probar su revólver.

Recuperé el bolso que había dejado tirado, me senté en el sofá y saqué el arma que Ferguson me había proporcionado. Comprobé que el cargador estaba lleno y que las balas no eran de fogueo, sino que contaban con su correspondiente proyectil. Habría sido una jugada muy rastrera por su parte darme un arma con munición inútil. Enarbolarla me convertiría de inmediato en una diana.

Saqué después el móvil. Llevaba mudo tanto rato que temí que se hubiera quedado sin batería. Estaba encendido y operativo, pero nadie había llamado ni había recibido ningún mensaje. Ninguno de mis compañeros del museo había siquiera intentado ponerse en contacto conmigo para interesarse por mi estado, por lo que había ocurrido o por mis planes de futuro. Nadie había intentado consolarme o darme ánimos. No le importaba a nadie. ¿Tan mala persona había sido en los últimos años? ¿Tan encerrada en mí misma y concentrada en mi trabajo había estado como para haber sido incapaz de hacer ni un solo amigo? ¿Nadie? Aunque tal vez se habían enterado de las circunstancias de mi despido y preferían no mezclarse con alguien tan deleznable como yo, capaz de dejarse arrastrar por sus más bajos instintos en el sacrosanto taller de restauración.

No puedo negar que me sentí decepcionada y dolida. Esperaba un poco de solidaridad por parte de quienes habían estado a mi lado durante tanto tiempo, algo de empatía por su parte, una palabra amable, y no este acusador mutismo.

El hielo se espesó un poco más alrededor de mi cerebro. Que les den. ¿Quién los necesita? ¿En qué momento de locura quise parecerme a ellos? ¿Qué tipo de paranoia me hizo desear lo que ellos tenían, unos niños gritones, unos padres inaguantables, una casita en la playa que sólo era un saco sin fondo en la que siempre necesitaban invertir más y más dinero?

Comprobé que todo estaba bien guardado en la bolsa, salí de casa, di dos vueltas a la llave en la cerradura y me marché sin mirar atrás.

Saludé a Ferguson con la mano cuando pasé a su lado con el coche y conduje despacio hasta el museo. Sentía el corazón en la punta de los dedos, me temblaban las rodillas y apretaba el volante con tanta fuerza que los nudillos me blanqueaban, pero me obligué a respetar las señales y los límites de velocidad. Tenía a Ferguson pegado a mí, podía ver su asquerosa cara por el espejo retrovisor, sus ojos claros ocultos tras unas gafas de espejo y un pitillo humeante colgando de sus resecos labios.

Tuve que recordarme a mí misma que no podía aparcar en el interior del recinto del museo, que ya no era bienvenida allí y que, además, no debía delatar mi presencia en el edificio. Encontré un hueco libre a cincuenta metros de la entrada principal y apagué el motor. Poco después, el sedán de Ferguson pasó a mi lado y siguió adelante. Valoré la posibilidad de ocultar el coche en las calles adyacentes, pero finalmente decidí tenerlo cerca para poder alejarme con rapidez cuando todo terminara. Si es que todavía era capaz de andar.

El bar en el que habíamos acordado reunirnos estaba muy cerca de allí. Faltaban diez minutos para la hora convenida. Decidí esperar en el coche. No quería que ningún imbécil se sintiera obligado a hacerme el favor de acompañarme. Cerré los ojos e intenté pensar en qué haría después, dentro de una hora, cuando tuviera en mi poder tres millones de dólares en joyas. Tendría que desaparecer una temporada, eso por supuesto, e hice un listado con los lugares en los que podría perderme. Tardaría un tiempo en poder cambiar las gemas y los metales preciosos por dinero contante y sonante, así que tendría que ser un sitio asequible y discreto. Podría conducir hasta Nueva York y mezclarme con los millones de desconocidos que pueblan la Gran Manzana. O podría volver a casa, a Nahant, meterme en la cama y consumirme hasta desaparecer. Cualquiera de las dos opciones me parecía igual de apetecible.

El corazón me dio un vuelco cuando la puerta del copiloto se abrió de pronto y unas largas piernas enfundadas en un pantalón vaquero se doblaron levemente para poder entrar en el habitáculo.

—Te he visto al pasar —dijo Noah a modo de saludo—. ¿No ha llegado Sanders?

—No he entrado —respondí cuando me recuperé del susto—. Pensaba ir ahora.

Pero no me moví. Hacerlo significaba que tendría que seguir adelante, actuar, y en ese momento empezaba a dudar de querer hacerlo. Dudaba de ser capaz de hacerlo. Noah me miró en silencio un momento, hasta que desvió la vista para seguir con los ojos el lento paso de un sedán oscuro a nuestro lado.

—Ferguson —murmuró sin más.

—Sí —dije, como si la evidencia necesitara alguna confirmación—. No se ha despegado de mí. ¿Y Jack? ¿Te ha llamado?

—No.

La falta de noticias no me tranquilizó.

—Estamos jodidos.

No creí haberlo dicho en voz alta, pensé que sólo había sido un pensamiento, pero al instante sentí la mano de Noah sobre la mía y su voz chocó contra la capa de hielo de mi cabeza.

—El plan es bueno, podemos hacerlo.

Retiré la mano de debajo de sus dedos y le miré.

—El plan es una mierda, todo podría salir mal, cualquier imprevisto significará la cárcel o la muerte.

—Nada va a salir mal. Lo hacemos, le entregamos el botín a Jack y nos olvidamos del asunto.

—Estás loco… Estás loco o eres imbécil, o un iluso, no lo sé. Jack no dejará cabos sueltos, y aunque se sienta tan magnánimo como tú esperas, te olvidas de Ferguson. Él también quiere el botín, y además se ha ofrecido voluntario para ocuparse de Jack, cosa que tu matón no hará con el poli, así que creo que, en todo caso, la opción de Ferguson es mejor. —Noah sacudió la cabeza en silencio—. De cualquier modo, yo ya he tomado mi propia decisión.

226

—Lo sé, y creo que cometes un tremendo error.

Ni siquiera le miré.

—Vamos, Sanders estará al llegar.

Caminamos en silencio hasta el *pub* y nos adentramos en la sombría atmósfera del local, tan distinta del luminoso día que dejábamos a nuestra espalda.

Pedí un café, Noah una cerveza y ocupamos dos taburetes junto a la barra, de cara a la puerta.

Pasaban diez minutos de las once cuando Sanders se dignó a presentarse.

—¡Robert! Por fin has llegado.

—Lo siento, lo siento —susurró—. Tenía que salir sin llamar la atención y mi ayudante no dejaba de hablar y entregarme papeles. He venido en cuanto he podido, de verdad.

—Lo sé, lo sé —dije, intentando tranquilizarle. En ese estado no sólo no me servía de nada, sino que era un auténtico peligro.

Le temblaban las manos y tenía los ojos de un loco. Miraba de un lado a otro, giraba la cabeza como un búho y llevaba la camisa empapada de sudor.

—¡Tienes que calmarte! —le susurró Noah, igual de preocupado que yo.

—Tengo mucho miedo, Zoe.

Le temblaba la voz y parecía a punto de echarse a llorar.

—Yo también. Pero debes tranquilizarte.

Le hice una seña al camarero y le pedí un *whisky*.

—Tómatelo —le animé cuando lo tuvo delante—, te hará bien.

Sanders aceptó el vasito y se lo trasegó de un golpe. Hizo una mueca de desagrado, pero levantó la copa para pedir otro, que desapareció a la misma velocidad.

—¿Qué vamos a hacer? —preguntó con la voz quebrada.

—Lo que habíamos planeado. Quiero que estés en la sala de las joyas dentro de media hora. No salgas para nada, no contestes al teléfono. Deshazte de Rachel, ponle una excusa, mándala a algún sitio, lo que quieras, pero tienes que estar solo. Si te reclaman, di que estás muy ocupado con la próxima exposición y pide que no te molesten. —Robert asintió con la cabeza—. Noah se ocupará de las cámaras. Abre la puerta en cuanto salte la alarma de incendios. Yo estaré al otro lado. Si todavía te están viendo pensarán que vas a salir. Lanzaré la bomba de humo antes de entrar. Acuérdate de abrir las vitrinas. Finge que vuelves a cerrarlas, pero déjalas abiertas, ¿de acuerdo? —Asintió de nuevo. Parecía más calmado, los ojos ya no le giraban a toda velocidad dentro de las órbitas—. Saldremos juntos del museo, nos reuniremos con Noah y nos largaremos de aquí. Mi coche está a pocos metros de la entrada, será fácil desaparecer entre el caos y el tumulto. Ahora, vuelve a trabajar. ¿Estás bien?

—Sí. Gracias, Zoe. Si no morimos hoy será gracias a ti.

—Saldremos de esta. Y mañana saldaremos cuentas.

—Sí, mañana. De acuerdo.

Sanders fingió una sonrisa de despedida y se marchó.

—Es un lastre —dijo Noah cuando la puerta volvió a cerrarse.

—No podemos hacerlo sin él —lamenté—. Le necesitamos para que abra las vitrinas. Sólo él puede hacerlo.

—Lo sé, pero me preocupa mucho, está asustado y descentrado.

—Intentaré calmarle.

—Lo echará todo a perder —insistió, sacudiendo la cabeza.

—¿Quieres dejarlo ya? —Bufé y aparté de un manotazo el café que se había quedado frío en la taza sin que apenas lo hubiera probado—. Lo hará.

Pedí una Coca-Cola y me la bebí en silencio, con la vista fija en el televisor del fondo. Escuché la previsión del tiempo para las próximas horas (pronosticaron un aumento de las temperaturas, con tormentas por la tarde), me enteré de las últimas noticias sobre los Celtics y vi las espantosas imágenes de un incendio en un centro comercial en algún lugar del mundo. Gente llorando, carreras descontroladas, llamas, el agua de las mangueras desde la calle, inútiles ante la voracidad del fuego, y cientos de ojos que miraban atónitos la catástrofe que se desarrollaba a escasos metros de ellos. Quizá unos minutos antes estuvieran dentro del edificio y se habían librado de la muerte por los pelos. No creía que yo tuviera esa suerte.

—Deberíamos irnos.

La voz de Noah me sacó de mi ensimismamiento. Consulté mi reloj y comprobé que faltaban veinte minutos para el mediodía.

Anoté en una servilleta la serie de ocho números que le abriría la puerta de la sala de servidores y se la pasé a Noah.

—Entraremos por una de las puertas laterales de uso exclusivo para el personal del museo. No habrá nadie hoy sábado. Sólo hay una cámara, pero hace mucho tiempo que varios de mis excompañeros modificaron su ángulo para poder salir a fumar sin que nadie contase los minutos que faltaban de su puesto. Esa puerta se abre y se cierra constantemente y los vigilantes lo saben, por lo que no lo tendrán en cuenta si el sistema los avisa de un nuevo acceso, siempre que sea con un pase legal, y nosotros tenemos uno. Después iré contigo hasta la sala de servidores, acercaré la tarjeta magnética para que puedas introducir la clave y te cubriré mientras entras. Sal cuando se desate el pánico y espérame junto al coche, ¿de acuerdo?

—De acuerdo.

Caminamos en silencio hasta la entrada, con la cabeza agachada y la gorra calada por si la cámara había recuperado su orientación inicial, acerqué la tarjeta al lector y la lucecita roja cambió a verde. Un suave clic nos indicó que la cerradura se había liberado, tiramos de la manilla y nos colamos en el interior lo más rápido que pudimos. Estábamos dentro. Sudaba copiosamente y la bolsa que colgaba de mi hombro parecía pesar cien kilos, pero tenía que seguir adelante. Cruzamos un breve pasillo y accedimos al vestíbulo del museo.

La gente pululaba a nuestro alrededor. Jóvenes gritones con camisetas de un campus de verano, ordenados grupos de jubilados que seguían sonrientes y en silencio a su guía, familias que aprovechaban la mañana de verano para poner a sus hijos ante extraordinarias obras de arte, convencidos de que la semilla que pretendían sembrar en sus pequeños cerebros germinaría y haría de ellos adultos sensibles y educados. Ingenuos… Esos padres eran incapaces de ver cómo sus retoños arrastraban los pies por las baldosas, cómo caminaban con la vista fija en sus *smartphones*, cómo ignoraban sin disimulo toda la belleza que los rodeaba.

—Pide un plano del museo —le indiqué a Noah, que se acercó a uno de los mostradores y cogió uno sin importarle el idioma en el que estaba impreso.

Me lo entregó sin preguntar para qué lo quería.

—Pasa un minuto de las doce —dijo—, espero que Sanders esté en su puesto.

—Yo también.

Caminamos despacio por el amplio vestíbulo, siguiendo el paso de los visitantes y evitando con plena consciencia el mostrador de los vigilantes y las obras más relevantes y, por tanto, más vigiladas. Los celadores, perfectamente uniformados de azul marino, supervisaban el acceso a las salas, resolvían dudas e intentaban controlar la afluencia de público desde el rincón en el que permanecían apostados. Imposible. Y eso era bueno para nosotros.

Había mucha más gente de lo que yo esperaba, lo cual nos beneficiaba para entrar, pero podía entorpecer nuestra huida.

Llegamos hasta la puerta de la sala de servidores, me situé a un lado del teclado y desplegué el plano que Noah había cogido en la taquilla. Era lo bastante grande como para ocultar nuestros torsos de la vista de los demás.

—La tarjeta está en mi bolsillo de atrás —susurré.

Los dedos de Noah se deslizaron por mi trasero a la velocidad del rayo. Manos de ratero, pensé, rápidas y bien adiestradas. Escuché el pitido característico cuando acercó la tarjeta al lector óptico y, después, una rápida sucesión de pip-pip-pip mientras introducía la clave numérica en el teclado metálico.

—Estoy dentro —musitó Noah a mi espalda—. Ten cuidado —añadió después—, te quiero de una pieza.

La puerta se abrió y se cerró en menos de un segundo. La fiesta estaba a punto de comenzar. Respiré hondo un par de veces, todavía oculta detrás del plano. Ya no había marcha atrás. Fingí consultar el recorrido con la cabeza agachada mientras me dirigía a buen paso hacia la sala de las joyas. Como esperaba, las puertas estaban cerradas a cal y canto. No había ni rastro de Sanders en el pasillo, por lo que deduje que se encontraría dentro. Palpé las bombas de humo que guardaba en el bolso que colgaba de mi hombro y recé para que funcionaran a la primera. Noah me había explicado el sencillo mecanismo que las conectaba, consistente en dos cintas de tela de las que había que tirar a la vez. Una vez liberada la bomba, el humo tardaría cinco segundos en comenzar a salir. Mi intención era sujetar el artefacto en la mano durante tres segundos y lanzarlo justo cuando comenzara la emanación.

Consulté mi reloj. Noah no debería tardar más de un minuto en inutilizar las cámaras y hacer saltar las alarmas de incendio.

No podía apartar la mirada de mi reloj de muñeca. Un minuto. ¿Cuánto tarda un reloj en consumir un minuto? El segundero, espigado, negro, de caminar elegante, se paseaba parsimonioso a lo largo de la nívea circunferencia. Una vuelta, y otra, y otra más. Un eterno deslizar que parecía no llevar a ninguna parte.

Sospechaba que Sanders estaría haciendo lo mismo que yo.

Levanté la vista de la esfera justo a tiempo de ver a Gideon Petersen dirigirse con paso decidido hacia donde yo estaba. No pensé que trabajaría un sábado por la mañana, pero allí estaba. Iba inmerso en una intensa conversación telefónica cuyo interlocutor le hizo poner los ojos en blanco un par de veces. Si seguía recto, no tardaría en descubrirme. Y si su destino era la sala de las joyas, estábamos perdidos. Recordé el arma. Tenía una Glock en el fondo del bolso, cargada y lista para ser usada, pero Gideon…

Gideon me había despedido.

Metí una mano en el bolso, cogí el arma sin llegar a sacarla y me escondí detrás de una de las columnas que bordeaban la puerta de la sala. Petersen pasó de largo frente a mí, sin prestarme atención ni desviar la vista, mientras escuchaba cargado de paciencia lo que le estaban diciendo al otro lado de la línea. Fuera quien fuese, le estaría eternamente agradecida por haber entretenido a Petersen con su charla durante su camino a donde quiera que se dirigiera.

Gideon desapareció detrás de una de las puertas por las que sólo podía acceder el personal del museo y, un instante después, el enérgico alarido de las alarmas de incendios estuvo a punto de pararme el corazón.

Durante unos segundos todo el mundo se detuvo, como si un hechizo hubiera congelado el tiempo. Miraban hacia arriba alelados, buscando el origen de semejante estruendo e intentando comprender lo que estaba pasando. Para mi sorpresa, el primero en reaccionar fue el joven guardia de la cara marcada por el acné. Se puso de pie, salió de detrás del mostrador y comenzó a hablar en voz alta y firme.

—Por favor, desalojen el museo. En orden y sin correr, por favor. Utilicen las salidas de emergencia y la puerta principal. Todo está controlado. Abandonen el edificio, por favor.

Y como si un silbato imaginario hubiera dado la señal de salida, todo el mundo reaccionó al mismo tiempo y se pusieron en marcha en dirección a la calle. Hubo algunos gritos sofocados y carreras apresuradas, pero la mayoría siguió las indicaciones y caminó aprisa hacia las puertas de emergencia.

Dejé el bolso en el suelo y saqué una de las bombas de humo.

Me puse de cara a la pared para que nadie pudiera verme manipularla, tiré de los dos cabos de tela y conté hasta tres antes de agacharme y hacerla rodar pegada a la pared en dirección al tumulto de gente que se estaba formando cerca de la salida. Esperaba que nadie saliera herido, de verdad que lo esperaba.

Oí el humo sisear al ser liberado y a la multitud gritar aterrorizada, pero no me detuve a mirar. Me giré y miré hacia la sala de servidores. Supuse que Noah saldría enseguida. No tenía la certeza de que nuestro plan hubiera tenido éxito, las cámaras podían seguir funcionando a pesar de todo, pero lo que era seguro es que no había nadie controlando las imágenes, porque todos los vigilantes estaban ocupados desalojando el edificio. Tenía que darme prisa.

Cogí el segundo cartucho y me acerqué a la puerta de la sala de las joyas. La abrí apenas diez centímetros e hice rodar el cartucho cuando ya había empezado a humear en mi mano. Conté hasta cinco y entré. Apenas podía ver nada.

—¡Robert! —grité.

—Estoy aquí.

Seguí el sonido de su voz y lo encontré frente a una de las enormes vitrinas que componían la exposición. El humo no sería tóxico, pero apestaba. Me tapé la nariz con la mano y corrí tras él de una vitrina a otra, en busca de las piezas seleccionadas.

—Nos llevaremos estas ocho, y dos más que he cogido de la vitrina de enfrente. —Me las tendió y yo las cogí sin pensar, lanzándolas al fondo de mi bolso—. Juntas valen más de tres millones de dólares. Espero que sea suficiente.

—Tendrá que serlo.

Sanders balbuceaba y temblaba mientras giraba sobre sí mismo, como una brújula sin norte. Contuve la respiración todo lo que pude mientras cogía las últimas piezas y las metía también en el bolso. Las piedras preciosas tintinearon al chocar contra la pistola y el último de los cartuchos incendiarios que me quedaba. Lo utilizaríamos para salir sin ser vistos.

El teléfono vibró en mi bolsillo, pero no era momento de atender llamadas. El humo era cada vez más espeso, apenas podíamos respirar y Sanders había empezado a toser. Sólo me faltaba que se ahogara.

—Tápate la boca y la nariz con la manga de la chaqueta —le indiqué—. El humo no es tóxico, sólo muy molesto.

—No puedo… —farfulló a mi lado.

No podía estar más harta de ese hombre. Con las joyas a buen recaudo, le empujé hacia la puerta y le pedí que esperara junto al dintel. Liberé el último cartucho y lo lancé hacia el pasillo exterior. Cuando el humo estaba por encima de mi cabeza, cogí a Sanders del brazo y le empujé hacia fuera. Mi móvil seguía vibrando en mi costado. La insólita calma que me embargaba desde hacía un rato comenzaba a evaporarse.

La gente seguía siendo evacuada, pero el flujo de personas había disminuido considerablemente. Volví a tirar de Robert.

Y de nuevo sonó el móvil.

Desesperada, escarbé en el pesado bolso hasta encontrarlo. Me sorprendió comprobar que la llamada procedía del teléfono de Noah. Descolgué al instante.

—¡Noah! ¿Dónde estás? Salimos ya.

No me contestó. En su lugar me pareció escuchar una respiración ahogada, un jadeo agónico. Y luego nada. Percibí el sonido de un chisporroteo metálico y lo que me pareció el sonido de la lluvia, pero era todo tan absurdo que no sabía qué pensar.

Entonces lo entendí.

—¡Noah no ha podido salir! —le grité a Sanders —. Sigue en la sala de servidores, no ha conseguido escapar.

—¡Por supuesto que no! La sala es ignífuga, se cierra automáticamente cuando detecta un fuego, para evitar que se expanda.

—¿Lo sabías? —Robert no lo negó—. ¿Lo sabías y no me habías dicho nada? ¿Pensabas dejarle morir ahí dentro? Dame tu tarjeta. —Extendí una mano hacia él.

—Zoe, vámonos, es lo mejor.

—¡Tu tarjeta! —grité.

—Por favor —susurró mientras hacía lo que le había pedido.

No le contesté. Cogí la tarjeta y eché a correr sin importarme el peso del bolso, que me arrastraba hacia el suelo como un lastre, ni el humo espeso que me rodeaba. Conocía el camino a la perfección, habría llegado con los ojos cerrados, y de hecho casi lo hice, porque la nube negra apenas me dejaba ver a un palmo de mis narices.

Acerqué la tarjeta al lector y la puerta de la sala de servidores se abrió con un maravilloso chasquido. En cuanto la hoja de acero se retiró del dintel, una bocanada de humo negro, y este sí, tóxico, llenó el vestíbulo del museo. El interior, inundado por el agua de los surtidores del techo, se despejó poco a poco. Noah estaba tumbado junto a la puerta, empapado pero vivo, a juzgar por el movimiento ascendente y descendente de su espalda. Me agaché a su lado y le sacudí con fuerza.

—¡Noah! Tenemos que salir de aquí. La policía estará al llegar. ¡Vamos!

Para mi alivio, Noah se movió muy despacio, pero consiguió ponerse de rodillas primero y de pie poco después. Me pasó un brazo por los hombros y así, sirviéndole de bastón, salimos a la calle. Apenas quedaba nadie dentro del museo y los bomberos ya estaban desplegando sus efectivos por el césped, preparándose para entrar.

—¿Habéis…? —preguntó con un hilo de voz.

Asentí sin palabras. Apenas podía hablar, estaba sofocada por el humo y el peso de Noah.

—¿Dónde está? —insistió.

Los dos los vimos al mismo tiempo. A un lado del césped, muy cerca del murete junto al que asesinaron al vigilante Scott Miller, Jack y su gorila mantenían una charla nada amistosa con Robert. Sanders intentó dar media vuelta y huir, pero el mastodonte asesino lo agarró con fuerza por un brazo y lo retuvo a su lado. Un momento después, con una rapidez inesperada, Jack sacó una navaja del bolsillo de su pantalón y la acercó a Sanders. La hoja apenas tuvo tiempo de destellar un segundo antes de hundirse en la carne.

Corrí hacia ellos, desoyendo las advertencias y los gritos de Noah. Sanders se deslizaba hacia el suelo a cámara lenta, resbalando la espalda por el murete mientras se sujetaba el costado con las dos manos. Me arrodillé a su lado cuando le alcancé.

—Le llamé… —barbotó con la boca llena de sangre—. No quería morir y le llamé, pero ahora…

—Maldito hijo de puta —masculló entre dientes.

Sanders nos había traicionado, había avisado a Jack de nuestros movimientos y nos estaba esperando en la puerta. Listo para matarnos. Me levanté y me giré hacia los dos asesinos. Jack y su gorila me dedicaron una sonrisa sarcástica que se les congeló en los labios cuando descubrieron la Glock en mi mano.

Por una vez, los hados del destino se pusieron de mi parte y quiso la suerte que un destacamento completo de camiones de bomberos y coches de policía llegaran casi al mismo tiempo al aparcamiento del museo, de modo que el disparo que le descerrajé al matón a la altura del pecho quedó ahogado por el estridente ulular de decenas de sirenas, los gritos de la gente y las bocinas atropelladas de los coches. El matón cayó junto a Sanders, que me miraba con la boca muy abierta.

—No me dejes aquí —suplicó en voz baja.

Busqué a Jack con la mirada, pero el muy cabrón se había escabullido entre la gente. Guardé el arma antes de que alguien la viera y miré hacia el suelo.

Noah, que se había colocado a mi espalda, reaccionó con rapidez.

—¡Vamos! —me urgió—. Tenemos que irnos de aquí, ¡ahora!

—Robert…

Me miró un segundo y se agachó junto a Sanders. Le pasó una mano por la cintura y lo puso de pie mientras el herido se quejaba en voz baja

—Lo dejaremos aquí —propuso—, lo encontrarán enseguida, pero, si nos ven con él, nos detendrán. Eso sin contar lo que ocurrirá si hay más matones de Jack por los alrededores. Nos arrastrarán hasta un rincón y nos cortarán el cuello. Ya tienen lo que quieren, larguémonos y confiemos en que no nos sigan.

—Nos vamos los tres —insistí—. Te ayudaré.

Crucé mi brazo por detrás de la espalda de Sanders y sujeté parte de su peso. Todavía estaba consciente y pudo poner algo de su parte para salir de allí. Los bomberos estaban desplegándose alrededor del edificio con eficacia militar mientras la policía comenzaba a acordonar la zona y a cortar el tráfico. Teníamos que darnos prisa. Quizá Sanders sí que fuera un lastre…

—No me dejes, por favor, Zoe, lo siento tanto…

Como si me hubiera leído el pensamiento, Robert acompañó sus súplicas con una serie de zancadas rápidas que, unidas a nuestro impulso, lograron ponernos a resguardo en un tiempo razonable.

—Zoe, el coche, ¡vamos!

Apoyamos al herido contra un banco y busqué las llaves. Por supuesto, estaban en el último rincón del bolso. Me maldije por no haberlas dejado más a mano mientras accionaba el mando a distancia y desbloqueaba las puertas.

Cuando me giré a por Sanders, lo encontré desplomado sobre el banco, con los ojos cerrados, la boca abierta y la mano, lánguida, rozando el suelo con los dedos. Un sinuoso reguero de sangre se deslizaba por su brazo, serpenteaba dibujando las abultadas venas de sus manos y goteaba sobre las baldosas grises. Noah puso dos dedos sobre su cuello y negó despacio con la cabeza. Quise gritar. Necesitaba gritar, lanzar al aire todo el miedo, la rabia y la frustración, dejar salir el horror de las últimas horas, de los últimos días.

Noah acomodó a Sanders sobre el banco y se separó de él. Me miró un instante, diciéndome sin palabras lo que teníamos que hacer. Asentí, miré a Robert por última vez y abrimos las puertas del coche. Arranqué y salí a la calzada. Por el retrovisor vi cómo un par de policías me hacían señas para que me detuviera, pero ignoré las advertencias y aceleré.

Me temblaba todo el cuerpo por culpa de la adrenalina. Había matado a un hombre y había visto morir a otro. No sentía nada por el cadáver que dejaba atrás, no sentí nada al apretar el gatillo, ni siquiera al verlo caer con el pecho empapado de sangre. No necesité recordar las veces que me había agredido para ser capaz de hacerlo. Simplemente lo hice. Le miré a los ojos y disparé. Ojos marrones, una sonrisa en la cara. Me obligué a concentrarme cuando estuve a punto de atropellar a un grupo de mirones que se habían apelotonado junto a la acera para contemplar el espectáculo.

Por el espejo retrovisor vi a Jack unos metros por detrás de los policías que colocaban las barreras en la calzada. No estaba solo, le acompañaban otros dos gorilas. A matón muerto… pensé.

Sabía que nos encontrarían, y si no lo hacían ellos, lo haría Ferguson. Me habría gustado saber qué más les había contado Sanders.

Sanders… Oh, Sanders.

Conduje sin hablar durante más de quince minutos. Sin rumbo y sin destino. Con la imagen del cadáver de Sanders grabada a fuego en las retinas. Sólo quería alejarme de allí. Seguía llevando el bolso colgado del hombro, y las joyas robadas tiraban de mí como un ancla hacia el fondo del océano. Me ahogaba.

De pronto empecé a llorar sin consuelo, y las lágrimas apenas me permitían enfocar la carretera y a los coches que me precedían o venían de frente. Noah se asustó en serio cuando un camión tuvo que echarse al arcén para no alcanzarnos después de que mi coche invadiera el carril contrario.

—Zoe, frena. Detente aquí mismo.

Hice lo que me pidió. Salí de la vía entre los bocinazos furiosos del resto de los conductores y me desplomé sobre el volante. Lloré por mí, por mi vida y por mi carrera; y lloré por Sanders, muerto sobre un charco de sangre. Sentía la mirada de Noah fija en mí, pero no podía hablar, no tenía nada que decirle. A la derecha, a sólo un par de cientos de metros, el océano lamía la costa con deleite. En ese momento sólo deseaba caminar hasta la orilla y adentrarme en el agua, dejar que la sal calmara mi dolor, tumbarme sobre las olas y dejarme llevar, hundirme por fin en el agua y ver cómo las burbujas suben con mi vida en su interior mientras yo muero y dejo de sufrir.

Salí del coche y corrí hasta la cuneta. Vomité todo lo que contenía mi estómago. Vomité dolor y bilis. Expulsé de mi cuerpo el humo negro y la navaja que Jack había hundido en el cuerpo de Sanders. Vomité la bala que le había atravesado el corazón al asesino que casi me mata, pero que me había transformado a mí en una asesina. Ladrona, estafadora, asesina... La lista era larga. ¿En qué me había convertido? ¿Quién era yo en esos momentos? Sinceramente, nadie que quisiera conocer.

Sentí la mano de Noah sobre mi espalda. Me recogió el pelo y me acarició los hombros. ¿Por qué no me dejaba en paz? Él me había metido en todo esto. Estaba de mierda hasta el cuello por su culpa. Y Robert estaba muerto.

—Déjame —le pedí en un susurro ahogado.

La boca me sabía a vómito y a sangre. Escupí y me alejé un paso de su mano y de sus caricias.

—Sube al coche —me dijo—. Conduciré yo.

Le ignoré y seguí mirando al mar. Era maravilloso; las suaves crestas de las olas brillaban bajo los rayos del sol como... las joyas que escondía en el bolso.

—Vamos —insistió—. Descansa mientras yo me ocupo de todo.

—¿De qué te vas a ocupar, Noah?

—Jack ya tiene lo que quería, Sanders se lo dio, para eso le llamó; nos dejará en paz. Le daremos esquinazo a Ferguson y pensaremos en cómo seguir adelante.

—Jack no tiene las joyas, ¿por qué piensas eso?

—Sanders las cogió, ¿no es cierto?

—No, las cogí yo. Las tengo yo. Aquí.

Sacudí el pesado bolso que colgaba cruzado de mi hombro. Noah abrió mucho los ojos y perdió el color de las mejillas.

—Vinieron a buscar las joyas… —balbuceó.

—Eso me temo.

—Pero Sanders no las tenía, y por eso lo mataron. —Noah sacudió la cabeza—. Ahora Jack supondrá que le hemos engañado, que nos hemos largado con el botín, y se lanzará sobre nosotros como una jauría furiosa.

—Sí —musité.

En ese momento no me importaba en absoluto.

—Vamos, sube.

Ya no era una sugerencia. Era una orden. Le miré incrédula, pero la determinación que vi en sus ojos acabó de convencerme. Ocupé el asiento del copiloto y le permití conducir mi coche.

—Ferguson también estará al acecho…

—No lo dudes —masculló—. Todo lo que podía salir mal, lo ha hecho. Era Sanders quien debía coger las joyas, ¡Sanders, no tú! ¿Es que no lo ves? Sanders quería salvarte. Salvarse él, sí, pero también salvarte a ti, por eso los llamó.

—Eso no lo sabes...

La idea de que Sanders había muerto por defenderme mientras yo le insultaba me escocía demasiado.

—Quería ponerte a salvo, que no te ocurriera nada… Sacarte de la línea de fuego a la vez que se protegía él. Pero ahora todo se ha ido a la mierda.

—Estaba muy nervioso, se asustó con el humo, era incapaz de actuar con coherencia… —le expliqué.

—Lo sé, lo supongo. Ya no merece la pena lamentarse. Debemos refugiarnos en algún lugar seguro y pensar en la mejor manera de salir de esta con el pellejo intacto.

Lloré en silencio durante unos cuantos kilómetros. Las lágrimas y la ofuscación me impedían reconocer el paisaje.

—¿Adónde vamos? —le pregunté al cabo de un rato. Aquello parecía el camino al fin del mundo.

—Volvemos a Nahant. Dijiste que nadie sabe que tienes esa casa, ¿es cierto? —Moví la cabeza de arriba abajo—. Bien, allí no nos encontrarán y tendremos tiempo de pensar en cómo salir de esta.

No dije nada. El refugio feliz de mi infancia se acababa de convertir en la madriguera en la que me escondería como un conejo azuzado por los cazadores.

17

La larguísima carretera rodeada de agua que conducía hasta Nahant se me hizo eterna. Las olas salpicaban el asfalto en algunos tramos, pero nada comparado con las que inundaban la calzada aquella tarde de invierno en la que nos avisaron de que mi abuela había muerto. Mi padre conducía en silencio, los ojos fijos en los haces de los faros. Éramos los únicos que nos habíamos arriesgado a pasar hasta la diminuta península. No nos cruzamos con ningún otro vehículo, por lo que la oscuridad a nuestro alrededor era total. Sin embargo, no recuerdo haber sentido miedo en ningún momento. Mi padre asía el volante con seguridad, mi madre iba a su lado, en silencio, y yo miraba la negrura por la ventanilla. Cada uno absorto en sus propios pensamientos. Tristes. Serenos.

Ahora, sin embargo, la congoja y el terror me atenazaban hasta dejarme sin respiración. El agua me salpicó la cara cuando bajé la ventanilla para intentar respirar. No fue una rociada agradable. Las gotas, acompañadas por arena y empujadas por el viento hacia el interior, me pincharon como alfileres. Subí la ventanilla y apoyé la cabeza en el cristal.

Llegamos a Nahant a primera hora de la tarde. Noah callejeó por sus estrechas calles hasta encontrar un rincón discreto en el que dejar el coche. Entramos en uno de los pocos restaurantes del pueblo, un pequeño establecimiento en el que servían comida y vendían alimentos, bebidas, útiles de pesca, repuestos de automóviles y combustible en los dos surtidores instalados en la parte trasera. Noah pidió por los dos. Ensalada de marisco, filetes de vaca con patatas fritas y una botella de vino tinto. No creería en serio que podía comerme todo aquello, ni siquiera me sentía capaz de tragar una hoja de lechuga. Se sentó frente a mí, me llenó la copa y me miró muy serio.

—Come —ordenó—. La cabeza funciona mejor con el estómago lleno. Necesitamos reponer fuerzas y calmarnos.

El cuchillo y el tenedor repiquetearon contra el plato cuando intenté cortar el filete. Solícito, Noah cambió mi plato por el suyo, con la carne ya troceada, e insistió en que me llevara un pedazo a la boca. Lo que hice fue darle un buen trago a la copa de vino. Estaba caliente y me arañó la garganta al bajar, pero me templó el cuerpo y el ánimo lo suficiente como para permitirme comer un poco. Me serví otra copa y me la bebí a la misma velocidad. El vino dejó un cerco oscuro en el cristal y abrió un boquete en mi cabeza por el que se filtró la penosa situación en la que me encontraba. Huía de una banda de asesinos y ladrones y de la propia policía. Y me había fugado con un delincuente no mucho mejor que ellos. Si nuestras opciones fueran cartas de una baraja, tendríamos la peor mano imaginable después de haberlo apostado todo.

Necesitaba pensar. Me centré en la comida e intenté darle espacio a mi cerebro para que buscara una puerta de salida. La ensalada nadaba en un líquido lechoso, el filete estaba duro y las patatas gomosas, pero le hice caso a Noah y poco después sentí cómo, en efecto, recuperaba poco a poco las fuerzas.

Antes de salir compramos varias cosas que necesitaríamos para pasar algún tiempo en casa de mi abuela. Cogimos comida preparada, salchichas envasadas, pan de molde, café, galletas y varias latas de judías y sopa. Noah añadió un par de linternas y un

243

paquete grande de pilas, y yo metí en la cesta dos cepillos de dientes, dentífrico y un bote de champú.

Salimos de allí cargados con cuatro enormes bolsas que pesaban como un demonio y las metimos en el maletero del coche. Cuando avistamos la casona de madera, Noah se detuvo en el arcén, a medio centenar de metros, y me pidió que esperara mientras él comprobaba que todo estaba tranquilo. Regresó un minuto después, arrancó el motor y cruzó por la verja de entrada que acababa de abrir. Condujo hasta la parte trasera de la casa y metió el coche en el amplio garaje, que volvió a cerrar antes de encender la luz.

Cogimos las bolsas, salimos del garaje y llegamos al porche de la casa. Abrí lo más rápido que pude, intentando no llamar la atención de los pocos vecinos que vivían en esa calle. Las otras cuatro casas que componían lo que podíamos llamar la manzana eran similares a la de mi abuela, grandes edificaciones rodeadas por extensos parterres de césped, árboles y setos que protegían la intimidad de sus habitantes. Posiblemente la mía era la propiedad más desprotegida de las miradas curiosas y, aun así, la puerta estaba a más de cincuenta metros de la carretera, y a casi doscientos de la ventana más cercana.

Una vez dentro, Noah abrió las cristaleras de la parte trasera, pero dejó cerradas a cal y canto las de la fachada. Quien pasara frente a la casa no se daría cuenta de que allí dentro había alguien.

Todavía en silencio, llevó las bolsas a la cocina mientras yo me derrumbaba en el desvencijado sofá, levantando una nube de polvo a mi alrededor cuando el peso de mi cuerpo sacudió los sucios cojines. Le oí trastear en los armarios, abrir y cerrar puertas y cajones y dejar correr de nuevo el agua del grifo. De algún modo logró poner otra vez en marcha el frigorífico, cuyo motor arrancó con un largo gemido que fue poco a poco disminuyendo hasta convertirse en un familiar zumbido.

Frente a mí, cubierta de polvo sobre una mesita cuadrada, estaba la vieja televisión. Me levanté despacio y me acerqué hasta ella. Seguí los cables de conexión y de la antena hasta sus respectivos enchufes y comprobé que estuvieran en su sitio. El mando a distancia estaba donde siempre, sobre la mesa, pegado al televisor, pero, como era de esperar, las pilas se habían echado a perder, así que me acerqué y accioné la tecla de encendido. Parecía funcionar. Me senté en el suelo y apreté los botones hasta dar con un canal de noticias. Un trajeado reportero ocupaba el primer plano. Ceño fruncido, labios apretados, gesto severo. Muy acorde con la noticia que estaba narrando delante del Museo de Bellas Artes de Boston.

—Hace pocos minutos que se ha ordenado el levantamiento del segundo de los cadáveres y el furgón forense ha partido con los restos del doctor Robert Sanders en su interior. Mientras, continúa la búsqueda de la restauradora Zoe Bennett, que al parecer fue obligada a introducirse en su propio vehículo por un hombre todavía sin identificar. El director del museo, Gideon Petersen, no ha querido hacer declaraciones, pero todo parece apuntar a que el conato de incendio que obligó a desalojar el museo fue aprovechado por una o varias personas para cometer un robo que se suma al perpetrado hace apenas una semana. El inspector Max Ferguson, de la policía de Boston, ha asumido la investigación de esta nueva tropelía y de las dos extrañas muertes, aunque de momento se ha negado a hacer comentarios.

Desde el estudio, la presentadora habitual del programa escuchaba con atención la crónica de su compañero.

—Y dime, Paul —intervino entonces—, ¿se tiene la certeza de que ha desaparecido algún objeto del interior del museo?

—No tenemos confirmación oficial al respecto, Kim, pero hemos podido saber que el incendio comenzó en la sala de servidores, lo que provocó que se desconectaran las cámaras de seguridad.

—¿Y qué puedes contarme del único fallecido que ha podido identificarse hasta el momento, el señor… —rebuscó el nombre entre sus papeles— Robert Sanders?

—Sanders era un conocido experto en arte, historiador y reputado profesor universitario. Llevaba más de veinte años trabajando en el museo y era el comisario de la exposición temporal sobre la historia de las joyas, de la que desaparecieron varias piezas muy valiosas hace pocos días. Se da la circunstancia de que el señor Sanders estuvo de baja hasta anteayer, cuando se reincorporó a su puesto tras una larga enfermedad.

—Una enorme desgracia —se lamentó la presentadora.

Apagué la televisión. Noah, de pie a mi lado, intentó acariciarme el pelo. Me aparté de golpe, me levanté y planté mi cara a un palmo de la suya.

—¡Sabías que Sanders le llamó! —grité—. ¿Lo sabías? —pregunté cuando no contestó.

—Me telefoneó anoche. Estaba muy nervioso, no dejaba de llorar. Me dijo que todo esto no era justo para ti, y propuso entregarle las joyas a Jack en las proximidades del museo. El tumulto que provocaría el falso incendio y el desalojo nos serviría de tapadera. Nadie se daría cuenta. Jack cogería las joyas y se iría. Fin de la historia. Si Ferguson las quería, tendría que ir tras él.

—¿No le dijiste que era una locura, no le disuadiste de cometer semejante estupidez?

—No atendía a razones. Al final me convenció para que llamara yo.

—Para que llamaras tú… ¡Oh, Dios! Tú llamaste a Jack… —Cerré los ojos y sacudí la cabeza—. No sé de qué me sorprendo. Hay cosas que nunca cambian, y nunca lo harán, ¿verdad?

—Me juró que cogería las joyas y se largaría.

—Pero Robert no las tenía…

—¡Cómo iba a suponer que las cogerías tú! Ese era su cometido, no el tuyo.

—Estaba tan nervioso que apenas podía abrir las vitrinas, por eso las guardé yo.

Noah se sentó en el polvoriento sofá y escondió la cabeza entre las manos.

—Tenemos que llamar a Jack y entregarle las joyas —dijo.

—¿Estás loco? Le he pegado un tiro a su sicario ¡Nos matará! Y le hemos visto asesinar a Sanders. Con o sin joyas, no permitirá que sigamos con vida. No podemos llamarle, ni mucho menos decirle dónde está el botín. Son nuestro seguro de vida.

Noah lanzó una triste risotada. Le brillaban los ojos, como si estuviera a punto de echarse a llorar o hubiera enloquecido.

—Huyamos, entonces —propuso, momentáneamente animado—. Esa era tu idea, ¿no? Hablaste de contactos, de personas conocidas que nos ayudarán a convertir las joyas en dinero. Volveremos a empezar. Podríamos cruzar a Canadá, o perdernos en Nueva York, tú eliges. Alquilaremos un barco y navegaremos hasta nuestro destino.

—En mis planes no entraban dos muertos. Ninguno de mis contactos querrá saber nada. No siempre tienen los dos pies dentro de la ley, pero esto es muy distinto. Nos delatarán sin dudarlo y nos detendrán en cuanto intentemos colocar una piedra. La policía ya habrá repartido fotos de las joyas por todo el país. Quizá incluso el FBI esté detrás de nosotros.

—Detrás de mí —matizó—. Acaban de decir que tú eres una rehén.

Negué con la cabeza. Cómo podía estar tan ciego...

—Y también han dicho que el inspector Ferguson se ha hecho cargo de la investigación. Él sabe por qué huía, no le habrá costado nada atar cabos y deducir quién tiene las joyas. Lo primero que habrá hecho habrá sido registrar el cadáver de Robert, por si llevaba la mercancía encima. Ahora nos estará buscando, habrá activado toda la maquinaria policial para seguirnos el rastro. Cámaras de tráfico, controles de carretera, avisos a los hoteles... Estamos atrapados.

Noah se paseó de un lado a otro de la habitación como un león enjaulado. Mascullaba palabras inconexas, frases que no conseguía entender, y se detenía de vez en cuando junto a las ventanas cerradas para vigilar el exterior a través de las estrechas rendijas de las persianas.

—Ferguson —dijo de pronto, deteniéndose en seco—, quizá deberíamos llamar a Ferguson.

—Estás loco —murmuré—, loco de remate.

—¡Era tu plan original! Que se enfrentaran entre ellos, que se mataran el uno al otro.

—¡No funcionará! Ahora ya no…

—¿Cómo lo sabes? Los dos vendrán donde les digamos. Llamémoslos, a los dos. Que acudan aquí esta noche.

—Con Sanders muerto, las cosas se han complicado mucho. No creo que Ferguson quiera unas joyas manchadas de sangre y, desde luego, Jack no querrá dejar testigos.

—Los llamaremos. Yo hablaré con Jack y tú con el poli, pero no les diremos dónde estamos, al menos no de momento. Veremos cómo está el ambiente. No podemos quedarnos aquí indefinidamente. Tu foto no tardará en salir en los informativos de todo el país, y no creo que les cueste mucho encontrar una mía. Y tarde o temprano esta casa aparecerá asociada a tu nombre. Vendrán a echar un vistazo cuando menos lo esperemos.

¿Qué otra opción teníamos?

Volví a sentarme y apoyé la cabeza en el sofá. «¡Piensa!», le grité a mi cerebro. Entregarme. Huir. Morir. Sólo veía tres puertas ante mí, aunque si tengo que ser sincera, era consciente de que dos de ellas conducían a la tercera, la de la muerte. ¿En qué momento mi vida se había convertido en un torbellino? Pero no podía rendirme, no sin intentarlo al menos. Eso no iba conmigo. Quizá fueran los genes, o el ejemplo de mi abuela y el hecho de sentirla tan cerca en esta casa, pero tras unos minutos de duda inspiré una bocanada del aire polvoriento que me rodeaba, me incorporé y miré a Noah. Sólo podíamos seguir adelante.

Encendimos los móviles, que habíamos apagado la primera vez que paramos junto al arcén. Se me encogió el estómago cuando el teléfono comenzó a vibrar y pitar en la palma de mi mano.

El de Noah no se quedó atrás. Subió el volumen y reprodujo uno de los mensajes de Jack:

«Cabrón hijo de puta, ¿dónde te has metido? Si no te presentas ahora mismo ante mí con las putas joyas puedes darte por muerto, ¡te lo juro! Tú y esa furcia que te acompaña. ¡Tienes una hora, ni un minuto más!».

Me estremecí de pies a cabeza. Ferguson, sin embargo, se había limitado a llamar, pero sin dejar ningún mensaje en el buzón de voz. Como policía, sabía que una grabación podía comprometerle de forma inequívoca. Hasta ese momento seguía siendo mi palabra contra la suya.

Noah marcó el número de Jack y dejó el teléfono sobre el brazo del sofá con el altavoz y la grabadora conectados. El matón descolgó al segundo timbrazo.

—¡Por fin te has dignado a aparecer! Grandísimo hijo de puta… ¿Dónde está mi mercancía? Si no me la traes ahora mismo…

—Tranquilo, Jack, están a buen recaudo.

—¡Te largaste! ¿Acaso estás loco?

—¡Mataste a Sanders! —gritó Noah, acercando la cara al teléfono.

—¡Me engañó! ¡Todos me engañasteis! Y la puta de tu novia se ha cargado a mi hombre. Ahora nos buscan, la poli quiere saber qué hacíamos allí.

—No te atuviste al plan. Sanders no tenía las joyas y no me diste tiempo de explicarte lo que ocurría.

—Bueno —la voz de Jack sonó más suave, casi melosa—, la paciencia no es uno de mis fuertes. ¿Por qué os largasteis?

—Apuñalaste a Sanders, Zoe le disparó al tipo, ¿qué esperabas? ¿Qué nos quedáramos a comprobar qué tenías pensado hacer con nosotros?

—Me dijiste que Sanders tendría las joyas.

—Ese era el plan inicial, pero todo se complicó dentro del museo, con el humo, las alarmas, el fuego y la gente corriendo, así que tuve que cogerlas yo mismo —mintió. ¿Intentaba cubrirme las espaldas? No creía que sirviera para nada, como pude confirmar un momento después.

—Y la zorra que te acompaña… ¿dónde está?

—Eso no importa.

—Sí que importa —masculló Jack.

—La dejé atrás. No hacía más que llorar y gritar, me estaba volviendo loco, así que paré junto a una playa y la obligué a bajar del coche.

La carcajada de Jack retumbó en las paredes del salón.

—Eso no te lo crees ni tú, chaval. Apostaría mi mano derecha a que está ahí mismo, a tu lado, escuchando atenta nuestra conversación. Buenas tardes, señorita Bennett —saludó empalagoso.

No le contesté, pero no pude evitar dar un paso atrás cuando le oí pronunciar mi nombre.

—Te he dicho que no está aquí —insistió Noah.

—A mí lo único que me importa es por qué tú no estás aquí, con las joyas en una bolsa. Sabes lo que pasará si no lo haces. Ahora.

—Mi situación en este momento es un tanto… complicada. Me he quedado sin coche y donde estoy no tengo forma de volver a la ciudad, así que me temo que tendrás que venir tú a buscarme. Me harías un favor, tío.

—¿Y dónde está ese sitio?

—Bueno, todavía no estoy en el definitivo, tengo que moverme un poco más aún, pero en cuanto llegue a mi destino te llamaré para que vengas a buscarme y recojas el material. Lo tengo todo, Jack, la mercancía es muy buena, vale más de tres millones de dólares.

—No intentes engañarme, niñato de mierda…

—¡Jamás se me ocurriría! Te llamaré pronto, pero las cosas tienen que calmarse un poco. A estas alturas ya me estará buscando toda la policía del Estado. Dame un poco de tiempo. Puedes confiar en mí.

—Ya… No me fío ni de mi madre, gilipollas, así que si piensas ni por un segundo en jugármela y quedarte con la mercancía, correrás la misma suerte que tu amigo. ¡Por cierto! Había olvidado comentarte que mis hombres encontraron a Tom. Había conseguido llegar hasta Vermont, ¿te lo puedes creer? Un poco más y logra cruzar la frontera. Por suerte, tengo ojos en todos los rincones y pudimos echarle el guante en un hotelucho de la interestatal 91, a menos de cien kilómetros del límite del país. Lo acercamos un poco más, hasta ese lago de nombre impronunciable. Con un poco de suerte las corrientes le llevarán a Canadá por una vía subacuática.

Jack volvió a reírse. Noah estaba pálido, le temblaban las manos y había cerrado los ojos, quizá rememorando la figura de su amigo, el mismo que le había traicionado y por cuya culpa estábamos ahora aquí.

—No temas —consiguió decir—. Arreglo un par de asuntillos, encuentro un lugar tranquilo y vuelvo a llamarte con el lugar exacto en el que podrás encontrarme. Yo no pienso huir —añadió—, le tengo mucho aprecio a mi cabeza.

—Haces bien. Hasta pronto, Noah. Nos vemos, señorita Bennett.

El teléfono enmudeció y Noah volvió a guardárselo en el bolsillo.

—Tom… —musitó.

—Lo siento mucho…

Noah abrió los ojos y volvió a pasear despacio por la habitación, con la mirada clavada en el suelo.

—Era un cabrón, me la jugó de la peor manera, pero era uno de mis mejores amigos. Nos conocíamos desde niños, hemos vivido mil correrías juntos… Siempre he pensado que tuvo que pasar algo muy grave para que me traicionara como lo hizo; al menos esa idea me consolaba, hacía que tuviera menos ganas de estrangularlo con mis propias manos. Ahora nunca lo sabré.

No sabía qué decirle. Cualquier palabra de consuelo sonaría

hueca, falsa, porque en realidad no lamentaba la muerte de Tom y él lo sabía, así que me limité a quedarme allí sentada, en silencio, viendo cómo sus facciones mudaban del dolor al temor. Si él tenía miedo, yo también debería tenerlo, porque me gustara o no, en esos momentos mi destino estaba indefectiblemente unido al suyo. Si él muere, yo muero. Si él vive, yo también podré seguir adelante, curar mis heridas, pagar mis deudas y volver a empezar. Rogué por eso en voz baja, con los ojos fijos en las manos inertes de Noah, que se había detenido a mi lado.

Era mi turno. Respiré hondo y cogí mi móvil.

—¿Qué le digo a Ferguson? —pregunté.

Noah despertó de su letargo, me miró un segundo y reanudó su paseo de un lado a otro del salón.

—Dile que tienes lo que quiere, pero que todavía no puedes reunirte con él, y que te tiene que quitar de encima a Jack. —Asentí en silencio ante su severa mirada—. Sabes que él también querrá matarnos, ¿verdad? No puede arriesgarse a que un día tú o yo nos vayamos de la lengua y le contemos a alguien su pequeña incursión en el bando de los malos.

Lo sabía. Claro que lo sabía, aunque prefería no pensar en ello. Marqué el número de Ferguson y, como había hecho antes Noah, lo dejé sobre el sofá con el altavoz conectado y la grabadora en marcha. El teléfono sonó una y otra vez, hasta que un pitido indicó que la comunicación se había cortado.

—Esperaré cinco minutos y volveré a intentarlo.

No habían pasado ni dos cuando el móvil comenzó a sonar sobre el brazo del sofá. Era Ferguson, por supuesto. Conecté de nuevo la grabadora, descolgué y saludé.

—Buenas tardes, inspector Ferguson.

—Qué sorpresa, señora Bennett. No esperaba su llamada. Disculpe que no le haya cogido hace un momento, pero estoy en plena investigación y me ha pillado en mal momento, rodeado de colegas. La historia se repite: robo y asesinato, en esta ocasión por partida doble. Aunque supongo que usted mejor que nadie conocerá los detalles. El señor Petersen está desolado, piensa que ha sido secuestrada por el ladrón y que no tardaremos en encontrar su cadáver. Yo no soy nadie para decirle que se equivoca, claro. Sólo usted puede solucionar el entuerto.

—Por eso le llamo. Creo que podemos arreglar las cosas. Me gustaría atenerme al pacto que hicimos usted y yo hace unos días, en el hotel de su amigo.

—Los acuerdos tienen fecha de caducidad, señora Bennett.

—No si hay voluntad por ambas partes de cumplirlo. A veces surgen complicaciones inesperadas, como piedras en el camino, pero al final, como alguien me dijo recientemente, querer es poder. Yo he podido, ¿quiere usted?

Ferguson permaneció en silencio durante unos largos segundos. De hecho, hubo un momento en el que pensé que había colgado.

—Bien, un pacto es un pacto —dijo de pronto—. Hoy por ti, mañana por mí.

—Bien. —Dejé escapar un suspiro de alivio—. Corro un serio peligro, como usted sabe de sobra. Necesito de sus servicios policiales antes de poder dar ni un solo paso. Ya sabe, aquello de proteger y servir.

—Prometí protegerla.

—Y yo recompensarle por ello.

—Dígame dónde está e iré a buscarla. La pondré a salvo.

Noah negó con vehemencia a mi lado. Yo le tranquilicé levantando una mano. Sabía lo que tenía que decir.

—Todavía no he llegado a mi destino —repetí las palabras de Noah—, necesito un poco de tiempo. Le llamaré pronto y acordaremos el encuentro.

—Como quiera —accedió a regañadientes—, pero le recuerdo que no le interesa en absoluto engañar a un representante de la ley. Y no intente cruzar la frontera. Su foto está en todos los pasos.

—Por favor, inspector, me ofende usted —exclamé con fingida

indignación—. No le habría llamado si no tuviera intención de cumplir con mi parte, ¿no cree?

—Y dígame, señora Bennett, ¿dónde está su amiguito? Tengo a medio departamento detrás de él.

—Ha seguido su propio camino.

—¿Se largó sin… sus cosas?

—No le quedó más remedio. Nos detuvimos para repostar y me marché cuando entró en el lavabo. Además, no olvide que tengo un arma y he demostrado que sé usarla.

La carcajada de Ferguson, tan parecida a la de Jack, me taladró el tímpano.

—No sé si creerla, la verdad. De hecho, me inclino por pensar que me está mintiendo, pero me quito el sombrero ante su inventiva y su sangre fría. Sería usted una excelente inspectora, o una estupenda criminal.

—Se equivoca. Lo único que yo quiero es volver a mi taller y concentrarme en mis lienzos agrietados. Pero eso es imposible, claro.

—Si usted quiere, pronto podrá hacerlo, se lo garantizo. Hablaré con Petersen, le diré que todo formaba parte de un plan para atrapar a la banda de delincuentes que asaltó el museo y que ni usted ni yo podíamos decir ni una palabra.

—Gracias, eso estaría muy bien. Le llamaré pronto.

Colgué sin despedirme antes de que tuviera la oportunidad de añadir nada más. Noah me miraba con una sonrisa en la cara, entre divertido y asombrado.

—Eres la mejor, una auténtica caja de sorpresas.

Se inclinó sobre mí y me dio un rápido beso en los labios, como si ese gesto fuera el más natural del mundo. No me gustó que lo hiciera. O quizá sí. Mi cuerpo y mi cerebro enviaban señales contradictorias que decidí ignorar para concentrarme en lo único importante en ese momento: sobrevivir.

18

Dedicamos las siguientes horas a pensar, a deambular por la casa, a proponer ideas absurdas que siempre terminaban con la misma afirmación: nos matarán. Dudábamos sobre cuánto tiempo esperar antes de enfrentarnos a nuestro destino y hacer la última llamada, y discutimos acaloradamente sobre la posibilidad de dejar las joyas allí, sobre la mesa del salón, y salir corriendo en ese mismo instante.

—Nos quieren muertos —insistía Noah una y otra vez—. Ninguno de los dos se rendirá hasta que estemos a dos metros bajo tierra.

—¡No podemos escondernos para siempre! Llamemos al FBI —propuse desesperada.

—¿Qué crees que harán los federales? Detenernos y meternos en la cárcel. Al alcance de las garras de Jack y de Ferguson. Una excelente idea, Zoe.

Me molestó que se burlara de mí. Cogí mi bolso, subí las escaleras y me encerré en la habitación que habíamos compartido hacía sólo dos días. Cuánto habían cambiado las cosas en tan poco tiempo… Sanders estaba muerto y yo casi podía sentir el filo helado de la guadaña sobre mi cuello.

Oí a Noah trastear en la planta baja y, poco después, las familiares voces de los presentadores del informativo. No quería bajar, pero la curiosidad pudo más que mi enfado y descendí despacio las escaleras, atenta a lo que los reporteros estaban contando.

Acusaban abiertamente a Noah Roberts del robo de varias piezas de la colección de joyas cuyo valor todavía no se había hecho público por parte del museo ni de la policía. Mientras una vieja foto policial ocupaba la pantalla, la voz en *off* seguía diciendo que, en su huida, el ladrón había obligado a la restauradora Zoe Bennett a llevarle en su propio coche. La policía no tenía indicios de su paradero actual, aunque seguían rastreando las cámaras de tráfico de la ciudad para establecer cuál pudo ser su ruta de escape.

En cuanto a la muerte de Sanders, cuya imagen sustituyó a la de Noah, la policía había identificado a Jack Andieli y Mason O'Connor, dos conocidos delincuentes y supuestos cómplices de Noah Roberts, como las personas que, según las declaraciones de varios testigos, apuñalaron a la víctima en el jardín del museo. Añadieron después que O'Connor murió de un disparo, aunque la autoría del mismo no había sido confirmada y las informaciones al respecto eran muy confusas. Una fuente que no identificaron llegó a sugerir que se trataba de una bala de la policía, que habría identificado al delincuente y visto cómo agredía a Robert.

—Esto va a poner muy nervioso a Jack —dijo Noah en voz baja.

—Debió pensárselo antes de matar a Robert —respondí, aunque sabía que tenía razón y que eso no era nada bueno para nosotros. Le agradecí que no mencionara que lo que de verdad le había puesto furioso era que yo disparara contra su hombre—. ¿Qué crees que hará ahora?

—Nada. Tiene un montón de agujeros en los que esconderse. Quizá, si se siente lo bastante acorralado, decida poner tierra de por medio y se olvide de nosotros...

—Quizá… —suspiré.

Hicimos una cena frugal con los víveres que habíamos comprado y volví a subir las escaleras, esta vez seguida de Noah. Nos acostamos vestidos, uno junto a otro, sin tocarnos ni hablar, cada uno vuelto hacia un lado de la habitación y sumido en sus propios pensamientos.

Mi mente vagó por un sinfín de pesadillas cuando conseguí dormirme, y me desperté sacudida por furiosos escalofríos poco después. Habíamos dejado la ventana entreabierta y la fresca brisa nocturna había bajado mucho la temperatura de la habitación. Me levanté, cerré la ventana y contemplé el horizonte a través de los cristales. A lo lejos, sobre el mar, una estrecha franja anaranjada comenzaba a plantarle cara a la noche. Pronto comenzaron a oírse los primeros cantos de los pájaros y los graznidos de las gaviotas, que sobrevolaban la costa en busca de su desayuno.

Un par de alas, eso era lo que necesitaba. Saltaría sin dudarlo desde esa ventana y volaría hasta desfallecer. Por segunda vez en menos de veinticuatro horas, la idea de adentrarme en el mar me atraía de un modo enfermizo.

Contemplé mi reflejo en el cristal. Sin vaho que disimulara las arrugas y la flacidez de mis facciones, la Zoe que me miraba desde el otro lado del espejo esgrimía una mueca hastiada. Estaba a punto de rendirme, cansada de luchar sin garantía de éxito. En ese momento, muy a mi pesar, sólo quería sentarme, esconder la cabeza y dejarme ir. Si morir fuera tan sencillo como decidir que mi corazón dejara de latir, lo habría hecho en ese mismo instante. Sin embargo, lo que sentí junto a mí fue el aliento de Noah.

Apenas me rozó y no dijo ni una palabra. Se limitó a permanecer a mi lado y disfrutar del amanecer. La estela de un avión rompió la uniformidad del cielo. Volar. Vivir. Seguir adelante.

Viviría, seguiría adelante.

—Tengo hambre —dije en voz baja.

—Yo también —reconoció Noah.

—Necesito asearme un poco primero.

—Prepararé algo mientras tanto.

Nos separamos sin mirarnos, yo en dirección al baño y él escaleras abajo.

El desayuno que encontré dejaba mucho que desear, pero no estaba en condiciones de hacerle ascos. Café instantáneo, bollería industrial y galletas. Al contrario de lo que les ocurría a otras personas, a mí los nervios me abren el apetito, así que me senté a la mesa y devoré todo lo que Noah me puso delante.

Comimos en silencio, escuchando atentos las noticias que llegaban del televisor encendido en el salón. Tardaron una eternidad en hablar de lo sucedido el día anterior en el museo, y cuando lo hicieron fue para repetir lo mismo que ya habían dicho. No se habían producido avances sustanciales en el caso, la policía guardaba un prudente mutismo, la viuda de Sanders se había negado a hacer declaraciones y desde el museo habían anunciado para este mediodía una rueda de prensa de su director.

—¿Qué crees que dirá Petersen? —me preguntó Noah.

—No tengo ni idea —reconocí—. Puede limitarse a lamentar la muerte de Sanders, que se suma a la del vigilante la semana pasada, pero imagino que lo que más le interesa es hablar de la seguridad del museo y de cómo es posible que se hayan cometido dos robos en tan poco tiempo.

—¿Crees que se huele algo? De Sanders y tú, quiero decir.

Me encogí de hombros.

—Depende de lo que Ferguson le haya contado.

Noah asintió en silencio y terminó de desayunar. Esperó hasta que di buena cuenta del tercer bollito de chocolate y fresa y apuré el café aguado de mi taza y lo llevó todo al fregadero.

—Déjalo —le pedí cuando se dispuso a lavar la vajilla—. No merece la pena.

—Necesito mantenerme ocupado. Pienso mejor cuando tengo algo entre las manos.

Le dejé entretenido en la cocina y salí al jardín trasero. El césped casi había desaparecido bajo las garras de las malas hierbas, los cúmulos de arena empujados por el viento y la acción de los topos, que habían abierto sus madrigueras subterráneas en el terreno abandonado. Me acerqué hasta el lugar en el que solía estar el banco de madera y me senté en el suelo. Intenté relajarme, perder la vista en el horizonte, buscar las siluetas de los barcos y los veleros, pero estaba demasiado tensa. No asustada, al menos no tanto como debería estar. Sólo tensa, nerviosa, alerta. Esperaba lo inevitable, pero no pensaba caer sin luchar. Intentaría dar al menos un zarpazo antes de morir.

El problema era que lo inevitable se presentó demasiado pronto.

Noah llegó corriendo a mi lado, casi sin aliento, pálido y sudoroso. Aferraba el teléfono en la mano con tanta fuerza que pensé que iba a partirlo en dos.

—Jack —dijo simplemente cuando llegó a mi lado.

Le miré, sin saber muy bien a qué se refería ni qué decir.

—Cálmate…

—Está de camino, me ha llamado, sabe dónde estamos, tiene un chaval nuevo que controla esos chismes que rastrean las señales de los móviles.

Me levanté de un salto. Lo inevitable estaba a punto de arrancarme la cabeza.

—Ferguson —farfullé.

—¡Eso es! Llama a Ferguson y larguémonos.

—¿Largarnos? ¿Para qué? ¿Has olvidado a Tom? Tardaron muy poco en dar con él, y también nos encontrarán a nosotros. Pelearemos. Negociaremos. No sé…

Noah me miró de un modo extraño, como si fuera la primera vez que me veía.

—Nunca me cansaré de pedirte perdón. Por muchos años que viva, me arrepentiré cada día de lo que te he hecho.

—Entonces, me temo que no lo vas a lamentar mucho tiempo.

Intenté bromear, pero ni yo misma fui capaz de reírme de la gracia. Volví a casa y busqué mi móvil en el salón. Cuando lo localicé, lo encendí y llamé a Ferguson. El inspector respondió casi al instante.

—Señora Bennett. Diría que es una sorpresa, pero en el fondo esperaba su llamada.

—¿Y eso por qué?

—¿No se ha enterado? Está a punto de convertirse en la fugitiva más buscada del país.

—¿A qué… a qué se refiere?

—Señora… señora… Mi querida Zoe. —Su sarcasmo me produjo una arcada y un gélido escalofrío—. El director del museo va a ofrecer una rueda de prensa en la que asegurará que usted es el cerebro que está detrás de todo lo sucedido, que no sólo ideó el plan para cometer el primer robo, sino que también pergeñó y llevó a cabo el segundo. En resumen, casi cinco millones de dólares en joyas, tres muertos y unas imágenes de lo más sugerentes que están a punto de emitirse en la televisión nacional. No habrá agujero en el que pueda esconderse después de esto, su revolcón con ese *gigolò* de medio pelo se hará viral en cuestión de minutos.

—¡Pero usted sabe que eso no es verdad!

—La verdad tiene muchas caras. Desde luego, las afirmaciones del intachable director de uno de los museos más importantes del país, un hombre blanco, rico y de buena familia, serán palabra de Dios, una verdad irrefutable.

—Eso no es…

—Lo único que yo sé —me cortó— es que usted y yo teníamos un trato y que mi cuenta corriente sigue tan escuálida como ayer.

—Cumpliré mi parte. Hoy. Ahora. Usted detenga a Petersen. Dígale que no tiene pruebas, que su declaración pondrá en riesgo la investigación… lo que quiera, pero deténgalo.

—Lo intentaré, pero no le prometo nada. Mientras tanto, ¿dónde nos vemos?

—Estoy en Nahant.

—¿Qué hace en el culo de Massachusetts?

—Eso no importa. Si quiere las joyas va a tener que darse prisa. Jack Andieli está de camino. Le lleva quince minutos de ventaja. Me matará y se llevará las joyas. Y todo habrá sido para nada. O quizá no, porque le juro que antes de morir enviaré a la prensa la grabación de nuestras conversaciones. Y los dos estaremos acabados.

Le di la dirección de la casa y colgué el teléfono.

Luego cumplí mi amenaza. Tecleé un rápido mensaje, adjunté los dos archivos de audio que guardaba en el móvil y se lo envié a la única periodista que conocía. Marcia Cooper trabajaba en la sección de cultura, pero sabría qué hacer con lo que le enviaba y a quién entregarle la información.

A la mierda Ferguson.

—Tenemos poco tiempo —le dije a Noah.

Él me miró, enderezó la espalda y entonces comenzó la peor pesadilla de mi vida, como si todo lo ocurrido hasta entonces sólo fuera la antesala del infierno, una especie de preparación o calentamiento para la hecatombe que se avecinaba.

—¿Y qué propones? —me preguntó.

—Ser más listos que ellos. Plantarles cara. Nos matarán en cuanto les entreguemos las joyas, así que en realidad no tenemos nada que perder.

—Estás loca, ¿lo sabes? Completamente majara. Estamos muertos. —Suspiró y bajó el tono de voz—. Pero estoy contigo. Qué remedio…

Salí al porche delantero. Ya no me importaba que me vieran; la muerte estaba de camino y necesitaba un poco de aire fresco. Miré a mi alrededor y comprobé que en todos los años que llevaba sin pasar por allí no habían construido un nuevo camino de acceso en ningún sitio. Una sola carretera de un único sentido. Sólo había una forma de llegar hasta nosotros. Un par de minutos después volví a entrar y crucé rápidamente el salón en dirección a la puerta trasera. Una vez fuera, torcí a la derecha, hacia el cobertizo de las herramientas. Noah me seguía de cerca, atónito.

—¿Tienes un refugio secreto, como un búnker de la Guerra Fría o algo así?

—No —negué—, pero no podemos quedarnos con los brazos cruzados. Tendremos que defendernos.

Me detuve frente a la puerta de la caseta en la que mi abuela guardaba las herramientas. Un oxidado candado nos impedía el paso al interior.

—No estoy segura de dónde estarán las llaves —musité.

No tuve tiempo de seguir pensando. El pie de Noah voló hasta la desvencijada madera y golpeó con fuerza justo al lado de la cerradura. Cientos de astillas revolotearon en todas las direcciones mientras la puerta, prácticamente arrancada de sus bisagras, colgaba lastimosamente de uno solo de los goznes.

—Tú primero —me invitó con una sonrisa en la cara.

La luz solar era más que suficiente para iluminar hasta el último rincón de la pequeña caseta, de unos cuatro metros de largo por tres de ancho y apenas dos metros y medio de altura en los laterales. En el centro, el tejado a dos aguas era más elevado, y de la viga central colgaba una bombilla cubierta de telarañas, que se encendió sin ni siquiera parpadear en cuanto pulsé el interruptor.

Noah rodeó despacio la mesa de trabajo, observando con detenimiento el contenido de los armarios y los distintos utensilios que colgaban ordenados de sus ganchos en las paredes. Abrió la enorme caja de herramientas metálica que descansaba en una de las mesas laterales y asintió en silencio, al parecer satisfecho con lo que veía. Abrió los cajones, volcó el contenido de las cajas y llenó una de ellas con lo que le pareció de utilidad.

Mientras tanto, yo busqué con la vista el único lugar al que mi abuela jamás me dejó acercarme: el armero.

—Necesito que abras otro candado —le pedí.

Noah se acercó un instante, comprobó que la fuerza bruta no serviría en ese caso y regresó a la caja de herramientas. Un segundo después estaba de nuevo a mi lado con una cizalla que cortó la cadena metálica como si fuera mantequilla. Abrí las puertas, nerviosa, con Noah pegado a mi espalda, y contemplé las tres escopetas de caza, tres preciosas Berettas, igual de negras y relucientes que las recordaba de mis vacaciones infantiles. Mi abuelo fue cazador durante su juventud, cuando vivía en Williamstown, muy cerca de la frontera con New Hampshire y más aún del parque nacional de Green Mountain and Finger Lakes. Aunque no volvió a disparar ni un solo cartucho desde que se mudó a Boston, conservó sus escopetas y una buena cantidad de munición. Mi abuela nunca se deshizo de sus armas, aunque creo que no le hacía demasiada gracia la afición cinegética de su marido.

—¿Funcionarán? —preguntó Noah.

—Sólo hay un modo de saberlo. Mientras tú rebuscas por aquí, las engrasaré un poco. Mi abuelo lo hacía periódicamente, pero hace muchos años que murió.

Empapé un paño con el contenido de uno de los pequeños bidones y me afané en imitar la rutina que había visto ejecutar cien veces cuando era niña. Mientras, Noah revoloteaba a mi alrededor a una velocidad endiablada, consciente, como yo, de que Jack estaba cada vez más cerca. Regresó junto a mí con la caja a rebosar y la urgencia brillando en sus ojos.

—Tenemos que prepararnos. Jack no tardará mucho en llegar, y no vendrá solo.

Corrimos de regreso a la casa, Noah cargado con la caja y yo con las tres escopetas y todas las cajas de cartuchos que cupieron en la bolsa de plástico que encontré en uno de los cajones.

De nuevo en el salón, Noah me dio una serie de instrucciones sobre lo que quería que hiciera. El plan era tan sencillo que parecía estúpido, pero era lo único que podíamos hacer. Recorrí la casa colocando obstáculos allí donde podían ser útiles. El mueble de la entrada atravesado frente a las escaleras, las sillas de la cocina amontonadas en medio de la puerta, bidones vacíos de gasolina a lo largo del pasillo… No les impediría el paso cuando por fin entraran, pero quizá los ralentizara o, al menos, nos indicaría dónde estaban y cuánto tiempo nos quedaba de vida. Por último, cerré con llave la puerta del sótano y la aseguré encajando con fuerza una silla contra el pomo.

Encontré a Noah en el salón, desenredando el hilo de pescar de un enorme carrete. El sedal plateado volvía a enredarse en cuanto depositaba los metros cortados sobre el sofá, pero eso no parecía preocuparle.

No tenía ni idea de lo que estaba haciendo ni de si eso serviría de algo a la hora de salvarnos la vida, pero me tragué el miedo y las preguntas y seguí adelante con mi cometido.

Cargué las tres escopetas, las deposité sobre el sofá y lo empujé con todas mis fuerzas hasta colocarlo junto al ventanal del salón que daba al camino de entrada. Le pedí ayuda a Noah para darle la vuelta y casi pegamos la parte trasera del sofá a los cristales. Después, acerqué una pequeña mesa y extendí sobre ella toda la munición que cabía. Teníamos un parapeto que de poco nos serviría ante las balas de una automática, pero menos es nada.

Mientras, Noah subió al piso de arriba cargado con una bombona de propano y un pequeño bidón de combustible, el que utilizaba mi abuela para llenar el depósito del cortacésped. Le seguí escaleras arriba, ya con mi Glock en la mano. El tiempo volaba. Sacó un martillo del bolsillo trasero del pantalón y arrancó de un solo golpe el gollete de la bombona, que colocó junto a la puerta.

—Sal de aquí —me ordenó—. Lo prepararé y cerraré. Coge una de las escopetas y algo de munición y llévalo todo al último dormitorio del pasillo, por si tenemos que refugiarnos allí.

Le obedecí y bajé a toda velocidad. Por la ventana de las escaleras distinguí dos todoterrenos oscuros que frenaron en seco frente a la valla de la casa haciendo chirriar las ruedas y lanzando una lluvia de guijarros hacia atrás. No les importaba la discreción, sólo tenían un objetivo, nosotros y las joyas que escondíamos, y parecían tener prisa por cumplir su cometido.

—¡Jack está aquí! —grité.

Al instante, los pasos de Noah se sumaron a los míos y juntos nos parapetamos detrás del sofá.

—Sé que sabes disparar. Dispara sin miedo. No titubees o estarás muerta.

—No lo haré —asentí.

—Bien. ¿Tienes la pistola preparada?

Asentí de nuevo, esta vez en silencio. Al otro lado de la ventana, cinco hombres armados con pistolas y fusiles cortos esperaban junto a los coches y estudiaban el terreno sin decidirse de momento a cruzar la valla.

—Zoe —susurró Noah. Y siguió sin esperar mi respuesta—. Lo siento mucho. Siento todo esto. La verdad es que me encantó estar contigo, eres una mujer fantástica, y volvería a hacerlo sin dudarlo, aunque sin las mentiras de alrededor, claro.

—Noah —esperé hasta que separó sus ojos de la ventana y los fijó en los míos—, vete a la mierda.

No se inmutó. Incluso diría que sonrió, pero la situación no invitaba en absoluto a la diversión.

La ventanilla trasera del segundo todoterreno descendió y lo que vi me impresionó aún más que las armas que nos apuntaban.

—Necesito mi móvil —dije sin perder de vista al hombre que acababa de aparecer detrás del cristal tintado.

—Lo has dejado sobre la mesa, no puedo ir hasta allí sin exponerme a que me vean. ¿Te sirve el mío?

Alargué la mano en señal de aceptación y tecleé deprisa un

número que conocía de memoria. El hombre del coche comprobó su teléfono, miró la casa y descolgó, pero no habló.

—Gideon —saludé con los dientes apretados—. Tengo que reconocer que eres la última persona a la que esperaba ver por aquí.

—He venido para intentar evitar un estúpido derramamiento de sangre. No merece la pena morir por unas joyas, Zoe. Entrégamelas. Te prometo que todo el mundo volverá a subir a los coches y desapareceremos de tu vida para siempre.

—¿Has estado detrás de todo esto desde el principio? ¿Cómo has podido…?

—No espero que lo entiendas —respondió hastiado—, pero a veces la vida nos da unos reveses inesperados que requieren acciones desesperadas. —Le oí suspirar al otro lado de la línea—. Todo estaba planeado a la perfección, limpio, rápido y sencillo. Pero primero Sanders se echó atrás y tuvimos que recurrir a ti, y cuando parecía que las cosas por fin se habían enderezado, ese amigo tuyo pretendió actuar como un caballero borrando las imágenes y, después, el imbécil de su socio le pegó un tiro al vigilante. Trágico e inoportuno, sin duda. Un asesinato lo complicaba todo. Luego el ladrón huye, la policía interviene…

—Claro. Todo muy inoportuno.

—Así es.

—¿Siempre has sabido lo que ocurría, y aun así eras capaz de sentarte frente a mí, lamentarte por lo sucedido, e incluso comer conmigo?

—Necesitaba saber cómo estabas, cómo iban las cosas. Con Sanders fuera de juego, te necesitaba a pleno rendimiento. Pero parecías reacia, así que tuve que darte un pequeño empujón.

La niebla que llevaba tantas horas enturbiando mi mente se disipó de pronto, arrastrada por el vendaval de las palabras de Gideon.

—Por eso me despediste…

—Sabía que eso te espolearía. Hacía dos días que había recibido las imágenes, pero entonces pensé que necesitaba utilizarlas.

—Y Ferguson…

—Oh, el inspector no sabe nada, es un estúpido ignorante.

—¿Estás seguro? —escupí entre dientes—, porque ese estúpido ignorante está al tanto de todo lo que ha ocurrido. De hecho, él también me animó a cometer el robo. Es más, en este mismo instante está de camino hacia aquí para recoger su parte del botín.

—Mientes… —masculló desde el interior del coche. Yo no contesté. El silencio fue más esclarecedor que cualquier respuesta—. Ya está bien de tonterías. Danos lo que hemos venido a buscar y no te pasará nada, nos marcharemos y no volverás a vernos.

—No te creo, Gideon. —Petersen soltó un largo suspiro. Desde donde estaba no pude ver su pecho subir y bajar, pero imaginé sin dificultad su gesto de desdén, el mohín aburrido de alguien acostumbrado a mandar y a ser obedecido. Gideon…—. ¿Qué es lo que fue mal? ¿Alguna putilla que te chantajea con unas fotos obscenas? ¿O quizá es un chapero? ¡Oh, sí! Eso te pega más, algún crío menor de edad al que atiborras de drogas para poder follártelo. ¿Se te ha ido la mano? ¿Te lo has cargado y Jack te ayudó a salir del atolladero? Gideon, Gideon… Ese tipo de deudas no se saldan nunca. Siempre te tendrá cogido por las pelotas.

Él decidió ignorar mis pullas.

—Zoe, las cosas pueden ser tan complicadas como tú quieras.

Su voz ya no era dulce y melosa, sino cortante como un cuchillo recién afilado. Quizá había dado en la diana, o al menos me había acercado. A mi lado, Noah me hacía gestos secos con la mano sobre su garganta para que dejara de hablar. Cuando consiguió mi atención, me señaló a las cuatro figuras que habían comenzado a moverse despacio a través del jardín. Técnicamente ya estaban en mi propiedad, podría dispararles en legítima defensa. Sin embargo, esperé.

—¿Qué es lo que quieres, Gideon?

Noah se movió despacio, reptó hasta la ventana y apuntó con uno de los rifles. Desde mi posición sólo podía ver a tres de los matones. Gideon no se había movido de su sitio en el interior del coche y Jack permanecía de pie al otro lado de la valla, atento a la conversación.

—Quiero que seas una buena chica, que salgas de esa casa con las manos en alto y la bolsa con las joyas colgada del hombro, y que camines despacio hasta aquí. El señor Andieli comprobará que no falta nada y podrás irte. Me ha prometido que no te lastimará, ni él ni ninguno de sus empleados. Es un hombre de palabra, Zoe, puedes salir tranquila.

—Claro, Gideon, ahora voy.

Colgué el teléfono y miré a Noah, que seguía apostado junto a la ventana. Asentí en silencio, apunté y disparé sin pensármelo dos veces. Noah efectuó otro disparo y vimos cómo uno de los matones se desplomaba sobre el jardín.

Gideon se tumbó en el asiento del coche y subió a toda prisa la ventanilla, mientras Jack se parapetaba detrás del segundo vehículo y nos apuntaba con su revólver. Seguimos disparando, pero los intrusos lograron ponerse a cubierto.

Las escaleras de la entrada crujieron, aunque juraría que eran menos los pies que hollaban la madera que los que había contado unos minutos antes junto a la valla. El estruendo de cristales rotos acabó de despejar la duda. Al menos uno de los matones intentaba colarse (y de hecho lo había conseguido) por la parte de atrás. Pretendían rodearnos.

—No sueltes el arma —susurró Noah.

Después, se levantó y gateó fuera del salón. Lo vi levantarse y situarse pegado a la pared, oculto por la puerta abierta. Algo brillaba en su cintura, pero no tuve tiempo de fijarme bien. El grueso cuerpo de uno de los asaltantes dio un paso en el interior del salón. Fue el último de su vida. Como un resorte, Noah saltó sobre su espalda en cuanto el hombre atravesó el umbral y rodeó su cuello con un sedal casi invisible. El matón, un joven fornido de cabeza rapada, tardó una eternidad en dejar de resollar. Se debatió durante unos interminables segundos. La violenta escena me tenía subyugada, nunca había visto a nadie debatirse por respirar hasta la muerte, y tengo que reconocer que no me horrorizó, quizá porque temía más lo que haría si sobrevivía. Cuando exhaló su último aliento, Noah deslizó con cuidado el cuerpo inerte hasta el suelo, pasó sobre él y se dirigió al pasillo.

Nuestra única ventaja era la cautela que estaban mostrando los hombres de Jack. No entendía cómo todavía no nos habían acribillado a balazos, aunque deduje que nos necesitaban vivos para conseguir las joyas. Eso, sin duda, jugaba a nuestro favor, y Noah lo estaba aprovechando a la perfección.

Aferré con fuerza la Glock y me apoyé en el brazo del sillón. Dirigí el cañón hacia la puerta principal y esperé lo inevitable. Sin embargo, los hombres de Jack eran más listos o más experimentados de lo que yo pensaba y la puerta no se abrió. Vi pasar varias sombras, la madera del porche volvió a crujir y sentí la fuerza de unas botas trepando por la fachada aprovechando la tubería de desagüe. ¡Estaban subiendo al primer piso!

Perdía el tiempo allí. Aunque me sentía segura en mi escondrijo de detrás del sofá, hice acopio de valor, cogí el arma y gateé en dirección al cadáver. Tuve el tiempo justo de ocultarme tras el quicio de la puerta antes de que un segundo hombre estuviera a punto de descubrirme. Se deslizó como un felino por el pasillo, evitando con cuidado los torpes obstáculos que yo había diseminado, asió el pomo de la puerta de la cocina y entró. No lo dudé. Me levanté de un salto, alcancé el pasillo en dos zancadas y me planté frente a la puerta de la cocina sin dejar de disparar. El intruso intentó ocultarse detrás de la mesa, pero avancé con decisión, con el dedo apretando el gatillo una y otra vez. Estaba de pie, en medio de la cocina, expuesta, pero no tenía miedo.

Disparé hasta vaciar el cargador, hasta convertir a aquel hombre en un guiñapo sanguinolento despatarrado en el suelo. Su espalda había dejado un enorme rastro rojo en las baldosas de la pared mientras caía.

Salí de la cocina y regresé al salón en busca de munición. Cargué la Glock, me la metí en la cinturilla del pantalón y cogí también una Beretta. Después me dirigí a la salita en la que mi abuela solía ver la televisión. Oía ruidos arriba y abajo, pero a mi alrededor todo estaba en silencio.

Entré en la salita y desenrollé lo más rápido que pude el fino hilo de pescar que Noah me había dado. Até un extremo a la pata de una pequeña y delicada mesita que sostenía una figura de porcelana y extendí el resto hasta detrás de un mullido sillón de tapizado desgastado. Me oculté y esperé, conteniendo la respiración. Las escaleras crujieron bajo el peso de una persona. No tenía forma de saber si era amigo o enemigo hasta que le viera al otro lado de la puerta, aunque las estadísticas estaban claramente a favor de que se tratara de otro de los hombres de Jack. ¿Cuántos quedarían? ¿Dos? ¿Tres? Demasiados, en cualquier caso. Y tampoco tenía la certeza de que el que habíamos visto caer en el jardín hubiera quedado fuera de combate.

Un enorme corpachón vestido enteramente de negro ocupó la totalidad del umbral. Sostenía en los brazos un fusil de asalto que parecía pequeño entre sus manazas y peinó con la linterna el interior de la habitación. Aferré la escopeta, el dedo índice firme sobre el gatillo, y con la otra mano tiré del cable, que estaba empezando a cortarme la parte interna de los dedos. La mesita se balanceó un poco, lo suficiente como para que la escultura se desplazara y cayera. El estruendo tuvo el efecto deseado. El matón se giró, apuntando su arma hacia la mesa y mostrándome su gran espalda, momento que yo aproveché para disparar sin titubear.

Al principio pensé que había fallado el tiro, porque el hombre apenas se movió del sitio. Sopesé la posibilidad de que llevara un chaleco antibalas, o simplemente que su impresionante musculatura le hubiera salvado de un tiro mortal. Pensé incluso que los cartuchos podían estar defectuosos, después de tantos años metidos en el armero. Apunté de nuevo y volví a apretar el gatillo. El hombre de negro cayó de rodillas sin que un solo sonido escapara de su boca y se desplomó sobre la preciosa alfombra de mi abuela.

El alivio por creerme a salvo me duró apenas unos segundos. Desde arriba oí a Noah luchar contra otro asaltante. Dejé la escopeta en el suelo, saqué mi reluciente Glock y comprobé el cargador. Abandoné la seguridad de mi escondite y me asomé cautelosa al pasillo. Estaba desierto. Giré a la izquierda y enfilé escaleras arriba. En la primera planta, uno de los hombres de Jack aferraba entre sus enormes brazos a Noah, que trataba de zafarse para poder utilizar el largo cuchillo que blandía en una mano.

Intenté apuntar, pero giraban a tal velocidad que lo mismo podría haberle dado a uno que a otro. Poco después, Noah logró liberar su brazo armado y, con una velocidad asombrosa, le propinó tres profundas puñaladas en el costado. Cuando lo soltó, le lanzó una más al cuello. El hombre dejó de moverse y cayó al suelo, todavía vivo. Sus ojos ciegos se clavaron en el techo mientras boqueaba como un pez fuera del agua y un torrente de sangre escapaba por cada una de sus heridas. No debió de ser una muerte agradable. Aunque, pensándolo bien, ninguna lo es. Esa simple fracción de segundo en la que te sabes muerto debe de ser aterradora.

Noah me miró en silencio y me hizo un gesto para que yo tampoco hablara. El ruido de pasos había disminuido, pero calculé que al menos quedaba otro hombre en la casa, sin contar a Jack, que no sabía dónde estaba. Me pidió por señas que volviera a bajar las escaleras, de vuelta al salón. Le obedecí sin rechistar. Prácticamente levité sobre los escalones. Sorteé los dos cadáveres y me escondí de nuevo detrás del sofá para vigilar el exterior. Gideon debía seguir oculto en la parte trasera del coche, porque no alcancé a ver ni uno solo de sus negros cabellos engominados.

Arriba, imaginé a Noah oculto en alguna de las habitaciones, quizá en el baño. Una mano abría una a una todas las puertas con un fuerte empujón y esperaba unos segundos antes de seguir adelante. Lo imaginé escrutando cada centímetro del cuarto, apuntando con la boca negra de su fusil, con los ojos entrecerrados para enfocar mejor.

Escuché otra puerta abrirse, al instante una detonación y, justo después, una explosión que hizo que toda la casa temblara. Deduje que Noah había provocado la deflagración en el interior de la habitación llena de propano. No tenía ni idea de si el disparo había servido como detonante o si Noah había instalado algún tipo de mecha. Poco importaba si su idea nos había librado de otro matón. Sin embargo, el piso superior estaba en llamas. Se nos acababa el tiempo.

La casa se quedó en silencio. Sólo el crepitar de la madera y el angustioso siseo del fuego bien alimentado rompía la quietud. Noah, empapado en sangre, bajó las escaleras casi flotando sobre el suelo para no delatar nuestra posición. No teníamos ni idea de cuántos asesinos habían venido, los cinco que vimos al principio o un ejército más, cuántos habían muerto y si quedaba alguno en la calle. Noah no era un espectáculo agradable de ver, con la camiseta pegada al cuerpo, cubierta de sangre oscura y fresca y los pantalones impregnados en la misma sustancia viscosa. El olor metálico y dulzón me provocó una arcada que contuve a tiempo.

Me miró un instante y se dirigió hacia la ventana del salón. En la calle, junto a los vehículos, Jack y uno de sus matones observaban inquietos la casa, seguramente esperando que sus hombres aparecieran en el porche de un momento a otro con nuestras cabezas en una mano y las joyas en la otra.

Apunté hacia ellos a través del ventanal destrozado de mi

casa. Cerré un ojo, estiré los brazos, disparé… y fallé. Los dos hombres se lanzaron al suelo de cabeza, parapetándose detrás de la valla. Volví a apuntar, esta vez hacia la ventanilla tras la que se ocultaba Gideon, pero Noah me puso una mano en el antebrazo y, suave pero decidido, me obligó a bajar el arma.

Las gruesas paredes y el estruendo de nuestros propios corazones, todavía desbocados, hizo que el ulular de las sirenas policiales llegara a sus oídos unos segundos antes que a los nuestros. Jack se levantó del suelo e hizo ademán de cruzar la valla, pero pareció pensárselo mejor y, tras hacer un gesto con la mano a su gorila, subió rápidamente al coche en el que esperaba Gideon y se marcharon como habían llegado, a toda velocidad, levantando una nube de polvo y guijarros tras de sí.

Los agudos y urgentes aullidos de las fuerzas del orden sonaban cada vez más cerca. Deduje que los vecinos habían llamado a la policía. Con lo que no contaba era con ver aparecer un solo coche, un sedán oscuro, sin más distintivos que una sirena colocada en el techo.

—Ferguson —susurré.

Un terror irracional se apoderó de mi cuerpo al instante. Todo el esfuerzo, el miedo, la sangre, los muertos… No había servido para nada. Seguía atrapada, y me atrevería incluso a decir que el inspector era al menos tan peligroso como el propio Jack, si no más, porque él sí tenía mucho que perder si yo seguía viva. La pistola tembló en mis dedos y a punto estuvo de caérseme al suelo. Noah la cogió justo a tiempo y la colocó de nuevo firme en mis manos. Después, se situó frente a mí y me sacudió con suavidad por los hombros, obligándome a mirarle. Apenas podía verle entre las lágrimas que anegaban mis ojos. Con una delicadeza que casi no recordaba, se limpió una mano en la trasera del pantalón y pasó el pulgar por mi mejilla, arrastrando a su paso el surco de líquido salado. El sonido de unas botas aplastando la gravilla del camino acabó con la magia del momento. Mientras, las llamas se estaban propagando sobre nuestras cabezas. Estaba empezando a hacer mucho calor allí dentro.

—Escúchame —me exigió, cogiéndome la cara con las dos manos. La que no se había limpiado en el pantalón estaba sucia y pegajosa—. Ferguson no sabe si estamos vivos o muertos. Habrá oído el aviso por radio y se ha apresurado para llegar antes que las patrullas y los bomberos, que no tardarán en aparecer. Tienes que entretenerlo unos minutos. Esconde la pistola en el pantalón y apúntale con la escopeta; dile que no sabes qué ha sido de mí. Yo me encargo del resto. No me iré sin ti. Te lo debo.

No sé por qué, pero le creí e hice lo que me indicó. Una vocecita en mi interior me gritaba que no podía confiar en él, no después de todo lo que había pasado, pero en ese momento no tenía más opción que poner mi vida en sus manos. Asentí despacio, con los ojos fijos en los suyos y el oído atento a lo que sucedía en el exterior.

Noah me soltó y corrió hacia la salita de la planta baja. Desapareció tras la escalera justo cuando Ferguson abría cautelosamente la puerta principal. Separé las piernas para afianzar y equilibrar el cuerpo, que no dejaba de temblar. Respiré hondo, me limpié el último rastro de lágrimas y apunté hacia la puerta.

El brillante cañón de un revólver precedió a la aparición de la mano del inspector. Vislumbré después su brazo, la tela oscura de su camisa y, por último, su rostro sudoroso y congestionado. Estaba preocupado. Tenía miedo. Perfecto.

—¡Tire el arma! —grité.

Ferguson se detuvo en el acto. Todavía no me había visto, pero ahora ya sabía que no estaba solo. Para certificar mi amenaza, amartillé mi escopeta lo más fuerte que pude para que no le quedara ninguna duda de lo que le esperaba si daba un paso más.

—Zoe —respondió un instante después—. Esto ha ido demasiado lejos. Podemos solucionarlo, entregar las joyas y hacer como que no ha pasado nada. Yo la cubro a usted y usted me cubre a mí. Sin problemas, ni ahora ni nunca, ¿qué opina?

—Opino que me va a descerrajar un tiro en cuanto esté seguro de que he bajado el arma, cosa que no haré hasta que no pase sobre su cadáver, a no ser que se lo piense mejor, dé media vuelta y se largue por donde ha venido.

La puerta se abrió muy despacio, centímetro a centímetro, mostrando poco a poco el corpachón del inspector. Parecía muy tranquilo, dadas las circunstancias, aunque, por supuesto, la experiencia era un grado que yo no poseía y que jugaba claramente a su favor. Eso, y que tras él apareció la enorme y oscura figura de Joss Carlin armado con su famosa recortada. No lo había visto llegar. Seguramente se apeó del coche unos metros antes y rodeó la casa a pie. Mierda.

Ferguson se quedó en el umbral mientras Carlin le cubría las espaldas y contempló el desastre que se mostraba a su alrededor.

—¿Has hecho esto tú sola?

Me pareció percibir cierto tono de asombro en su voz, aunque quizá fuera sorna o incredulidad.

—Noah y yo —respondí.

—Ajá. —Las piezas parecieron encajar en su cabeza—. ¿Dónde está ahora tu amigo?

—No lo sé. No ha bajado. Iba a ir a buscarlo cuando he oído el coche. No sé si está vivo o muerto. O quizá se ha ido sin mí.

—¿Dónde están las joyas?

No respondí. Le miré sin dejar de apuntarle. Él tenía el arma en la mano, encañonando el suelo, aunque sabía que un veterano como él sería capaz de matarme antes siquiera de que me diera cuenta de lo que estaba pasando. Carlin, sin embargo, dirigía hacia mí los ojos negros de su escopeta de cañón corto.

—Me prometió venir solo.

—No recuerdo haber dicho tal cosa… En cualquier caso —añadió—, mi intención es arreglar esto por las buenas. Joss sólo me cubre las espaldas por si Andieli todavía anda por aquí. Créeme, no tienes nada que temer.

Le vi levantar la vista hacia arriba. Sin duda, era consciente de que el fuego se acercaba y de que el humo pronto nos rodearía. Supe que la cuenta atrás sonaba más fuerte en su cabeza que en la mía, y decidí aprovechar la situación.

—¿Sabe lo que creo? —Ferguson se encogió de hombros, pero no movió ni un solo músculo más—. Creo que va a matarme. A estas alturas ya no le importan las joyas, sólo quiere salir indemne del lío en el que se ha metido usted solito. Si yo muero aquí y ahora, puede decir que soy una víctima más del enloquecido tiroteo que se ha desatado en el interior de esta casa. Además, el director ya me ha nombrado malvada del año y me ha señalado como el cerebro criminal de todo lo que ha ocurrido. Y mientras otros se devanan los sesos buscando motivos y causas, usted lo observará todo desde su despacho, listo para hacer desaparecer cualquier prueba que pudiera incriminarle, aunque fuera de refilón. ¿Me equivoco? Apuesto a que la que lleva en la mano no es su arma reglamentaria, sino una que requisó en alguna redada y que no ha pasado por el registro policial. Así, además, le cargarán el muerto a otro. O la muerta. Y por si todo falla, aquí está su fiel escudero, dispuesto a matar por usted a cambio, supongo, de una jugosa tajada del pastel.

Silencio. Miró de nuevo hacia arriba. El techo crepitaba sobre nuestras cabezas y una lengua de humo negro se deslizaba escaleras abajo.

Levanté el arma, dispuesta a disparar, a salir de allí como fuera, pero Ferguson, como me temía, fue mucho más rápido que yo. En menos de lo que se tarda en parpadear, su revólver estaba fijo en mi cabeza.

La media sonrisa socarrona que tantas veces había visto en los últimos días apareció en su cara y desapareció casi a la misma velocidad. El estruendo de un disparo resonó entre las cuatro paredes del salón. Esperé el dolor, la sangre, la falta de aire, pero lo único que llegó fue un grito desgarrador procedente de la garganta de Ferguson.

El inspector soltó el arma y se sujetó el brazo izquierdo con la mano derecha, que se tiñó de rojo al instante. Noah le había alcanzado en el antebrazo. Carlin se agazapó detrás de la puerta y su arma lanzó un fuerte fogonazo sin molestarse siquiera en apuntar, aunque el estruendo le permitió ponerse a resguardo. Mientras, Ferguson intentó recuperar su revólver, pero Noah apareció por su espalda y le propinó un fuerte golpe en la cabeza que lo lanzó al suelo.

El oscuro cañón surgió de detrás de la puerta. Me moví un par de metros hacia la derecha de un salto, le grité a Noah para que se agachara y disparé. La puerta se hizo añicos y, detrás de la madera, Joss Carlin dejó de respirar.

—¡Vamos! —me urgió Noah—. En unos minutos esto se va a complicar todavía más.

Salté por encima de Ferguson, que se retorcía dolorido, y corrí detrás de Noah hasta el coche en el que habían llegado los matones de Jack. Salté al asiento del copiloto y Noah giró la llave en el contacto. El poderoso automóvil respondió con un rugido atronador y salimos de allí como alma que lleva el diablo. Me giré un instante antes de que llegáramos a la curva y vi a Ferguson correr por el jardín, en dirección a su propio vehículo, sujetándose todavía el brazo herido y, de nuevo, con el arma en la mano. Detrás de él, la casa de mi abuela se había convertido en una antorcha.

Noah condujo en silencio durante varios kilómetros a lo largo de la sinuosa carretera de la costa. Las mandíbulas apretadas se le marcaban a través de la piel de sus mejillas. Tenía los labios fruncidos, las cejas circunspectas y los nudillos blancos por la fuerza con la que agarraba el volante.

La sangre de su camisa estaba seca, excepto en un retal de unos quince centímetros en los que la tela seguía húmeda y pegada a su cuerpo.

—Te han herido.

No era una pregunta, sino la verbalización de un temor en el que no había pensado hasta ese momento.

—El del pasillo me arañó con su cuchillo. No es grave, pero tendría que vendarme la herida para detener la hemorragia.

—¿Te duele?

—No, ahora no. La adrenalina es un analgésico muy potente. Dolerá más tarde.

Asentí en silencio.

—Gracias por no dejarme allí. Ferguson me habría matado.

—Te dije que no lo haría.

—Has dicho muchas cosas en las últimas semanas…

—Tienes razón, pero nunca había hablado tan en serio como ahora. Después de todo, no podía dejarte a merced de ese poli corrupto y de su colega. Tenías razón en todo lo que le dijiste. Te habría matado allí mismo, sin dudarlo, sin pestañear, y habría culpado a los matones de Jack. Tú habrías pasado a la historia como una ladrona a la que el último golpe le salió mal.

—Me costó tragar saliva. Escondí las manos debajo de mis muslos para intentar detener el temblor que las sacudía y fijé la vista en la carretera—. Ferguson nos pisa los talones y seguramente habrá dado la alerta por radio —siguió Noah—. Tú conoces esta zona mejor que yo, ¿hay algún sitio en el que podamos escondernos durante unas horas y cambiarnos de ropa para no llamar la atención?

Sólo tardé un segundo en encontrar la respuesta.

—A unos cinco kilómetros de aquí está la casa de mi tía Agnes. Estará vacía en esta época del año. Podemos dejar el coche en el camino de la playa y entrar por detrás. Tendremos que romper una ventana, pero conozco la contraseña de la alarma.

—Perfecto. ¿Por dónde?

Las indicaciones eran sencillas y llegamos al familiar edificio pocos minutos después. A diferencia de la casa de mi abuela, la de mi tía Agnes sí tenía vecinos cerca, aunque las luces de todas las viviendas estaban apagadas y no vimos ningún vehículo aparcado en el camino. Lo cierto era que casi todas eran casas de veraneo, muy poco frecuentadas antes del mes de agosto. Y mis primos apenas la utilizaban, por lo que estaba bastante segura de que estaría vacía.

Condujimos despacio hasta el camino trasero, una pista de arena invisible desde la carretera, y abandonamos el coche a unos cincuenta metros de la casa. Noah rompió con rapidez y eficacia uno de los cristales de la puerta que daba al patio, la abrió y yo me abalancé sobre la alarma, que desconecté en menos de cinco segundos. Hacía más de diez años que mi tía Agnes no cambiaba la clave. Bendita fuera.

Caminamos sin encender las luces hasta que todas las persianas estuvieron cerradas y todas las cortinas corridas. Sólo entonces nos permitimos respirar tranquilos. Acompañé a Noah a uno de los baños y le busqué algo de ropa de mis primos mientras se duchaba. Imaginé el agua roja deslizándose por su cuerpo, la bañera blanca tiñéndose de carmesí. Por un momento esperé escuchar los gritos desgarradores de Vera Miles, pero el único sonido que me llegó fue el del agua perdiéndose por el desagüe.

Abrí la puerta del baño para dejar la ropa sobre el lavabo justo cuando Noah descorrió la cortina de la ducha.

Me quedé paralizada, mirándole con una mezcla de lascivia y desdén. Levanté la barbilla e intenté parecer indiferente. Él actuó como si aquella situación fuera lo más normal del mundo. Me miró, sonrió y cogió la toalla de la barra.

—Te he traído algo de ropa, espero que te sirva. Y unas vendas, para que puedas curarte la herida.

—Gracias, cualquier cosa será mejor que lo que llevaba puesto.

Le entregué las prendas, di media vuelta y salí de allí.

No era lascivia lo que había sentido. Ni deseo. O quizá sí. Recordé la anécdota de las catástrofes naturales, del miedo a morir, de la celebración de la vida, y maldije a la naturaleza, a la química y a las hormonas.

Entré en la cocina y trasteé en los armarios. Encontré varias latas de pescado, judías cocidas, cubitos para hacer sopa de tomate, albóndigas en salsa y una amplia variedad de conservas vegetales. Con todo aquello podríamos alimentarnos durante casi una semana, aunque no tenía intención de permanecer allí tanto tiempo.

Me quedé paralizada con una lata en la mano, congelada a medio camino entre el armario y la mesa. No tenía ni idea de qué debía hacer a continuación. No sabía qué pasaría si ponía un pie en la calle ni si me quedaba escondida allí hasta que alguien me encontrara. Jack y Ferguson nos buscaban como dos sabuesos furiosos y nos arrancarían la piel a dentelladas. Gideon se había sumado a la caza, y seguro que azuzaría a sus bestias contra nosotros. Nuestras posibilidades de sobrevivir se habían reducido considerablemente en las últimas horas, a pesar de haber acabado con al menos cuatro de los matones de Jack. Pero el muy cabrón parecía tener las llaves del Hades y sacaba del infierno tantos demonios como necesitaba, asesinos sin escrúpulos que se limitaban a apuntar y disparar, sin preguntar a quién ni por qué.

Noah entró en la cocina sin hacer ruido y se colocó a mi lado, acabando de un plumazo con mi debate interno y haciéndome dar un respingo.

—Lo siento, no quería asustarte.

—No lo has hecho —mentí.

Me di cuenta de que iba descalzo, motivo por el cual no le había oído llegar.

—Gracias por la ropa.

—Dáselas a mi primo Lucas. Me alegro de que te sirva. Buscaré algo para que puedas calzarte.

Aproveché el paseo por las habitaciones para serenarme y alejar de mi mente cualquier atisbo de simpatía hacia Noah. Encontré varios pares de calzado masculino y se los llevé todos. No tenía ni idea de qué número calzaba. Él les echó un vistazo y eligió unas deportivas oscuras que calculó que serían de su talla. Acertó.

Preparamos la cena en silencio. Cinco muertos pesan mucho, aunque nos hubiéramos librado de su sangre. Los dos sabíamos que eran ellos o nosotros, ese no era el problema. No se trataba de estúpidos remordimientos o de cuestiones morales sobre la preservación de la vida. No. Se trataba de cómo habíamos llegado hasta aquí, a una situación que nos había colocado un arma en la mano y obligado a disparar para no morir. ¿Habría preferido no hacerlo? En absoluto. Jamás me habría rendido sin plantear batalla.

Lo más curioso era que mi pasado, en el que sólo existían mi trabajo y mis escasas aficiones, me parecía lejano, casi ficticio, una ilusión. Pero no lo recordaba con añoranza, no lo echaba de menos, no como sería normal hacerlo. En esos momentos mi vida rodaba desbocada hacia un final desconocido, y todo lo anterior me parecía una película imposible de rebobinar. Mi cerebro había asumido la victoria del presente y la desaparición del pasado. Mente de superviviente, creo que lo llamó alguien alguna vez. Mirar sólo hacia delante, nunca atrás, porque lo que dejas detrás destruirá cualquier posibilidad de futuro. Pensar en lo que he perdido hará que me desmorone, así que lo excluyo, lo alejo y trato de olvidarlo.

La cena no estaba ni buena ni mala. Apenas la recuerdo. Simplemente necesitábamos comer. Cuando no quedó nada en el plato me dejé caer en el sofá del salón. Noah se sentó a mi lado y encendió el televisor. Le quité el mando a distancia y la apagué.

—No merece la pena —le dije—. Sabemos de sobra cómo están las cosas.

No protestó. Reclinó la cabeza hacia atrás y cerró los ojos. Lo miré entonces sin disimulo. Respiraba despacio y tenía los brazos relajados a ambos lados del torso, con las palmas de las manos hacia arriba. Derrotado. Estaba pálido y un ligero círculo azulado rodeaba sus ojos, que se movían detrás de sus párpados cerrados.

—¿En qué piensas? —le pregunté.

Vi sus labios curvarse ligeramente hacia arriba, pero no abrió los ojos.

—Mi hermano me dijo una vez que si una mujer te pregunta en qué estás pensando, es el momento de salir huyendo, porque intenta meterse en tu cabeza y devorar tus sesos.

Eso sí que no me lo esperaba.

Solté una carcajada a la que pronto se unió Noah. Reímos como dos idiotas durante un buen rato, después incluso de haber olvidado el motivo de tan inapropiada alegría.

—No creo que tengas sesos que merezca la pena devorar —repuse, todavía entre risas.

—Eso no te lo voy a negar. Llevo toda mi vida demostrando que soy un descerebrado, y me temo que a estas alturas ya no tiene remedio.

—Bueno, ya sabes ese refrán que dice «Nunca digas nunca jamás».

—Eso es de una peli de Bond.

—¿Seguro?

Él asintió con la cabeza y se acercó a mis labios. No dije nada. No hice nada. Le dejé besarme, primero despacio, un beso suave, delicado, que se convirtió en urgente en una fracción de segundo.

Lo siguiente que supe era que mis brazos le rodeaban el cuello y mis manos se habían perdido entre su pelo mientras su lengua buceaba en el interior de mi boca. Me negué a pensar, espanté a la cordura y le quité la ropa que acababa de ponerse. Me pegué a su cuerpo, exigí a sus manos que recorrieran cada centímetro de mi piel, le regalé besos húmedos y sensuales, le arañé la espalda y levanté las caderas como si me fuera la vida en ello. Giré y él me siguió. Se colocó sobre mí y respondió a todas mis exigencias. Tenía tanto miedo como yo, y la muerte es un poderoso afrodisíaco.

No hicimos el amor. Peleamos. Follamos. Qué sé yo. No era feliz cuando terminamos, a pesar de que mi cuerpo estaba satisfecho. Me sentía mejor, eso sí, pero la explosión sexual no había cambiado nada. Al menos no para mí.

Me acomodé sobre los cojines y me cubrí con una de las mantas que mi tía guardaba en una cesta junto al sofá, cerca de la chimenea. La lana era tan agradable que rodeé todo mi cuerpo con ella. Noah me sonreía desde el otro lado del sofá. Cálido, sensual, acogedor. Tan joven…

Me cogió los pies que sobresalían por debajo de la manta, los colocó sobre su regazo y comenzó a masajearlos despacio, con ternura.

—¿Estás bien? —preguntó.

—Sí, gracias.

—No hay de qué, a su servicio, señora.

—No seas tonto —le pedí. Lo dije en serio.

Él pareció captar el tono seco de mi voz, pero no detuvo el masaje en los pies. Era muy agradable.

—Hoy ha sido un día muy duro…

—El más duro de mi vida —reconocí.

—Pero seguimos vivos.

Asentí con la cabeza. Tanta cháchara empezaba a resultarme molesta.

—No he visto dónde has dejado el bolso en el que guardaste las joyas —dijo al cabo de un rato—. Quizá deberías ponerlas en un lugar seguro. ¿Quieres que vaya a por ellas?

Fin de la función.

Cayó el telón.

Así que de eso se trataba…

Me había camelado, se había ganado mi confianza, ¡me había follado! Y todo para que le dijera dónde estaban las joyas. Las malditas joyas. Las putas joyas. Por eso no me ha dejado atrás. Por eso me ha salvado la vida cuando ha llegado Ferguson. Porque quiere el dinero. Quiere las joyas. No sé si para él o para Jack, eso me da igual. Todo lo demás le importa una mierda.

Recuperé mis pies, me levanté del sofá y recogí mi ropa del suelo.

—¿Nunca te ha dicho nadie que eres un cabrón hijo de puta? —le pregunté mientras me vestía lo más rápido que podía. Noah me miró con los ojos muy abiertos, como si no entendiera nada, pero a mí ya no podía engañarme. Nunca más. Oh, Dios, en ese momento me habría dado de bofetadas por estúpida. Una vez más.

—¿Qué dices? ¿Qué he hecho? Zoe, por favor…

Se levantó de un salto y se vistió casi más rápido que yo.

—Eso era todo lo que querías —seguí—. Las joyas. Siempre han sido las joyas. ¡Pues no las tengo! —grité—, pero sé dónde están y jamás te lo diré. Hasta aquí hemos llegado. Tú te vas por tu lado y yo por el mío. Apáñatelas como puedas. Corre. Métete en un agujero y púdrete. Me importa una mierda.

—¿Te has vuelto loca? No me importan las joyas, sólo pretendo salir de esta con vida.

—¿Ah, sí? ¿A qué viene entonces este repentino interés por saber dónde están?

—¿No crees que es una pregunta lógica? Me he acordado de pronto y te lo he preguntado.

Bufé, indignada como jamás lo había estado. Con él, por ser un mentiroso, un estafador y un embaucador, pero sobre todo conmigo misma, por imbécil, porque era imposible encontrar sobre la faz de la tierra una persona más estúpida que yo. Cándida, ingenua, confiada. Siempre aceptando la mano que me tendían, aunque fuera de un desconocido. Manos grandes, ojos oscuros y una sonrisa impostora.

—Me voy —decidí.

Acompañé mis palabras de unos movimientos expeditivos y me dirigí a la puerta. Noah corrió detrás de mí.

—¿Adónde pretendes ir? Nos cogerán y nos matarán. —Seguí adelante sin hacerle caso—. Estamos en el lugar perfecto para poder descansar un poco, para organizar nuestras ideas y pensar en nuestro próximo paso.

—¡Y para darte la oportunidad de avisar a Jack y trotar hacia él como un perrito bueno, con las joyas entre los dientes! ¿Cómo has pensado hacerte con ellas? ¿Me matarás para conseguirlas?

—¡Oh, Dios!

Noah sacudía la cabeza de un lado a otro mientras intentaba detenerme, pero una extraña fuerza interna me empujaba hacia la calle. Salí al patio trasero, pisé los cristales rotos y corrí hacia el camino que llevaba a la playa. Esta vez nada podría detenerme.

Tropecé un par de veces por culpa de las lágrimas, pero conseguí llegar hasta la orilla del mar. Seguí caminando. Una ola me lamió los tobillos, las rodillas, los muslos. El pecho. El cuello.

No pude continuar. Mi estúpido instinto de supervivencia me detuvo el tiempo suficiente como para que Noah me alcanzara, me cogiera por la cintura y me arrastrara hacia fuera. No quería salir, pero hacía tanto frío a las puertas de la muerte…

Nos detuvimos cuando el agua volvía a cubrirnos hasta las rodillas. La marea nos robaba la arena bajo los pies, que se hundían poco a poco, pero lo que estábamos viendo nos impedía dar ni un paso más. Teníamos frente a nosotros la casa de mi tía Agnes y, junto a ella, dos coches patrulla lanzaban destellos de colores en todas las direcciones. De no haber corrido hacia la playa nos habrían sorprendido medio desnudos en el sofá. No sabía qué hacían allí, si mi tía tenía más alarmas de las que yo conocía o si algún vecino nos había visto colarnos en el interior.

—Nos habrán oído —sugirió Noah.

Seguramente tendría razón. No habíamos sido muy discretos.

—Voy a entregarme —decidí.

—Zoe…

—Me llevarán a la comisaría del condado, lejos de las garras de Ferguson.

Y hablando del rey de Roma…

Un inconfundible sedán oscuro se detuvo detrás del segundo coche patrulla.

—Mierda…

Desde la casa no podían vernos. Era de noche y el mar era como un manto negro. Sin embargo, no pude evitar encogerme y buscar instintivamente una ruta de escape.

—Tenemos que llegar al coche —sugirió Noah.

Lo habíamos dejado lejos de la casa, en un camino secundario mal iluminado por el que no habría pasado la policía, que había llegado desde la carretera principal.

—Nos oirán en cuanto arranquemos —protesté.

—Pero si no nos ven, no tienen por qué saber que somos nosotros.

—Claro…

Tanto optimismo me daba ganas de vomitar, pero tampoco tenía otra opción, así que accedí y caminamos en diagonal, sin salir del agua, en dirección al todoterreno de Jack.

—¿Tienes las llaves? —le pregunté.

—Las dejé puestas, por si acaso.

Salimos del agua a unos cien metros de distancia de la casa, pero aun así avanzamos con extremo sigilo mientras dábamos la vuelta a la urbanización hasta encontrar el polvoriento camino en el que debería estar el coche.

Casi no veíamos nada. La mayoría de las farolas estaban apagadas o rotas y las pocas que alumbraban lanzaban una macilenta luz anaranjada que apenas coloreaba un par de metros a la redonda. Las oscuras siluetas de las casas a nuestra derecha nos permitían caminar sin ser vistos desde la carretera. A la izquierda, el océano rugía amenazador. Llevaba la ropa empapada, pegada al cuerpo, y el pelo me chorreaba agua sobre la espalda. Comencé a tiritar y crucé los brazos sobre mi pecho para intentar darme un poco de calor.

—Debemos estar cerca —susurró Noah al verme.

No le contesté. Si por mí fuera, saldría corriendo en ese mismo instante y me largaría sin él, pero no tenía ninguna posibilidad de lograrlo, así que le toleré a mi lado mientras pensaba en un modo de salir de aquel embrollo. Viva, a ser posible.

El sólido perfil del coche se materializó de pronto ante nosotros. Me dirigí hacia la puerta del conductor, pero Noah dio dos pasos rápidos y se plantó delante de mí.

—Yo conduzco —afirmó.

—De eso nada. No conoces la zona, ni las carreteras, ni los pueblos que hay por aquí.

—No me fío de ti.

—¿Tú no te fías de mí? —casi grité—. ¡Ja! Esa sí que es buena. ¿Y por qué no te fías de mí cuando eres tú el ladrón mentiroso y manipulador?

—No estás en tus cabales, no piensas con claridad y no quiero acabar estampado contra un talud de la carretera. Así que yo conduzco.

Protesté y blasfemé, pero él se mantuvo firme, abrió la puerta del conductor y se sentó al volante, de forma que no me quedó más remedio que dar la vuelta y sentarme en el lado del copiloto.

Condujo marcha atrás, sin luces y muy despacio para no alertar a la policía ni a Ferguson, que no tardarían en descubrir quién se había colado en la casa. Habíamos salido con lo puesto, dejando atrás nuestros teléfonos y toda la documentación.

Noah consiguió salir a la carretera sin hundir las ruedas en el arenal y giró ciento ochenta grados para alejarnos cuanto antes de allí. Entonces encendió las luces y pisó el acelerador. Le vi apretar la mandíbula y sujetar el volante con fuerza, con la vista fija en las rayas blancas discontinuas que nos marcaban el camino.

—¿De verdad quieres saber dónde están las joyas? —le pregunté al cabo de un rato.

—Me importan una mierda las joyas y me importa una mierda lo que pienses de mí. Intentaremos llegar a Filadelfia. Tengo colegas allí. Y luego pensaremos qué hacer.

—Hay poco que pensar, Noah. Estamos acabados. Nos culpan del robo y de la muerte de Sanders. Y de la de Miller, por supuesto. Hemos matado a cinco personas hoy, ¡cinco! Habrá controles de carretera, policías armados preparados para enfrentarse con dos criminales peligrosos… No nos hace falta Jack. Estamos muertos. Nos dispararán en cuanto asomemos la nariz.

Noah redujo la velocidad para dejar pasar un vehículo que se acercaba por detrás a mucha velocidad. El conductor accionó el intermitente e inició la maniobra de adelantamiento. Giré la cara sin pensar cuando el coche estaba a nuestra altura… Y se me heló la sangre en las venas.

Ferguson nos miraba con la misma cara de asombro que yo debía de tener en ese momento. Debía de haberse marchado de la casa en cuanto comprobó que no estábamos allí, con la mala suerte que tomó la misma dirección que nosotros, sólo que más deprisa.

Noah oyó mi grito, me miró y buscó después aquello que tanto me asustaba. Descubrió a Ferguson cuando el inspector se esforzaba por conducir con una mano y apuntar con su arma con la otra.

El frenético bocinazo del vehículo que venía de frente le obligó a frenar y regresar a su carril, detrás de nosotros. Noah aprovechó para pisar a fondo el acelerador. El sedán, más viejo y con menos potencia en el motor, se fue quedando poco a poco atrás. Unos kilómetros más adelante la carretera llegaba a una bifurcación. Debíamos elegir entre dirigirnos a la autopista o meternos en las vías secundarias. Sin ni siquiera preguntar, Noah dio un volantazo hacia la comarcal y volvió a acelerar. No sabíamos si Ferguson había visto la maniobra o si pensaría que seguiríamos hacia la autopista.

No tardamos en salir de dudas. Las luces que aparecían y desaparecían en el espejo retrovisor sólo podían ser de Ferguson. Miré por la ventanilla, intentando encontrar una vía de escape, un escondrijo. Algo. Pero Noah iba tan rápido que no podía fijar la vista en ningún punto del paisaje, oculto además por las sombras nocturnas.

Quería decirle que fuera más despacio, que detuviera el coche, pero en realidad no quería eso, porque sabía que entonces estaríamos acabados. Para Ferguson se trataba de una persecución legal. Éramos dos fugitivos, armados y peligrosos. ¿Quién iba a cuestionar su actuación? Nadie, absolutamente nadie. Casi sonreí al pensar que era posible que se ganara un ascenso. O una medalla. Y acabaría encontrando las joyas.

No había nada que pudiéramos hacer en ese momento, salvo huir.

Y eso hacíamos.

No tenía ni idea de dónde estábamos. Noah conducía como un loco, con los ojos desorbitados y una mueca aterrorizada en la cara. No me atrevía a preguntar adónde íbamos. Estaban a punto de darnos caza. La curva era muy cerrada y Noah iba demasiado rápido como para trazarla correctamente, así que el coche siguió recto, voló durante unos segundos eternos y aterrizó sobre una corriente de agua que ni siquiera sabía que estaba allí.

Ninguno de los dos gritó mientras nos dirigíamos hacia lo que ambos suponíamos que sería nuestro fin. Por lo que tardamos en caer, bien podía haberse tratado de un barranco, o de la boca del infierno. Recuerdo que miré a Noah, que seguía aferrando el volante como si todavía tuviera algún tipo de control sobre él. Tenía los labios separados, pero no decía nada. Los ojos fijos en el espacio abierto ante nosotros. No me miró ni habló, ni siquiera la breve oración que murmuran los condenados.

Por instinto, clavé los pies en el suelo y me agarré con fuerza a ambos lados de mi asiento. Una eternidad después nos rodeó el estruendo del agua al chocar con la chapa del coche. Me golpeé la cabeza contra la ventanilla, pero no llegué a perder el conocimiento. Noah, sin embargo, recibió un fuerte impacto contra el volante y yacía inmóvil sobre su asiento, en un incómodo escorzo sustentado por el cinturón de seguridad.

Esperé. Había oído que hay que esperar hasta que el coche se llena de agua antes de intentar abrir las puertas. Llamé a Noah, pero no se movió. El agua helada nos empezó a cubrir las piernas, pero se detuvo al llegar a las rodillas. Seguía viendo el cielo a través de los cristales. No nos estábamos hundiendo. No iba a morir ahogada, al menos no de momento.

Esa podía ser una situación pasajera, así que me liberé del cinturón de seguridad y solté también el de Noah, que cayó aparatosamente hacia un lado. Lo apoyé contra la puerta y abrí la mía. Tuve que empujar con fuerza, pero logré separarla lo suficiente como para salir. Con el agua hasta la cintura, rodeé el coche y saqué a Noah, que cayó como un fardo. Era una noche cerrada y no conseguía distinguir la orilla, pero la lógica me decía que, si habíamos volado en línea recta, debía seguir la trayectoria del coche.

Destrocé los faros y arrastré a Noah hasta la orilla, donde me agarré a unos matorrales que sobresalían de una lengua de guijarros. No sabía si el coche sería visible desde la carretera, pero por el tiempo transcurrido desde que salimos volando supuse que Ferguson ya debía de haber pasado por allí. Sin vernos. Con los faros enmudecidos, la oscuridad volvía a ser la reina del lugar. Y nuestra aliada.

Esperé unos minutos eternos, con medio cuerpo sumergido en el agua y mis músculos al límite de su capacidad para sostener a Noah, que había empezado a mascullar una serie de palabras ininteligibles.

—¿Me oyes? —susurré.

Mis dientes castañetearon y convirtieron mi pregunta en un farfullo enrevesado, pero Noah me respondió.

—¿Qué ha pasado? —murmuró.

—Que te has salido de la carretera. Ferguson no nos ha visto, pero tenemos que salir de aquí. Volverá cuando se dé cuenta de que ya no nos tiene delante. ¿Te puedes mover?

A modo de respuesta, Noah se agarró al matorral en el que yo me sujetaba, dobló las piernas y empujó el tronco hacia arriba. Consiguió salir poco a poco del agua, en medio de largos y profundos gemidos.

—Me duele la cabeza —dijo cuando consiguió sentarse en la lengua de tierra—, y la espalda, y las piernas, y creo que me he roto un par de costillas.

—Te has dado un buen golpe —le confirmé.

—¿Y tú?

—Estoy más o menos bien. ¿Puedes andar? Estoy agotada de sujetarte fuera del agua.

Entonces pareció ser consciente por primera vez de lo que había ocurrido y de dónde estábamos. Y de que era muy posible que le hubiera salvado la vida. Los dos miramos a la vez hacia atrás. La sombra del coche era menos visible que hacía unos minutos y el morro casi había desaparecido. También había comenzado a girarse, empujado por la corriente.

—¿Cómo me has sacado? —preguntó.

—No ha sido fácil, pesas mucho y no ponías nada de tu parte, pero no podía dejarte ahí.

—Sí podías —susurró.

Lo miré, sorprendida por sus palabras.

—Que te desee la muerte no significa que quiera causártela yo misma.

—Deberías. Porque es cierto que quiero las joyas. Las quería. Ya no. Pretendía ofrecérselas a Jack para que nos perdonara la vida. Pensaba llamarle cuando las tuviera en mi poder.

Cerré los ojos y expulsé el aire que retenía en los pulmones. Sospecharlo no mitigaba el dolor de la confirmación.

—Te diré dónde están.

—No. —Intentó tocarme la cara, pero giré la cabeza con brusquedad para alejarme de su caricia. Él escondió los dedos en el puño y apoyó la mano de nuevo en el suelo—. Voy contigo. Se acabó.

—¿Y adónde se supone que vamos?

—De momento, fuera de este río, o moriremos congelados. Después, donde tú decidas ir.

Le di la espalda, tanto para salir de allí como para dejar de oírle. No creía ni una de las palabras que salían de su boca, pero necesitaba la poca energía que me quedaba para subir la escarpada pendiente que nos separaba de la carretera.

La oscuridad era casi total, y aunque nuestros ojos se habían adaptado a la escasa iluminación, era muy difícil encontrar un sitio seguro al que agarrarse y donde poner los pies. Noah resollaba a mi lado. Apenas podía verle, pero imaginaba su rostro contraído por el dolor, los dientes apretados, los ojos casi cerrados a pesar de la necesidad de mantenerlos bien abiertos.

Tardamos un buen rato en llegar arriba y, cuando lo hicimos, gateamos hasta quedar ocultos en la cuneta. El silencio nos rodeaba como una gruesa capa de alquitrán. Espeso. Amenazante. A punto de ahogarnos.

No teníamos ni idea de dónde estábamos ni de qué dirección coger. Ignorábamos si Ferguson había ido y vuelto o si había seguido adelante. ¿Hasta dónde? ¿Adónde conducía esa carretera?

Me pegué al asfalto cuando las luces de unos faros horadaron la noche. Noah las observó un momento y luego me tranquilizó.

—No es un coche, es un camión, o una furgoneta grande. Las luces están muy altas para ser un turismo.

—¿Estás seguro?

No tuvo que contestar. El sonido del pesado motor confirmó sus palabras.

Me levanté de un salto y comencé a mover los brazos y a saltar para llamar la atención del conductor, que me hizo un guiño con las luces para indicarme que me había visto y frenó a pocos metros de mí.

Corrí hacia la cabina del pequeño camión, con Noah trastabillando unos metros por detrás. El chófer nos observó atónito durante un segundo. Luego reaccionó, bajó de la cabina y vino a nuestro encuentro.

—Hemos tenido un accidente —le expliqué—. Mi compañero está herido, ¿puede ayudarnos?

—Claro —respondió mientras cogía a Noah por la cintura y lo sostenía sin aparente esfuerzo—. ¿Y su coche?

—En el río.

—Vaya. Entonces no urge que llamemos a una grúa.

Nos ayudó a subir a la cabina y nos miró un momento antes de volver a arrancar.

—¿Adónde los llevo?

—¿Dónde va usted? —le pregunté.

—A Providence.

—Eso es Rhode Island, otro estado.

—Así es. Tardaré casi dos horas en llegar.

Las garras de Ferguson no podrían alcanzarnos fuera de Massachusetts, o al menos no le sería tan fácil.

—Le agradeceríamos mucho que nos llevara —le dije.

El hombre no parecía demasiado convencido.

—¿No prefiere que lleve a su amigo a un hospital? Hay un pueblo a unos treinta kilómetros de aquí en dirección contraria, pero no me importa acercarlos.

—Estoy bien —le aseguró Noah con rapidez—. Me duele un poco la cabeza por el golpe y el susto, pero no es grave, se lo aseguro. Aguantaré un par de horas.

—¿Y el coche? ¿Lo van a dejar ahí?

—Daremos parte desde Providence. Nuestros móviles se han mojado y están inutilizados.

El camionero se encogió de hombros.

—¿A qué parte de Providence quieren ir?

—A la comisaría central —dije.

Noah me miró en silencio y creo que asintió con la cabeza. El bamboleo del camión al reanudar la marcha nos pilló desprevenidos, y lo que comenzó siendo una sonrisa de aprobación se convirtió un instante después en una mueca de dolor.

—Sin problemas —se limitó a decir el conductor.

Cerré los ojos y apoyé la cabeza en la ventanilla. La suave vibración me recorrió el cuerpo entero, me relajó los músculos y elevó mi mente por encima de mí, por encima del camión, por encima del mundo.

Ingrávida, intenté convertirme en Dios y separar lo que estaba bien de lo que estaba mal, repartiendo culpas a derecha e izquierda, esto por ti, esto por mí, pero fue imposible, porque lo que ahora estaba bien, ayer era perverso. En los últimos días había robado, matado y huido de la justicia, de la policía y de una banda de asesinos. Pero eso estaba bien, porque me había permitido seguir con vida. También disfruté de mi cuerpo y de la vida, me dejé llevar; me enamoré. Y eso estaba mal, porque por culpa de Noah había perdido mi trabajo, me había convertido en una delincuente y había estado a punto de morir en varias ocasiones.

Sólo quería que lo bueno volviera a estar bien y lo malo, mal. Las reglas sencillas que siempre habían funcionado, las que llevaban miles de años haciendo girar el mundo. Necesitaba saber a qué atenerme, y como no lo sabía, dudaba de si el paso que estaba a punto de dar estaría bien y acabaría conmigo, o estaría mal y me permitiría seguir viviendo.

No podía ni rezar. Sólo pensaba en la marina que había dejado a medias en el museo, en que no había dado indicaciones precisas para la escultura que acabábamos de recibir y en que, si moría, no habría sido capaz de hacer bien ni una sola cosa en mi vida. Acepté la mano de un desconocido, rechacé a mis padres, le di la espalda a mi hogar, metí en mi cama a un extraño. Le disparé a un hombre. A varios, de hecho, pero al primero lo hice mirándole a los ojos. Y no sentí nada. Sólo rabia y ganas de seguir disparando.

Esa no soy yo…

O quizá sí. Quizá ahora sí. O tal vez siempre lo haya sido. Una rama podrida, una mala hierba, un despojo.

Una nueva sacudida del camión me arrancó de la galaxia en la que me había instalado y me hizo abrir los ojos. Frente a nosotros, el sólido edificio del departamento de policía de Providence brillaba como una luminaria.

—Creo que me he dormido —murmuré—. Lo siento.

—No se preocupe, supongo que lo necesitaba.

Asentí con la cabeza y sonreí. Noah le tendió la mano, que el hombre aceptó con un firme cabeceo, y nos bajamos del camión. Me dolían todos los huesos. El estrés, la persecución, el asalto y el accidente eran motivo suficiente para dejar a cualquiera fuera de combate, que era justo como me sentía en ese momento.

Miré a Noah. El camionero maniobró a nuestra espalda y volvió a la carretera. Ambos sabíamos que teníamos dos opciones: cruzar la calle o dar media vuelta y ocultarnos. Seguir huyendo. Ponernos a salvo. Hacer lo que estaba mal para salvar la vida.

Decidí que no merecía la pena. Erguí la cabeza, enderecé los hombros, me ordené un poco la melena y me dirigí hacia la puerta iluminada.

—Espera —me pidió Noah. Me volví y le miré. Se había

detenido en mitad de la acera y me observaba cabizbajo—. Yo no voy. No puedo.

Asentí. No podía culparlo por no querer entregarse. Yo misma dudaba de si era la mejor idea, pero no estaba dispuesta a cambiar de opinión.

—¿Qué harás?

Se encogió de hombros. Dio un paso hacia mí y se detuvo de nuevo. Dudaba. Por los buenos momentos, pensé. Acabé con la distancia que nos separaba, levanté la cara y le besé en los labios. Me acarició la mejilla con el dorso de los dedos y sonrió.

—Estaré bien. Y tú, por favor, cuídate. Y no confíes en nadie.

—No lo haré.

Le vi alejarse y perderse en la noche. Esperé quince minutos antes de entrar en la comisaría y varias horas antes de hablarles de Noah y confesar que acababa de marcharse. Supuse que ese tiempo sería suficiente para que pudiera ponerse a salvo, aunque no daba ni un dólar por su vida. Ni por la mía.

EPÍLOGO

Media hora después de atravesar la puerta de la comisaría de Providence me encontré esposada y aislada en una celda. El sargento de guardia escuchó en silencio la insólita historia que le conté. No omití ningún detalle, ni mi propia implicación en los hechos, ni la de Ferguson o Petersen. Le rogué que no avisara a la jefatura de Boston, porque si Ferguson se enteraba de dónde estaba movería todos los hilos a su alcance para atraparme, y una vez en sus manos, todo era cuestión de organizar un sencillo accidente. Le dije que tenía pruebas, las conversaciones grabadas que había enviado a la periodista. También había grabado la conversación con Petersen, pero mi móvil se había quedado en casa de mi tía Agnes.

El sargento, un hombre serio y rudo, con un bigotillo rubio que sólo era visible cuando la luz incidía en él de refilón y le arrancaba curiosos destellos, accedió a regañadientes a avisar al FBI. Si los federales decidían que aquello no era de su competencia, me enviarían de vuelta a Massachusetts, donde se habían cometido la totalidad de los delitos, aunque prometió que haría todo lo posible para que apartaran a Ferguson del caso.

El FBI me interrogó durante horas, días. Primero un agente,

luego dos, luego una mujer, más tarde una pareja mixta… Les pregunté si habían recuperado las grabaciones, si habían hablado con Ferguson, si habían detenido a Petersen, si sabían algo de Noah…, pero nunca me contestaban, se limitaban a hacer una pregunta tras otra, una y otra vez. Hasta que un día se abrió la puerta y entró un hombre trajeado que se identificó como ayudante del fiscal del Estado. Me ofreció un trato: testificar en contra de Jack Andieli, Max Ferguson, Noah Roberts y Gideon Petersen a cambio de convertirme en testigo protegida.

Me contó que Ferguson y Petersen ya habían sido detenidos y que el cerco se estaba cerrando alrededor de Andieli. Les interesaba mucho la organización criminal de Jack. A Noah seguían buscándolo.

Así que el FBI me había creído. Y me salvó la vida, aunque para eso primero tuve que matar a Zoe Bennett.

Permanecí escondida y custodiada durante tres meses, el tiempo que duró la instrucción del caso. El fiscal accedió a ponerme en contacto con un abogado que se convirtió en mi testaferro y, antes de desaparecer para siempre, vendió en mi nombre el piso de Boston y el terreno de Nahant. Para cuando llegaron los bomberos, la preciosa casa de mi abuela, el único vestigio que me quedaba de un pasado feliz, no era más que un montón de escombros humeantes.

Guardaría el dinero hasta que yo tuviera una identidad definitiva y pudiera establecerme en algún lugar y, después, me lo transferiría en pagos mensuales para no levantar sospechas. Jack había caído, pero las ramificaciones de su organización podían seguir moviéndose mientras permaneciera en la cárcel.

Testificar no fue tan duro como esperaba. Al ser una testigo protegida no se permitió el paso del público ni de la prensa durante mi declaración. Lo único que me estremeció fue el aspecto de los reos. Gideon estaba muy desmejorado, pálido, delgado, con la espalda encorvada y el pelo, siempre tan pulcro, desastrosamente cortado al estilo militar. Estaba irreconocible. Igual que Ferguson, que rehuyó mi mirada en todo momento. El único que no había cambiado ni un ápice era Jack, que seguía tan soberbio, amenazante y desafiante como siempre. No me quitó la vista de encima y no dejó de susurrarle a su abogado, que luego intentó enredarme con preguntas capciosas a las que las protestas del fiscal y el beneplácito del juez me libraron de contestar.

Cuando terminé me llevaron de vuelta al piso franco, recogí mis escasas pertenencias en una bolsa de viaje y me metieron en un coche con destino desconocido.

Pasé dos años cambiando de domicilio cada pocos meses. Recorrí varios estados, ciudades grandes y pueblos pequeños. Me anunciaban la mudanza con pocas horas de antelación y nunca me daban explicaciones; se limitaban a decir que era por «cuestiones de seguridad». Yo les creía, claro. De hecho, gracias a ellos seguía viva.

Ahora, más de cuatro años después de que todo acabara, tengo un nombre nuevo que no viene a cuento revelar, vivo en una soleada ciudad cerca del mar y, aunque de momento no lo necesito, porque no me falta el dinero, he conseguido un trabajo que me satisface y me permite seguir de algún modo unida al mundo del arte: diseño decorados de películas. Nada ostentoso, no me puedo permitir ganar un Óscar, sólo pequeñas producciones independientes y grupos de teatro alternativo.

Trabajo sola, apenas me relaciono con la gente, acudo a las reuniones cuando es estrictamente necesario y me he ganado a pulso una fama de mujer solitaria, extraña e incluso arisca. No me importa. No más manos grandes, ni ojos marrones, ni traiciones. Nunca más.

No he vuelto a saber nada de Noah, ni siquiera sé si llegaron a detenerle, si está vivo o muerto. Podría buscarlo en Internet, pero no quiero hacerlo. Tampoco me interesa lo que les pase a Ferguson, Petersen o Jack Andieli. No los he olvidado. De hecho, pienso en ellos todos los días, pero han quedado atrás. Sus nombres son una cicatriz fea y blanquecina, pero ya curada. La herida se ha cerrado para siempre.

Paseo por la playa al atardecer, un mar diferente al que conocía, pero un mar al fin y al cabo, y no descarto, algún día, adentrarme en él y dejarme ir.

AGRADECIMIENTOS

Dicen, y con razón, que el de escritor es uno de los oficios más solitarios que existen, y es cierto. Sin embargo, hay mucha gente detrás de cada proyecto, personas que te ayudan a resolver problemas, que te animan a continuar y que apuestan decididamente por ti.

Hay una canción que siempre me ha inspirado, que escucho a menudo y que forma parte de mis temas favoritos: *Dream on*, de Aerosmith. En ella, un maravilloso Steven Tyler canta: «Sigue soñando, sueña hasta que tus sueños se hagan realidad». Eso he hecho yo, seguir soñando, no cejar nunca en mi empeño. Y por eso, para darle las gracias por su inspiración, esta novela se desarrolla en Boston.

Tengo un grupo impresionante de lectoras cero que desmenuzan cada una de mis obras. Montse Bretón, Beatriz Etxeberria, Pilar de León, María Ángeles Rodríguez y Manuela Sánchez Montoro, gracias por vuestra paciencia, os estáis ganando el cielo.

Este libro no estaría aquí sin la decidida apuesta de todas las personas que trabajan en HarperCollins Ibérica, especialmente de Elena García-Aranda, que se volcó desde el principio en el proyecto. Gracias por confiar en mí y en esta bala.

Y para terminar, pero no menos importante, gracias a mi familia, el soporte de mi vida, y me refiero a mi familia en el más amplio sentido de la palabra. Soy afortunada por contar con una extensa red de tíos, primos y sobrinos en todos los grados de parentesco que siempre están ahí, igual que mis padres, mis hermanos y mi familia política. Este libro también es para todos vosotros.

CPSIA information can be obtained
at www.ICGtesting.com
Printed in the USA
LVHW090010090621
689480LV00013B/11